无尽山河

文学百年 名家散文自选集

何向阳/著

湖南人民出版社·长沙　民主与建设出版社·北京

本作品中文简体版权由湖南人民出版社所有。
未经许可，不得翻印。

图书在版编目（CIP）数据

无尽山河 / 何向阳著.—长沙：湖南人民出版社，2023.2
（文学百年：名家散文自选集）
ISBN 978-7-5561-2824-2

Ⅰ.①无… Ⅱ.①何… Ⅲ.①散文集—中国—当代 Ⅳ.①I267

中国版本图书馆CIP数据核字（2022）第010258号

WUJIN SHANHE

无尽山河

主　　编	李继勇
著　　者	何向阳
责任编辑	谭　乐　廖晓莹
出版发行	湖南人民出版社［http://www.hnppp.com］民主与建设出版社
地　　址	长沙市营盘东路3号
邮　　编	410005
印　　刷	三河市冠宏印刷装订有限公司
版　　次	2023年2月第1版
印　　次	2023年2月第1次印刷
开　　本	880 mm×1300 mm　1/32
印　　张	11
字　　数	200千字
书　　号	ISBN 978-7-5561-2824-2
定　　价	49.80元

营销电话：0731-82683348　（如发现印装质量问题请与出版社调换）

无尽山河

目录

第一辑

澡雪春秋 / 2

木兰辞 / 60

如汝须眉巾帼 / 79

长河行 / 95

第二辑

静谧与狂飙 / 116

信仰坐在我们中间多少时候了 / 129

有了爱就有了一切
　　——纪念冰心120周年诞辰 / 140

相互馈赠的想象力 / 156

第三辑

碎　银 / 166

灵魂的翅膀 / 194

喀　什 / 211

海风下 / 221

第四辑

大禹的寂寞 / 232

源 / 238

百姓黄河 / 251

德之邻 / 289

后　记

我为什么写作 / 312

第一辑

澡雪春秋

子曰:"德不孤,必有邻。"

——《论语·里仁》

早我出生10年出版的李长之先生的《孔子的故事》,我在而立之年读到,竟不能释手,已经是第三遍读它了。这部有着钢蓝底的暗哑的封面上站着从儿时记事起就熟悉的形象,那个老人已经有两千五百四十八岁了,仍是那样矍铄俊彦、清朗澄洁。他站在那里,脸上永远带着世人无法表述而又对世事了然于心的参悟般的微笑,那种兼有正直坦荡之质与凛然威严之气的神貌,即使在兵荒马乱的中原地带行走、流浪的那些昼夜兼程的14年里也没有丝毫的改变。

占了这本不足7万字的"小"册子的中心篇幅的,是孔子由鲁国出走后在中原诸侯列国辗转,齐景公的80名美女和120匹骏马停在曲阜南门外,鲁定公与季桓子的目光便越过了三年前夹谷之会为鲁国赢得三个城池的孔子而变得模糊起来。孔子并没有等来祭天的祭肉，而在子路催促下上了路。走到鲁国南境屯时，他等到的也只是一个送行的师己，而他的到来也仅是为了探探孔子去国的口风罢了。有谁想到了这就是那个遥远的14年羁旅的开头呢？催促老师出国的子路想到了吗？受到冷淡的孔子想到了吗？命运掏出的这样一个线头，它的终点又结在哪里？那一同在黄昏时走出国境的有着缓缓影子与清瘦身躯的一行读书人，会想得到这场自我放逐的结局吗？

孔子终于出走。他无法忍受的就决不营苟。

无论历史如何记述那个孤单的开始，孔子还是做出了他的选择。无论这选择是在怎样一个被动的境遇里发生的，无论他是否知觉到这选择背后即是对自己的选定进一步地全心意地承诺，对那个知觉到又未详知的将来，对天命所要他接着做的。反正，他上了路。这一年，是公元前497年；这一年，孔子54岁。此后，在卫国受到的监视，过匡城被拘留，晋国边界的天不济，复回到卫国后的三年滞留，过宋国时遭到的迫害，在陈蔡的绝粮，不辞劳苦行至楚国边缘却逢楚昭王病故，负函的等待成为泡影，返卫而后归鲁，生命里的14年光阴是由车碾上的尘土做成的。我手上现有的两幅《孔子访问列国诸侯示意图》，见于齐鲁书社1985年3月版的《孔子评传》（匡亚明著）和花山文艺出版社1988年12月版的《孔子传》（曹尧德、杨佐仁著）。从这两幅图上，可以想见只有马、牛和木碾车的时代里有那样一种辗转：鲁之曲阜，过大野泽，经郓城到卫之帝丘；至匡折回帝丘到曹之陶丘；经定陶到宋之商丘，向西经睢县到郑之新郑；向东南到陈之淮阳；折向西南到蔡之上蔡；南下至负函（今信阳市）。匡氏书中的图这一处已是孔子行迹的最南端，曹、杨的示意图将孔子的行迹向南延展到郢，在汉水以南。回走的路线是由重线标识的，由负函或郢直接到卫，由卫东行至鲁，南下的折线与北上的直线标识着不同的心境——那种向上穿越中原的气魄有一种归心似箭的味道，"归欤！归欤！"的急切语气里当然有天命不遂人愿的不甘。

展卷看一个人的行走变得如此具有魅力，原来不曾发现，以至我将匡氏书前那幅较为详尽的图复印了放在书桌的玻璃板下。渐渐地，鲁、卫、曹、宋、郑、陈、蔡、楚等国国名变得不再遥远，而那途经的自远古时就闻名的几大水系——济水、颖水、淮水，或者还有汉水，以及流淌其间的睢水、沙水、汝水都变得清晰起来，仿佛它们是一条自东向西横亘中原的河流，可以看见它在阳光下反射出的黄金碎片样的波光粼粼。实际上，孔子不曾到过比负函更南的地方，比如曹、杨两人绘出的当时作为楚国国都的郢，那应是汉水流域，现在的湖北境内。《史记》上说到的负函，即现在淮水流域的信阳市应是当时孔子足迹的极限了。

俯身望着这些中原地名，这些是一个55岁的老人一步步跋涉到69岁的地方，那些折线与直线的来去，我曾暗下决心沿着它走上一走的。地点都集中在山东、河南境内，现在又有着大大方便于古时的交通，作为一个生长于中原的后人，没有理由对两千多年前的那次中原的流浪采取漠视旁观；而且我想，如果去的话也应该用"走"这种最朴素的方式，用脚丈量。我太想知道那个藏在一个个地名后的思想秘密了。在春秋那样一个大动荡的时代里，一个人走在诸侯争权、国家裂变、人心游移等一切都不稳定的路上，一个人面对着一个水深火热的世界，尤其中原小国常常旦存夕逝的世界，那个领着一群弟子在四处闯荡，寻找出路，不是为自己而是为时代的已然超出了他自己所说的"知天命"年限的人，他想要以那行走预言的究竟是什么呢？这个谜，是只有亲身走一走那路或许才可解开的啊。

　　让我真正看重长之先生这部加了后记方满110面的书——现在哪一部儒学传记不是洋洋数十万言，而当时这部小册子花4角钱即可购到——是它正文前附着的一些墨拓和手绘，图7至图10表现的4个情景几乎可视作孔子一生性格的缩写。图7选于明墨拓《孔子世家图册》，讲孔子和弟子们在宋国树下讲学，宋国司马桓叫人来砍树。图右侧三人砍树，中心位置坐着孔子，安然地给恭立于前的弟子们讲课，那神情好像什么事也没发生。《史记·孔子世家》中孔子的那句话就是这时候说的。面对弟子"可以速矣"，即让其快一点逃离的劝解，孔子脱口而出:"天生德于予,桓魋其如予何?"图8是明崇祯刊《圣迹图》,内容是孔子在陈国到楚国路上被乱兵包围,粮食也吃光了,可是他还照常给弟子们讲学。关于这幅图所描绘的事件,下面我还要涉及。图9仍选自明墨拓《孔子世家图册》,讲述孔子从楚国的边界上经过,有个好像疯疯癫癫的人,到孔子车子前面唱歌,不赞成孔子各处奔走。《史记》记载的这个楚狂人是出现在长沮、桀溺和荷蓧丈人之后的,孔子答前两者尚有"天下有道,丘不与易也"的自辩与"隐者也"的不予理会,而对这个人,他下了车,想与之交谈,那人却趋而去,只留了背影给孔子。图上孔子尚立于车上,抚栏而听,更细部的表情看不分明。图10是明崇祯刊《圣迹图》,讲述孔子和弟子们编写《春秋》、整理诗歌和音乐。这已然是归鲁以后的晚年生涯了。图中的孔子正面居于黄金分割位置,他的前方是一案几,弟子们立侍周围。奇异的是,孔子头戴一顶官帽,年纪似乎比流浪时还要小上一些,那副肃然沉着的表情有些不似在途中那般亲近、平易。讲学、旅行与著书构成了孔子一生,所以概括也相当容易做,结论好像也是现代至今一切知识分子所做和正做的。多多少少,单从这点来看,每个选择了如此生活的知识者身上都打着一些当初孔子的影子。然而深想那行走的目的时,会有一种眩晕,一种目的与初衷相叠的感觉,纠缠不清的是那离开的缓慢却果决。如果没有子路的催促呢?他最终也还是要离开的，而"道不同不相为谋"正是他远远走开的原因。他无法忍受的不是这样一个国君，而是自己的祖国竟掌握在这样一个国君手里的事实。他感到窒息。而他精心维护的"仁"又无法使其采取兵变的形式——虽然他在以后也曾有过这样的机会，但他实际上拒绝叛乱这种方式，他一生都在拒绝着这种方式，他是为了要为一个时代建立一种稳定的秩序才不倦奔走的。实际上，与其说他是在期待着一个发现他治国才干的明君，不如说他以行走的方式远离着任何当时盛行于世的不义。这层隐衷使那场延宕了14年的行旅有了一种放弃的色彩，他所积极寻找的和他所一定抛弃的互相矛盾，直到3年的那份感慨："归与归与！吾党之小子狂简，进取不忘其初。"其初又是什么呢？有种警醒在里面。14年的明君之梦终于被归鲁后的学问生涯代替，也许真正的经世治用不是面向一国一城的，而一种秩序的实现恰是覆盖一个时代的。这可能就是楚昭王之死带给孔子的绝望中的惊悟，也是他急于要回国却又不为仕的缘由。14年的行走给出的结论竟如此急骤，有《论语·为政》为证。"或谓孔子曰：'子奚不为政？'子曰：'《书》云："孝乎惟孝，友于兄弟，施于有政。"是亦为政，奚其为为政？'"这句话正是他由卫返鲁的时候所讲。

是呵。"其初"是什么？

先是不愿与一国君为伍，离开一个具体的地方；再是不愿与一切国君为伍，离开一个现实无法实施的念想。从起初到终论，其间隔着14年的路程。孔子坚执的仍是他起初坚执的。路途的蹉跎、坎坷并未磨去这一点，反而更成就了它。正是将"有为"看成是在更大范围与更长时间里发生作用的事，孔子才在晚年选择了文化，这与其初他的进取——教育相一致。孔子曾在路上问子贡："你以为我是因为多学而认识到这一切的吗？"子贡反问："难道说先生不是吗？"孔子否定于此，那答案是"予一以贯之"。由是，反观那场颠沛便已积有一种芳洌在内。

有志向在里，也有疑窦在里。

君子不器。

所以他将那一个问题反复地提于弟子面前。

"诗云：'匪兕匪虎，率彼旷野。'吾道非邪？吾何为于此？"——古时诗歌上说，又不是老虎，又不是犀牛，徘徊在旷野，是什么因由？是我们讲的道理不对吗？不然，我们怎么会困在这里呢？

他问子路。得到的回答是："怕是我们的仁德不够？人们才不相信我们；怕是我们的智慧不够？人们才不实行我们的主张吧。"——如果有仁德就会使人相信，为什么伯夷、叔齐会饿死呢？如果有智慧就能行得通，为什么比干的心会被人剜掉呢？

他复问子贡。子贡答道："先生的理想定得太高，所以天下不能容先生。先生能不能把理想降低一些？"——一个好农夫耕种不一定有好收成，一个好工匠做好活不一定正赶上需要，一个想有作为的人有他自己的主张并将它有条理地发表出来不一定人家就接受。你不追寻你的正道而只计较别人是否接受，没有远大的志向呵。

他将同一个问题提于颜回。得到的回答是：先生的理想定得高，所以不相容于社会，但先生一直身体力行，推行理想的实现。不能相容又有什么关系？拿不出好主张，是我们的可耻，有了好主张而没有人实现，是当权者的可耻。不能相容有什么关系？不能相容，才可考验出有德人的涵养。对这样一个答案，他是欣然而笑的。于是那即兴的幽默感使其回到了他一贯的乐观。君子不是一件器皿呵，怎能用"有用""无用"衡量他呢？

"吾道非邪？吾何为于此？"那反复提给弟子而只要一个答案的问题，是不是也是他想向自己求个结论呢？孔子内心是那样的寂寞，不是求而不得、不见容于世的落寞，而是同道之中知者寥寥的寂苦。是呵，不是老虎，不是犀牛。徘徊旷野，所为何由？！孔子是那样地自疑，并只从自疑中确认自信，他问这个问那个，也同时问自己，难道有什么错了吗？在哪里？陈蔡之厄发生于从宛丘到负函一段的路上，楚使人聘孔子，而孔子也要前往拜礼的路上，吴、楚交战，陈、蔡怕楚任用孔子而危及两国，便发兵将此一行人围于郊野。几天的绝粮正如上述明崇祯刊圣迹图中刻画的——孔子讲诵弦歌不衰。这一年，史书上记是公元前489年。然而，俯读《孔子访问列国诸侯示意图》，地点又在哪里呢？

　　颍水无言。
　　汝水无言。

　　那时并不知已有人间歇走过了这样的路途。在1987年夏至1989年春，一个老年人为写《孔子》，在其写作前后曾6次从异国跑到中国访问山东、河南，并沿孔子被逐出鲁后和子路、子贡、颜回等弟子的14年流浪之路走一遍。一个八十岁的老人这样做是为什么呢？这仅仅是写作的需要或吸引。他在序中说到自己晚至七十才读让之倾倒的《论语》，而成全了旅途之乐的只是那不足2万字的断章片语"深深打动我们这些即将对人生进行总清算的老人的心"的这样一个简单的动机。

　　一个身材修长的人缓缓地走在前头。

这是这部由蔫姜作叙述人的小说讲到的孔子的第一次出场。日本作家井上靖写道:"整个山丘覆盖着沙子,连一棵树也不长,但山丘与山丘之间,点缀着稀稀落落的柳树……一个身材修长的人缓缓地走在前头——多少年来,这个人何尝不一直这么着走在前头。"在井上靖为写这位老人而奔波于中原路途上时,我相信,他也一直如此翩然地走在作家的前头。于是那座毗邻蔡国的陈国边境的村庄也渐渐地摇近了。"我们仰面躺下,发现头顶上伸展着巨大的桐树枝柯,浅紫色的花朵缀满枝头,在我们这些流亡者看来,显得那么怪诞虚幻又富丽艳美……太阳已经坠落,余晖还在四周荡漾返照……孔子端坐在桐树底下……正用指甲弹拨乐器,琴声悠扬动听。"再没有见过以这样唯美的文笔写陈蔡之厄的文字了。打断了老师的弦歌的,是子路。这就是《史记·孔子世家》中那节著名的记述了,子路几乎是半愠怒地走到孔子面前发问的,那牢骚与怨气都已不可遏。"君子亦有穷乎?"这无疑是对孔子的"仁""信"之教的挑战。孔子是这么回答他的弟子的,他停下了手中的琴,但目光留在那几根静寂而未发出声响的弦上,他缓缓地说出了使几千年儒学讨论遍生歧义,也是儒家立身修德的话:

君子固穷，小人穷斯滥矣。

　　惯于按剑的子路没有话说。子贡、颜回没有话说。这句话仿佛概括了他们行走的意义。古籍出版社1958年版《论语译注》中杨伯峻的译文是：君子虽然穷，还是坚持着；若是小人，一到这时候便无所不为了。

　　是君子就不为任何事所动，危难困厄时也不紊乱，能够自己约束自己。坚执自己。这句缓缓脱口而又斩钉截铁的话，使随行的人陷入了沉默。远处围兵的嘈杂，是谁将它放在心上了呢？琴弦止处，连桐花落地的声音都可以听到呵。你以为我只是多学而知道这一点的吗？面对子贡的色变与"难道不是吗？"的反问，孔子说："不，我有一种基本观念去贯穿了它。"

　　予一以贯之。

　　正是有这种贯穿自己的节操，才使得他在那个动乱、分化的春秋时代里变得孤独，才使他在那个无义战的年代里尚以一己之躯践行着他血缘里认定的殷商的标准。"吾从周。"他誓言般地宣谕了他的不入潮流。虽然他经历了14年的迁徙流浪才亲证了那个初衷、那个进取的界定，但失望代替了犹疑，自信又代替了绝望，建立在一以贯之的信念下的从容，将那个不是从一时政治出发而必从代代相传理智出发的历史文化秩序确立的初衷磨砺得更加坚定了。这个立场的找回是在困厄与寂寥中完成的。不知觉间，叠过的时光舒展开来，一条河似的开敞在他面前。"逝者如斯"的感念里已经包含了立于川上的人获得的俯瞰襟怀。所以，没有圣人，圣人是后人封的。只有在一个时代里做自己天命之事的人，他才会自觉地意识到那责任，便不再推诿，冒着"知其不可而为之"并为世人所蔑笑的可能，做了他要做的事。对这一点，他再清醒不过。所编《春秋》最后，有着这样的自识：后世知丘者以《春秋》，而罪丘者亦以《春秋》。

《孔子的故事》的作者李长之早在1946年——正好是他写《孔子的故事》的10年前，写过一部《司马迁之人格与风格》的书。

我读到的是1984年生活·读书·新知三联书店的版本，是这几年我从图书馆里借出率最高的书，多张借阅卡片上不同时期写着同一个名字。李长之写司马迁在性格上与孔子的契合，独到地发现儒家的真精神是反功利。其中他也无一例外地引用了厄于陈蔡的孔子三问，道之不修，是应该苛责于己的；道已大修而不用，则不必责己。"不容，然后见君子！"这句紧扣孔子性格精髓的话，李长之给出了这样的翻译，他说："救世是一个最大的诱惑，稍一放松，就容易不择手段，而理论化，原谅自己了。孔子偏不妥协，偏不受诱惑，他不让他的人格有任何可被攻击的污点。司马迁最能体会孔子这伟大的悲剧性格。"反功利，确如李氏所说，对于一个有救世热肠的人更为难得，因为在一个裂变急骤、格局未定的大变革时代，机会太多，一方是寻找，一方是拒斥。孔子失去了许多机会，比若楚昭王的死，同时他也主动抛却了许多机遇，如闻赵简子杀贤者便决然放弃入晋，还有公山不狃的诱惑，哪怕他有"为东周"的念想，他还是不能与不道相苟合。所以只是放弃，放弃，离开一个地方，再到另一个地方去，直到他走到中原的边界，明白了他所找的天国不在地上。那么，归与，归与。他的归路走得那么干脆，不抱任何不实的期望，不在任何地点做他以前有所待时的逗留。这就是孔子，这位自知时日无多而归心似箭，一心想回国以著书传承"仁""信"精神的人。那方立定的书案就这样诞生于14年的车辚马萧之后。这就是同样于战争年代颠沛于西南边陲的李长之先生所生出的叠印生命式的有关君子正义的感慨吧——所谓有德，所谓阅览博物，所谓笃行，所谓深中隐厚，所谓内廉行修。

仁远乎哉？我欲仁，斯仁至矣。

中国历史上第一个为孔子写传的司马迁在他破例将世家这一称谓与体例给了孔子的《孔子世家》里，将那14年的颠沛写得极为简约，是"已而去鲁，斥乎齐，逐乎宋、卫，困于陈蔡之间，于是反鲁"。写他归鲁也是一笔带过——"孔子之去鲁凡十四岁而反乎鲁"。知天命年后，流浪中原寻找济世的土壤，耳顺年后由中原归鲁将阐发济世的精神，于是书传、礼记自孔氏，雅颂各得其所，礼乐自此可得而述，以备王道，成六艺。还有《春秋》。"吾道不行矣，吾何以自见于后世哉？"这句自问是可看作他因史记作《春秋》的动因的，只是为了行道于后世，这番苦志正如对先生"莫知我夫！"的喟叹。子贡有一问："何为莫知子？"孔子答："不怨天，不尤人，下学而上达，知我者其天乎！"这部由孔子苦心孤诣创作的书在它于历史上发挥更大价值之前，确实起到了以绳当世的作用。《世家》中记："春秋之义行，则天下乱臣贼子惧焉。"这就是那个未说出口的"其初"吗？他用他的遗著为一个乱世提供了它还不能全然理解的"仁""信"。对于那个时代而言，这种思想如此超前，以至颜回会说"夫子之道至大，故天下莫能容"，然而"见容"与否就是一种"道"之是非优劣的标准吗？那转折的语气里含着一种否定的坚定，以至誓言般地重复两次："不容何病？不容然后见君子。"

其实整个春秋的思想好像就是这么着有一个无形的天平。一方是乱世，一方是孔子，一个人置身于一个大时代的背景下，这种机会并不是每个人都能遇到和把握的。孔子入周问礼并在临别时得到一段话的那位他所敬慕的老子不想做这天平，他留下一部天书样的《道德经》便骑青牛西去了。1996年12月，还是初冬时节，我站在几经重修的函谷关那烈风涌怀的隘口，看一点点下沉的夕阳染红了遍山的蒿草，苍茫的暮色渐渐合拢，在喉的却不料是那种与时、地均不相宜的棘哽。我想说什么呢？为什么在那个山上眺望，我最怀念的却是孔子，最想知道的只是两位老人在入世与出世间作出相异选择的动机呢？如果真有天平的话，孔子是首先放头颅上去的一个。

那么怎样让那世界平衡，什么又是这架天平的准星？

司马迁因放逐的事件淡出之后，却不放过那于事件中凸现的人格。由此，对话与自白占着不惜笔墨的篇幅。《世家》写孔子三十岁，只一事件，是齐景公之问政——昔秦穆公国小处辟，其霸何也？孔子对曰："秦，国虽小，其志大；处虽辟，行中正。身举五羖，爵之大夫，起累绁之中……"后人对孔子议政之事多喜引孔子另次回答景公问的"君君，臣臣，父父，子子"一节，重视他要在乱世建立秩序的一面，却独冷落了上述答问里的"中正"二字。司马迁不愧是孔子的最知心人。他写出了那个纵有治国理想却以中正为基的人的精神，这是一个哪怕最普通的读书人区别于一个优良政客的关键一点。而鲁昭公二十年时，孔子正处于三十岁年轻气盛的而立之年。血气方刚的孔子没有因辅佐或救世而遗漏这个前提，年轻的他尚不知道中年之后他将为之付出的一切，包括在黄河南岸异国国土上心身惧焦的落寞苦寂与颠沛流离。对于中正，司马迁当然不是一笔带过，对于那奇异一生描述的最后，一声独白越过事件，横空出世："不降其志，不辱其身，伯夷、叔齐乎！""柳下惠、少连，降志辱身矣。""虞仲、夷逸隐居放言，身中清，废中权。""我则异于是，无可无不可。"《论语·微子》这一段似更全一些。讲到柳、少的言中伦与行中虑，《史记》中没有确切说孔子讲这句话是在多少年，但从上下文推，应是鲁哀公十四年与十六年间，70岁多的孔子依然不忘自己的定位——无可无不可的中道，大有为己盖棺定论之意。令人肃然。这话是说在老年的，在此之前，已经有了那场流亡的铺垫。

这是汉代的司马迁为那天平找到的准星。理解了这一层，中正二字，用先人传下的汉文字写下来，有以往不曾发现的好看。所以那事件也迎刃而解了。中原流浪之时，孔子不被卫国所用，便西行欲见赵简子。他带了一行弟子行至黄河，听说赵简子杀了窦鸣犊、舜华两位贤大夫的消息。于是有了那声"临河而叹"，望着黄河水的眼里闪过的警觉是在那为此事的悲恸、哀婉吗？一阵乌云卷过来，变成他眼中的阴翳，那话一定是含泪说下的："美哉水，洋洋乎！丘之不济此，命也夫！"一旁立侍的子路走上前问先生为什么不渡河，说这些话又是什么意思呢？孔子为他的感慨下注："……丘闻之也，刳胎杀夭则麒麟不至郊，竭泽涸渔则蛟龙不合阴阳，覆巢毁卵则凤皇不翔。何则？君子讳伤其类也。夫鸟兽之于不义也尚知辟之，而况乎丘哉！"这句话与其说于子路不如说给自己，那经了河水放大的金石玉振之声，再度剖白了一心有为的孔子是有所不为的。他的救世必以义为前提，这一点已然无法更改，所以他放弃了渡河到晋国去的念头，而在这决然的放弃里又有着对天命若此的失意无奈。水流淌得是那样的美。尽收眼底的江山打动着这个一心要建立功业的人，但是彼岸不可去，那个无道的人在中人以下，不可与君子语。想想看，这番话是说在过匡时面对匡人之拘和弟子之急"天之未丧斯文也，匡人其如予何！"和过宋时面对桓的拔树弟子的催促"天生德于予，桓魋其如予何？"的雄志大略后面的。孔子决不趋利忘义的反功利态度，使得春秋时代那么多的以见用为目的的谋士都变得黯然失色了。霸业成就了又如何？孔子自有他不同于世的标准。由此，孔子严格地将他活动的区域限定在黄河之南。以一条河为界，他以不渡完善着义为前提。

里仁为美。择不处仁，焉得知？

遗憾的是，现已经无法考证孔子是站在黄河的哪一段说那些话的了。地图上没有标志。从卫国出来西行渡黄入晋的话，又是哪一段呢？桑田沧海，黄河已几经改道，如今的地图上已不可能查出那个地点了。心里隐约地有那水脉的影子划过。我知道它不在我去过的风陵渡、太阳渡，也不在陕晋边界的那一段唯一南流隔河即可望见壁立山峦上人家的渡口。这些渡口我都曾跑过，包括去年在去函谷关路上从车窗玻璃望见的黄河，它在我们的视线里足足流淌了两个小时。整个行程里阳光在黄河上面反射出的光芒灼痛着我。是呵。孔子言天不济，他渡河的地点奇异地从版图上消失了，或是现代人的笔画它不出？人们已不惯于或还没有力量承受他于洋洋水边讲下的话。

"太山坏乎！梁柱摧乎！哲人萎乎！"这是孔子留给这个一再伤害他的世上的最后的话了。他负杖倚门，歌叹而涕下。"天下无道久矣，莫能宗予"的不甘一生都在咬噬着他，然而他宁愿受这咬噬，也不愿放弃那个"义"。别人只看到了他因志不得的伤感，但有谁看得见他为此付出的疼痛？他是宁愿牺牲一己——哪怕已满腹治国之经纶，也要成全"仁""义"大道的人。这样的人，在那个根本无法与之比肩的时代，他的生命怎么可能不是一场悲剧。

人能弘道，非道弘人。

　　对于这一点，孔子何尝不意识得到。世上确实需要他这一种人，然而世人却不需要，不义的现实与求仁的理想间的分裂之苦当然写入了《春秋》。司马迁所写《孔子世家》中有一句："鲁终不能用孔子，孔子亦不求仕。"当执射还是执御之论都成往事时，孔子终在案几之上找到了他的位置。正是因为这一点的共鸣，《春秋》才那样为司马迁所喜欢，以至成为他的写作理想，成了他著《史记》的精要。那份史的责任，那份对史实当中人之人格的着重，不能不说是源于孔子的影响。说得远了。实际上，世人不是不需要孔子。孔子殁后次年，鲁国便开始了大规模的祭奠活动，只不过世人需要的是他最不重要的一部分，是他的礼、他的秩序之说、他的稳定，这恰却是孔子的衣袂部分；然而，谁人说过"中正不苟"才是他的骨头？！后世将之比于圣人，供着他或者把他批倒，借着他说着自己的话；然而，谁人如他起初与最后在料到了天命不济后不惮于自身被湮没而成全大义。"不义而富且贵，于我如浮云"的布衣之节已不单是一种竹简上的理论。

　　君子之于天下也，无适也，无莫也，义与之比。

在春秋时代的文字中泅渡,我常常惊异于那个时代的读书人文与惊人的叠印。他们的知与行达到了后世需仰视才见的境界,那种叠合,那种吻合,其间简直不留一丝缝隙,他们以身为文的一生简直给后人看那段历史提供了一种浪漫主义的神话角度,你却知道它是绝对的真实。怎么可能?怎么可以?进化至此的今人带着某种不信然却又愧然惶然复欣然的心态看着这一切的发生、完成、延展。那时的理论与人是那样不可思议又必然地合一,他就是他的思想,他的理论就是他本人。这可能就是孔子于不幸中的幸,那是一个真正的大时代,出了大的理论,出了巨人。

春秋,这个汉词,吟诵起来有一种音乐的调子。是什么赋予了这个战乱已经开始不义盛行于当世的时代以灵动的乐感的呢?是孔子这样一些被后人称为儒的人吧。对于浊世,他们没有逃开钻到山林里去,而是以清洁之水不断地洗涤它,他们专注于此的样子像是对待自己裸露的身体。生逢乱世,那是真正的澡雪。澡雪。孔子正是这样的一个人。

所以,对于后世阐释的已成典范的孔子,我习惯于抱着一份敬重的怀疑。孟子表白"愿学孔子",且将圣人的信念充实为"穷则独善其身,达则兼济天下"的积极理想;司马迁《史记》更是随处征引孔子言曰,并专列《孔子世家》而记史明志,那段太史公自述的话让人读之动容:"虽不能至,然心乡往之。余读孔氏书,想见其为人。适鲁,观仲尼庙堂车服礼器,诸生以习礼其家,余祗回留之不能去云。天下君王至于贤人众矣,当时则荣,没则已焉。孔子布衣,传十余世,学者宗之。自天子王侯,中国言《六艺》者折中于夫子,可谓至圣矣!"《朱子语类》(卷三六)中说孔子已干脆用圣人指代:"圣人贤于尧舜处,却在于收拾累代圣人之典章礼乐制度义理以垂于世。"而卷九三中朱熹直接感叹:"天不生仲尼,万古如长夜。"近代,如五四运动先驱李大钊在其《自然的伦理观与孔子》里仍用了三个"确足"来表述自己对这个文化圣人的态度。他说:"孔子于其生存时代之社会,确足为其社会之中枢,确足为其时代之圣哲,其说亦确足以代表其社会其时代之道德。"在此文中,他还进一步表明了对传统反思的立场,"余之掊击孔子,非掊击孔子之本身,乃掊击孔子为历代君主所雕塑之偶像的权威也;非掊击孔子,乃掊击专制政治之灵魂也"。1917年2月4日的《甲寅》月刊有那段历史性的文化事件,然而李文此语却经起了时间的恒久考验。如此,两千年内,孔子与圣人两个语词可以互换,二者也是互义的。只是那时活着的孔子并不是一个人所推崇的成功者。相反,他是一个于当时而言的失败者。像堂吉诃德一样,奔走一圈,仍回原地,在路上与风车作战,格格不入于那个时代,却一定要为那个时代提出一种秩序，提供一种理性，一种结构，一种为仁的道义。

因为这个，所以苦找到了他。在他追寻"仁"的一生里，苦也附体于他，挥之难去。

> 君子无终食之间违仁，造次必于是，颠沛必于是。

所以他们所说的孔子都是孔子，却必合得起来才是。真正的孔子是所有孔学论者笔下的孔子之和，颜渊的话是后来才品出味道的。有幸与孔子生在一个时代并作为孔子最满意的弟子之一，这位在陋巷亦不改其志的人，喟然叹曰："仰之弥高，钻之弥坚。瞻之在前，忽焉在后。夫子循循然善诱人，博我以文，约我以礼，欲罢不能。既竭吾才，如有所立卓尔。虽欲从之，末由也已。"连颜回都如是这般，又怎能苛责其他人没有写出孔子的全貌呢？然而，1995年年末，李洁非写下的一篇文章《说"苟"》却不能不使我心有所动。此文初发在哪里已经记不得了，那里面讲到的"苟"与"恶"的区分却迫人神经，他讲到苟与不苟在古代是一桩关系人格的大事。可惜他引用到的《荀子·不苟》一文我一直没有找到。他接着说他对苟与恶比较的观点："依我之见，在一定条件下，'苟'的行为和心理对社会的败坏,是更为内在和不可救药的。就像某些疾病一样,'苟'对社会健康的侵害,不是突然地从表面爆发出来,而是悄悄潜伏在机体内部,销蚀其活力,使其萎靡不振,终至无痛而死。"他表达了古贤忧苟甚于防恶的态度后,引用了一段《论语》上的话,"道之以政,齐之以刑,民免而无耻"。这是《为政》中的一节,孔子紧接着说的是"道之以德,齐之以礼,有耻有格"。足见耻的教育、不苟之约即便一时不能普及于社稷,却也直接通向着正直、勇毅的个体。这种认识于次年1月写生了《心中的夫子》。李氏眼中的孔子是一个远远走在时代前头的"永恒的失败者",像俄底修斯那样迭遭困厄,但终生不曾更改志向,并从这一种特别的失败中感受到存在的价值:"一个真正而纯粹的思想者的独立性和敢于坚持其立场的使命感。"李文称这个是夫子留给中国知识者的最宝贵的财富。

读古史,时常念及春秋时代的人大都透着一种洒脱,一种来去由己的自由,现在知道那自由源于对一己职责的认定,源于对一己立场的自知,这种职责自知的基础就是"不苟"。凡事都有界限,大事更其如此。小时读书竟不太懂得古时之人为什么说着说着,意见不合了就割席而坐,现在懂了他们的标准。在孔子心目中,济世是一个大理想,但比这理想更重要的是节不能丧失。那时,相统一的不光是人与文,理想的内涵与实现理想的手段也是如此叠合在一起!

> 君子义以为质,礼以行之,孙以出之,信以成之。君子哉!

1996年深秋,11月,我在曲阜拜谒了与孔子有关的三个圣地——出生的地方、安眠的地方、后人祭奠他的地方。三处相距不远。而在那个秋雨湿襟的漫步过程中,有一些当时不易觉察的心惊。那个结庐三年复三年的子贡庐,那个躲过了焚书季节藏有完好典籍的鲁壁;那棵大成门内石壁东侧的孔子手植桧仍然活着,青苍葱茏,就是明人钟羽诗中"冰霜剥落操尤坚,雷电凭陵节不改"的那棵树;那个刻有"大成至圣文宣王"的墓碑……走在一个人的生与死间,有一种不甚真实的感觉,很难认定那人已经不在人间。洙水与泗水,又到哪里去找?惜手头不见崔述的《洙泗考信录》,然而孔子,你怎么就能做到?不光人、文,手段和目的,甚至连生死都不让它有距离。孔子!

在那样一个经过数世修葺扩建,堪与故宫媲美的大院子里行走,令人缱绻的却是静默不言的杏坛。《庄子·渔父》中载这是孔子"弦歌鼓琴"给弟子讲学的地方,在它面前静默地站立,首先想到的是初中课本中念过的一段,那个孔子让弟子各述其志的故事。回来后,我在《论语·先进》中查到了它的全文,子路、曾晳、冉有、公西华侍坐,各述其志。子路的"千乘之国"、冉有的"礼乐之邦"、公西华的"宗庙之事"均未能打动提问的先生,唯有专注鼓瑟最后发言的曾点换得夫子的喟然一叹:"吾与点也!"那让孔子如此动心的志向是什么呢?

  暮春者,春服既成,冠者五六人,童子六七人,浴乎沂,风乎舞雩,咏而归。

这才是孔子真心向往的呵。他是那样地喜爱音乐,与齐太师语乐、闻韶音三月不知肉味,向师襄子学琴竟投入得废寝忘食;也许身居困厄之中能够面对世界的也只有一张琴了,也许能够记录述而不作的孔子一生心事与灵魂的也只有这一张琴了。他一生弦歌,无论讲学生涯、流亡生涯还是著作生涯,直到生命成为断弦为止。

暮春咏归。从指缝间长出来的是什么样的音乐呢?什么样的音乐才能配得上这样的怡然与清爽?

那内心的终点!

想一想都让人心疼。

那幅既是访问列国也是中原流浪的地图没有指示这样的路

线。这个世界所能给他的，是一个又一个的困境。孔子一生充满了突围的壮烈与自知的艰苦。然而他是多么希望能有那样一个境界，那个对战乱的春秋而言如梦般神话的世界，如果没有，他宁愿受尽辛苦也要创造出来。

实在是应该马上就背着行李踏着他走过的路一步步走走。井上靖走过了它，不足15万字的《孔子》被称为"从时间的缝隙中窥见历史皱襞里的一个人的足迹"，对应那人波澜壮阔的生涯的，还有比亲身沿着他的道路走更好的方式吗？较晚接触到的李冯的《孔子》截出这一段中原的行程，用了孔子诸弟子交叠叙述的手法。这部以曾参梦境为楔子，发表于1996年第4期《花城》的小说，读来也像是一个梦境，置身其中，那灵魂收集者也是先师承继者曾参和他的兄长们讲述的只是一个旅行者的故事，一个对行走、迷失还有放逐痴迷的人群的故事。作者用了一种后《论语》的语调加重着对这一行旅事件的记忆，众人的多重叙事，使小说有一种和声的效果。只是这个故事发生在春秋，孔子与他第一批弟子是这故事的主人公。与史述不同的是，他们多少都带有些超乎常人的疯狂和对这疯狂的坚定。他们，这群人，不倦地走在路上，在那幅天命早已定好的地图上行走。行走，已经不问目的。

正如小说中言：

> 那时候，我们与时代有关的浓烈欲望与狭隘的目的都消失了，我们追逐的不再是国王，权利、荣耀也不是虚无……我们最后给世人留下的，是一次完美、纯粹的旅行。它已不再是一次普通的旅行，已不再简单地附属于我们个人。我们只需要最后完成它，而不需要再与它相互追逐……

我愿从我的意义上去理解它。

然而更远的路上，更苍茫的薄雾中，那个弯腰掬水擦洗马车准备明日启程的人，他今夜的梦里一定已经有着明天的朝霞。

鲁迅先生在1935年年底出版的《故事新编》里，没有为孔子着一笔墨。他写老子、墨子、庄子，写道与侠，写上古神话，一共8篇文字——不仅在中国文人文化里，就是在鲁迅本人的写作里也是独立而诡异的——却独独隔过了儒，隔过了正统文化所依于的那个含先生本人所受教育的创建了几世代文人文化的孔子，作为以别样形式写下的《中国小说史略》。我也一直这么将《故事新编》当它的另一理论的文化简易版本读的，然而这一点的发现，曾使我深深地困惑着。

当时文化语境中的反孔与反封建的意义大于着对那传统的

总结，而且先生本人置身其间已遍尝了那文化变异后的吃人实质而每每感到的攫心似的压抑，还有先生血脉里的那种东西的纠缠与矛盾挥之难去，已凝成血块的东西更无可换算为文字的形式。总之，先生对儒的态度达到了嗤斥与不屑的地步，酸儒与腐儒频频被其捉住。不放过的也有底子虚浮的隐士，以至先生在1934年的《且介亭杂文》里干脆以《儒术》为题一并称之，在《且介亭杂文二编·隐士》里也对一味高蹈却无补于世的一群极尽讽刺，直到二集中的《在现代中国的孔夫子》讲到孔夫子长期以来被当作一块砖头，其圣人意义早已变质。所以后儒时代的无论登仕与退隐，无论进或退，在鲁迅眼里均一个"啖饭之道"。从1934年5月至1935年5月这一年的文字看，鲁迅似乎想对自己的思想做一个清理，儒之传统当然是在他理性之外的，是他常常的长矛所指。这个清理，正如同年编就的《故事新编》似的，后者可看作是鲁迅对自己长期来所置身的一种文化的清理。这本小册子，8篇小说，竟前后写了13年。从1922年的《不周山》（《补天》）、1926年的《眉间尺》（《铸剑》），到1935年年底赶写似的出手的4篇竟占全书二分之一篇幅，说明着什么呢？查一查那写作年代总会有些很有意思的发现。这可能正是我近年来不自知地迷恋于一种在学问里可能还尚无定位的个人版本学的原因。

所以不妨看一看《故事新编》的8篇小说文字后面注明的各

自的完成时间：

《补天》《奔月》：1922年、1926年作；

《铸剑》《非攻》：1926年、1934年作；

《理水》《采薇》：1935年11月、12月作；

《出关》《起死》：1935年12月作。

从中能否厘清鲁迅的一种思路？刚开始写作时，他并无一定的文化意图，尤其在对文化的清理与检索方面，这在书的序言里可看得出来。进入20世纪30年代后，尤其是他写杂文最多的1934年和1935年，许是看惯了太多的对文化的看不惯，而自觉感到了一种回溯的必要，才一气似的写下了《理水》至《起死》4篇吧。当然，这里面肯定带着时评划过的印痕。那种一贯的调笑与冷峻已经不善于埋得太深。这就是先生序中"不免时有油滑之处"的自嘲吗？风格我真的不想再论，只那两句让我不能放下："直到一九二六年的秋天，一个人住在厦门的石屋里，对着大海，翻着古书……"；另一句是开篇，"这一本很小的集子，从开手写起到编成，经过的日子却可以算得很长久了：足足有十三年"。鲁迅序言亦写于1935年12月26日，与其几近同时，确切说4天后，30日，《且介亭杂文》编成，写序。把两部书放在一个时段看，可见鲁迅这一年对自己对文化的同步清理，他要捉住造就了他的《且介亭杂文》所指对象的历史。尽管鲁迅早有准备，从1922年已经开始，然而自觉地探源却仍是这一年，也只有这一点，才可解释他于两个月时间便写下了4篇小说。这个速度超出了一向谨为文学的鲁迅，况且同时他还写有大量的杂文。如果这不是一种探寻的激情，一种要把灵魂的那些微妙胚芽赶在它们成果之前做一检索，哪怕重坠它出世前的黑暗，为获取而再做一次深重地沉浸，也是不可推诿的。然而，那序言还是简约到极点，只写书的成因，而避开主旨，只在结尾处写："……不过并没有将古人写得更死，却也许暂时还有存在的余地的罢。"鲁迅只谈手写至编成的过程，从《补天》到《起死》的13年，甚至对这起止点的两标题的寓意也没有透露一丁点儿，只一语带过"四近无生人气，心里空空洞洞"的1926年秋时的心境，只提《补天》（《不周山》）、《铸剑》（《眉间尺》）、《奔月》，其余绝口不提。

　　然而，吸引我的是那样一种选择，在那样一种固定的时段里。8篇的新编"故事"真只是为了填补凭海空洞的心境吗？这不像鲁迅做的事，先生在楚歌四起的当时也不可能有这样的余闲。那么，问题来了。先生写下这样的文字是想揭出与预示什么呢？什么促使他一手抓握匕首似的杂文去完成时代的批判使命——那是一个现代意义的知识分子必得完成的，一手又牢牢地不放松史的镢头，或为剖地基，或为盖高楼。而在这样的意图下，什么样的事可以称为"故"，什么又称为"新"呢？先生是太想为之做个结论，尽管他知道，结论其实不可能有。所以用"新编"这样的方式:那太过曲意的初企图已经不能找到一更好的表述渠道,对于自身是其间一部分已是一机身上的零件而言的文化,任何检索都不能够将之放在外面,放在对象的位置加以观照。所以没有理论:他放弃了理性论述的形式,如那《中国小说史略》所做的,他没有去写一部类近中国文化精神史略的文著,而只将自己对它的理解放在了这八篇里面。不知这样的选择,先生想没想到他也给现代文学史家留下了一个难解的谜,所以大多数治这一段学问的人是避开它不谈的,或只是在风格上打转转。那是一个较博尔赫斯还要深不可测的迷宫呵,那个书写者的灵魂里有着太多亡魂的回声与纠缠。

但是,新编的故事存在着。它不因别人的噤口而丢掉意蕴,褪失颜色。

从无意到自觉,《故事新编》写了中国文化的四大渊源。《补天》《奔月》二篇是神话,《铸剑》《非攻》二篇为墨侠。这4篇还属无意阶段,可以看作是鲁迅气质中本有的东西。他的《朝花夕拾》中谈山海经等的文字,与他的《野草》中的文字作为佐证,再好不过地说明了先生人格结构中的这一部分——他的民间性,他的近墨,与他的浪漫和认真。其余4篇,从写作时间看,则自觉成分较大,理性掺入其间。《理水》《采薇》二篇,我认为写的是"儒"。《出关》《起死》则明显在写"道",只是写"道"二篇写的是老庄之道。由它的代表直接出来发言，写"儒"的文字却一概发生于儒之前，在一个儒前时代，或前儒时代里。他们能否代表儒，或说正是以此方式成就对原儒的追回亦未可知，总之一切又都带上了某种传说的色彩，这种斑驳好像又正代表着先生心中对其一贯的矛盾心态。

孔子没有出现。他隐身于文化里面。正像不写他的作者在他的序言中的另种隐身。这个留白值得注意。它使得舞台上有限的水银光柱聚打在《理水》《采薇》人物所占据的亮点上。

《理水》说的是大禹治水的故事。开篇一片汪洋，宛若1996年美国电影《未来水世界》里的情境，怪不得后者让人看时觉着眼熟。文化山上的学者们吃着奇肱国飞车空投的粮食，热切而无聊地做着"禹是一条虫"的考据。小说的写法也是奇，禹到第三节（小说共四节）才出场，这时全篇已进行有二分之一。挥开了卫兵左右交叉的戈的，是那面目黧黑的大汉，真是精彩！更精彩的是他一步跨到席上，并不屈膝而坐，"却伸开两脚，把大脚底对着官员们，又不穿袜子，满脚底都是栗子一般的老茧"。面对着已经旷日持久的"湮"不是"导"的争议，作者写道，"禹一声也不响"，"禹一声也不响"，最后是"禹微微一笑"；而支撑着他这自信的，是与坐而论道胖得流油汗的官员们绝不同的、站着的那"一排黑瘦的乞丐似的东西"，他们"不动，不言，不笑，像铁铸一样"。鲧的儿子——大脚的禹与口舌发达的文化山上的学者们的区分，大约就是鲁迅心中真儒与伪儒的边界，在务实与蹈虚之间，济世与玩学问尚清谈之间，先生的边界坚硬到连那功成后的事迹也不放过。结尾，禹进京后不重吃喝，做祭祀和法事却阔绰的一点也多少影射了孔子的"礼"。体制化政府化后的禹后之儒可能正因为这个表面的皮才渐渐丢掉了它起初的里，丢失了它的济世责任与百姓意识的。而这真可能是儒走向了学（形式）而不是济（实践）的根源也未可知。而那起初，正是先生要恢复的吗？

《采薇》映入眼帘的是秋阳夕照的两位老人的白胡子。养老堂台阶上并坐的两位老人是辽西孤竹君的两位世子，均让位而逃，又路遇，便一同来到西伯的养老院。本来他们是可以颐养天年的，可是他们偏不，不是不愿，而是不能，因为心里有一些标准不能放下，武王伐纣的大军面前便多了两个拦道的人——这当然为其最后赴首阳山之途做了铺垫。然而为那绝食作引子的却是作者行文中尽写的"烙好十张饼的工夫"，"烙好三百五十二张大饼的工夫"以至"烙好一百零三四张饼的工夫"的机智，而"不再吃周家的大饼"却是对史书上"不食周粟"的现代翻译；在"让"与"伐"间比较，两位贤人做了他们的孝、仁要他们做的选择，而且这个"出走"是他们人生里的第二次选择。第一次是不做王，这次是不做他们认为不义的王下的臣民，这亦无可厚非，没有任何人强迫他们这么做，只是他们身受的教育驱动他们必须这么做。而这么做时，他们都已是不能自食其力的老者了。以两位老人的白胡子向整个社会宣战，以心内的王道向现实的王道宣战，正如拦在讨伐大军前面的垂垂老矣的老人一样的情境，使人读了感到滑稽又心酸。鲁迅的目光却越过于此，他不舍追问的是"不食"形式下的价值的有无。义是什么？是正义之义，还是理念书本上的抽象道义？他要问个究竟，这个究竟即使会伤了这两位老人他也要追问下去。伯夷、叔齐终于饿死。正如《理水》最后对回京后讲了排场的大禹颇有讥讽一样，《采薇》结尾借了各界的议论也使得首阳山的故事笼罩上颇多疑处。从中可见儒之道德源头的回溯里先生情、理中的矛盾。

这可能正是他不让孔子在故事中出现的原因。《理水》《采薇》两面谈儒，各有褒贬。禹代表着前儒积极入世的方面，是"有所为"；"为"的所指是百姓，所以它背后是有百姓支撑的。伯夷、叔齐则是前儒"有所不为"的一方面，"不为"的能指是自身，所以百姓只把他们当圣人看个稀罕，而不怎么站在这一边。然而我觉得，有为与无为，后来都已与王道无涉，只不过一个是"行义"，一个是"守节"。"行"是积极的儒，"守"也未尝不是儒道的另一种积极，有种决绝的意味，为了一种自己坚信的念想去守，从而不惜生命的这一点，在一个物质与实惠至上的功利权衡一切的时代里，就不失其照人的光彩。那没让他走上前台的孔子曾说："不得中行而与之，必也狂狷乎！狂者进取，狷者有所不为也。"先生不写孔子，却写与"中行"不一的两个极端，禹的狂与伯夷、叔齐之狷，难道在寓意着这个吗？然而，那天真里也许真的有太多的矛盾，以至会以讹传讹，弄得形式总是大于内涵。鲁迅正是担心这一点，才不惜在任何人事上都放上批判。不仅前儒这两篇，整部《故事新编》都是，标题的起始到最后，"补天"的决心与"起死"的绝望绞绕着他，从那诡异的行文里我们可以感受到他一人所受的双向同时的拉力。这种拉力与他心灵的承受硬度成正比，甚至还可以看见在厦门对着海的一个窗口里面那张怨怒、哀伤到憔悴的脸。1997年1月在北京阜成门鲁迅纪念馆那空寂无人的展厅里，隔着玻璃，我再次看到了先生在厦门面海的山上照下的照片，在"全集"的扉页曾不止一次见过，不解的是为什么一身素衣的他倚靠并手扶在一块墓碑上面，与坟合影的墓外的他正凝视着。如今我明白了他。

避开孔子。避开尧舜。他选择了禹作儒之道德源头，足见鲁迅心中的儒是近墨的，有侠气，重实践。而这正是国人精神中所乏的，包括《采薇》也是和《史记·伯夷列传》——司马迁将之作为列传第一——不同的，尽管他承认那是小说的文本来源。倍受文化纠缠的先生也是这样实践的。他在1934年9月

25日——注意这个时间正是写《且介亭杂文》与《故事新编》的中段——写下的《中国人失掉自信力了吗》公开表明了这一点。那些文段是先生学生时朗诵过的:"我们自古以来,就有埋头苦干的人,有拼命硬干的人,有为民请命的人,有舍身求法的人……虽是等于为帝王将相作家谱的所谓'正史',也往往掩不住他们的光耀,这就是中国的脊梁。"由此推断,先生将之作为他本人小说创作的终篇,就有着些许如《春秋》般的绝笔意味。

  士不可以不弘毅,任重而道远。仁以为己任,不亦重乎?死而后已,不亦远乎?

  《理水》《采薇》就史说,都属前孔子时代。在春秋以前,二者作为儒之道德源头,作为道统,各有经不住考证的疑问,何况在鲁迅眼中,根基都是动摇的。然而有一点可以肯定,或者根本不需儒之称号,是"有所为,有所不为"。这个界限在心,而不在礼,或者理。

  所以,在这个意义上,守节也是一种行义。所谓"道不同不相为谋",所谓"君子谋道不谋食",所谓"天下有道则见,无道则隐",所谓"达则兼济天下,穷则独善其身",所谓"天下有道,以道殉身;天下无道,以身殉道",所谓"圣达节,次守节,下失节",从《论语》至《孟子》再到《左传》,总有一个自衡的标准。念及太史公将伯夷、叔齐之事写入列传,且置于列传第一篇,也是有其用意的。更打动我的倒不只是"不食"的史实,而是一向吝墨的史家所发的史外随感,面对"积仁洁行,如此而饿死"的善人与"暴戾恣睢""操行不轨"而"竟以寿终"的盗跖,太史公不禁发出"余甚惑焉"的天道是非的质问。念此,心境是无法轻快的,轰然耳边是司马迁对孔子的一句引文:

　　岁寒,然后知松柏之后凋也。

何晏对它的集解可以背下来,"大寒之岁,众木皆死,然后知松柏小凋伤;平岁则众木亦有不死者,故须岁寒而后别之。喻凡人处治世亦能自修整,与君子同在浊世,然后知君子之正不苟容"。这已超出了一人一事的议论。对照此后的为儒而儒,将儒作为一件衣服去谋求"啖饭之道"的伪儒——其中当然不乏读书人——而言,上古时代的两位固执的老人对周食说"不"的精神,也许在抽象意义上大于它的史实意义。正是这个,赢得孔子"不降其志,不辱其身,伯夷、叔齐与!"的喟然一叹;引来孟子"伯夷,目不视恶色,耳不听恶声。非其君不事,非其民不使。治则进,乱则退……故闻伯夷之风者,顽夫廉，懦夫有立志"，与"伯夷，圣之清者也"的议论。毕竟有激烈的壮怀在里，有不坠青云之志的决绝在里。因了这个，身居中原，投向西北的目光里，总是含着后来者的敬意。

作为与孔子生于同时代，少孔子九岁的孔子的大弟子子路，以耿直、勇毅见称。《史记·仲尼弟子列传》中称他"好勇力，志伉直"。就是这个有些莽莽撞撞的人，一直跟在孔子身边，并成了孔子的一面镜子。公山不狃之乱，使人召孔子，孔子竟有些动摇，为"周"的念想"欲往"之时，是子路不高兴地阻止了老师。《史记·孔子世家》里只有一句："子路不说，止孔子。"孔子有一些政治抱负的辩白，然而"卒不行"。居停在卫，灵公夫人南子要见孔子，孔子辞谢不得的情况下不得已而见一事也让子路很不高兴，一面是帷中夫人环佩玉声，一面是孔子的北面稽首。《世家》上又一句："子路不说。"孔子赶忙辩解："予所否者，天厌之！天厌之！"足见子路是喜怒俱形于色的人，他不会为了某种虚饰的尊敬而掩盖真情，尤其不会为某种表面的"礼"去代替他学的也是心目中自有的对"义"的那一份看重。

因为直，所以陈蔡之厄时，面对仍然弦歌不止的孔子，子路有些耐不住，走上前半愠怒地问："君子亦有穷乎？"而在得到孔子"君子固穷，小人穷斯滥矣"的肃然一答后，他便没有说话。先生的凛然大义与其好勇的气质有着默然的共识，所以他要到了他自己没有说出的话。正是子路当年催促着还惦记着鲁国祭肉的老师赶紧出发离开，所以在一些事情上，他似乎做得比孔子还要果决和彻底，从而成了孔子的一面镜子。这可能正是孔子如此喜爱和信任他的原因吧。"道不行，乘桴浮于海，从我者，其由与？"孔子是认定子路是跟从他走到底的最后一人的。

　　长期以来，我一直不解，怎么一个好勇之人，与读书人——儒的形象气质真是相差甚远，却独独得到孔子如此大的信任？从气质上言，无论如何，子路都有些近墨侠，不仅体现在他成为孔子弟子前的行为与打扮，而且当了弟子后仍然是剑不离手，动不动就拧着脖子与别人做一争执，眼里揉不得沙子也罢了，好像有时不免小题大做，让人觉着不怎么讲理。比如，对于孔子的"治国首先必得言顺"之理，他就一下子敢于顶上，说："子之迂也！"弄得孔子失态大叫："野哉，由也！"比如，孔子病重，他就赶紧让孔子的学生充当家臣准备料理后事，使得孔子叹喟不止："久矣哉，由之行诈也！"直说到自己无宁死于二三子之手，不大葬，死于道路等。可见子路已冒失得可以，恼人得很，然而可爱。

　　刚、毅、木、讷，近仁。

正是由于这种性格，子路才会在一些大是大非面前挺身而出。正是深知弟子的为人，孔子才会对他的命运结局有不祥的预感，如《史记》中记载所言："若由也，不得其死然。"古歌里唱，命里的苦要来，谁能躲得开呢？子路根本没有想到要躲，天生的保全自己的本能在他那里似乎全不存在。他要进城去，可是城门已经关了。赶着出了城门的子羔惶惶然地将一切都告知于他，好心地劝他快逃，然而他不肯，趁着使者入城的空，进了城。不知远在百里外的孔子能否看见他硬朗的背影，反正对这一切的发生，孔子是早有预料的。听说卫国出了事，这位已逾古稀之年的人只说一句："柴也其来乎？由也其死矣。"果然，那城门在子路的背后再也没有对他打开。

"方孔悝作乱，子路在外，闻之而驰往。遇子羔出卫城门，谓子路曰：'出公去矣，而门已闭，子可还矣，毋空受其祸。'子路曰：'食其食者不避其难。'子羔卒去。有使者入城，城门开，子路随而入。造蒉聩，蒉聩与孔悝登台。子路曰：'君焉用孔悝？请得而杀之。'蒉聩弗听。于是子路欲燔台，蒉聩惧，乃下石乞、壶攻子路，击断子路之缨。子路曰：'君子死而冠不免。'遂结缨而死。"

这是《史记·仲尼弟子列传》中的记载。同一篇文字，还记载了孔子的两句话。一句说于子路殉节事先，是"嗟乎，由死矣！"大意同上。另一句是事后的慨叹："自吾得由，恶言不闻于耳。"意指有子路侍卫，侮慢之人不敢有恶言。

结缨而见杀，并被卫兵剁成了肉酱。子路死得好惨，然也死得其所。这个未出先生所料的结局倒使我想到了子路生前与孔子的几番答问。子路问鬼神，孔子答："未知生，焉知死。"子路问尚勇，孔子答："君子义以为上。"这一问一答里，在提问者的问题里，是不是已经藏下了子路对自己命运的预感呢？那让他倍感困惑的死与义促使了他去用身体力行的方式找到了他自己的答案。

如今，子路墓仍然在古时卫国所在的土地上站着，像那结缨而死的君子，保持着它尊严的姿势。1996年10月，我与它失之交臂。然而，在后来得到的一本《濮阳》画册里，对着那方倾颓、荒凉的坟墓，我会突然想到孔子痛失子路后的心情，由是推断孔子内心也是尚勇的，虽则在子路生前他话里话外地一直对好勇做着善意的批判。可是，子路作为孔子唯一一个儒的行动派，血气方刚地实践了对于"义"的诺言，他不侥幸于自己的不在场，而非要"驰往"；他不在意子羔的劝告，非要进入已经关了的城门；他不在乎卫兵的长戈，非要结好象征君子尊严的缨冠。在这一连串放不进利弊得失之权衡空隙的事件里，一切都发展得那么本能与自然。站在子路墓前，有两句话是无法不想起的：一句是"食其食者不避其难"，这句话是子路在进城之前对子羔说的;另一句是"君子死而冠不免",这句话是在与卫兵血刃时,子路说给自己的。

孔子听到消息后是让人把家中的酱都倒掉了。他心里苦到不能看见。

子路就这样准确地用生命证实了老师对他的看法,而且无意间,透露了儒之尚勇的一面。

  可以托六尺之孤,可以寄百里之命,临大节而不可夺也:君子人与?君子人也!

古史大概正在这一点,让人每每披衣挑灯,感泪纵横,夜不能寐。

13世纪南宋的文天祥可谓少有所成。二十岁初试便中了状元,并得理宗之赞——此天之祥,乃宋之瑞也。本来按照事情的正常发展,文天祥会延展着儒士——一个读书人的仕的道路走下去的,可他偏偏生在一个国家危难、边境日瘦、虽偏安临安亦不保的南宋时代。生在这个时代也罢了,那么多读书人或潜入学理不问政治,或偷安一时觊觎于仕,或隐居求志对朝廷的更迭作消极而清高的不屑而置之,那样中国历史上会多一个鸿儒,而少一个先烈。可文天祥不是,他偏偏不走上述道路中的一条。不走也就罢了,他偏偏投入得很,对于大节大义,他无法做到置若罔闻。于是当时的中国就少了一个鸿儒，而多了一个烈士。

整整15年，文天祥在出仕与罢官间反复，做了无数个大大小小不同职位等级的官，而那名称也着实让人记不得了，但文天祥这个名字，却是刻入了历史。文天祥的最后一个官职做到了丞相，却是在国家危难到覆灭之时，在那特别的前夜，道义铁肩已是责无旁贷。按照一般人的观点，尽职尽忠也就足矣，可他偏要力挽狂澜。在此之前，先是应召组织义军，这时朝廷中的许多大将都弃城而逃了；后是在能否被允进入临安而待命城外，这时竟还有谗臣怀疑他会对大宋起兵，心虚若此。文天祥早该从中看出江山社稷的结局，可他偏偏要迎上去。南宋末年，由地方官组织的勤王兵似只有江西这一支逾万的队伍。有人劝他放弃，说元兵长驱直入，足下以乌合之众，前去迎敌，这与驱群羊斗猛虎，有何区别？他的回答却是："我未尝不知强弱之比。不过国家养育臣民三百多年，一旦有急，征兵天下，没有一人一骑前去。我深恨此事，所以不自量力，决心以身殉国。只望天下忠义之士，闻风而起，人众势大，那么社稷便可保全了。"大敌临近，他心里放下的早不再是一己的利害与安全。那个早年曾想在和平年代里隐居，并真的骑马走了江西老家的几座山想找一适居之地的儒生文天祥不见了，代之以金戈铁马、沙场点兵、堂堂剑气的武士。"平生读书为谁事？

临难何忧复何惧！"正是这个起意才会产生后来《指南后录》《言志》诗中如此掷地有声的话语。

文天祥总是夹在两间。因为正义，因为有意识地要为儒——平生读书的人一个诠释、一个集解、一个"正义"，所以那个动荡的时代才会把他夹在中间。先是夹在南宋朝内主战还是主降的本国人中间，再是夹在投降派与侵略者中间，夹在元人的劝与南宋的弃之间，夹在生还是死这个亘古至今的问题和选择中间。先是他率领的义军如此，后是他一人如此。两间的客观与一人的决意是那么直线来去，文天祥在大是大非面前做到了毫不犹豫。他最后做的与他起初做的是一件事。他的选择，从临安作为国都的城内大臣纷纷弃国而逃——上朝官员曾一度只剩下6个人——而他一个文职人员却于危机时挺身而出、领兵作战的那一刻起，就已做出了。而他的这个选择，更早在他少年时的答卷中便可寻见发端。那中了状元的御试策中写道："今之士大夫之家，有子而教之。方其幼也，则授其句读，择其不戾于时好，不震于有司者，俾熟复焉。及其长也，细书为工，累牍为富。持试于乡校者以是；较艺于科举者以是；取青紫而得车马也以是。父兄之所教诲，师友之所讲明，利而已矣。其能卓然自拔于流俗者几何人哉？"这种与当时"士习"的利欲之风的划界，这种对"利"的批驳，与《孟子》开篇《梁惠王章句上》的开卷相吻合。孟子见梁惠王，梁惠王劈头就问不远千里而来的孟子："将有以利吾国乎？"孟子对答得坦荡而直接："王！何必曰利？亦有仁义而已矣。"可见，中间隔了13个世纪，一千二三百年，儒的义、利之分仍然不浊。而"利之儒"与"义之儒"的区分却也只是到了国家、民族生死存亡的关键处才可看得分明。"卓然自拔于流俗者"，这是文天祥给自己的人生定的调子，此后的身体力行，对于一个内心义利泾渭分明的儒士来讲，一切都基于那并不难做的知行相叠上。

后儒时代对于义的阐释多在语言层面，太多的文牍案卷简直要把文人儒士的背都压弯了，纸上的东西弄得学人忙于应付，少有人再对儒之本有的骨头的东西加以关注。自孟子的战国起到汉，再到北宋，大师不绝，层出不穷；同时，学理式儒的方式亦在悄悄走离春秋时孔子的路。翻读历史，似乎漫长的释义时期只是一个准备似的，直到行动产生，直到有人续写上儒之实践派的断章。

"末世争利，维彼奔义。"这是《史记·伯夷列传》中的话吗？在一个惊涛骇浪的时代，面对这样的精神背景，文天祥心境若水，去意已定。

于是世上产生了那样一条路线，它纵贯从穗到京的中华版图。我没量过其间的距离，只知道，它正好大致是现今的京广线，还不算水路在内。这条路线，现在在中华书局1962年版的沈起玮编著的《文天祥》的小册子的书末可以找见。图名全称是《文天祥被俘北上图》，放在《伯颜灭宋进军图》与《文天祥进兵江西图》之后，图上是密密麻麻的地名和实虚双线标出的陆水两程，我仍然记着第一次看到它时的那阵心惊。

路线的开端在崖山的最后一战。五坡岭被俘的文天祥从潮阳到崖山，是被囚禁于元军船中亲见这场标志南宋覆灭的战役的。一个武将不能参加保卫自己国家的战斗，一个爱国爱到骨头里的义士自杀未遂而不得不亲眼为他所爱的国家送葬，这个痛苦，在南宋，体验到它的怕只有一个文天祥。1279年正月十三到二月初六的22天里，一水相隔的两军于海上交锋，尤其是二月初六那一整天，从早到晚。我不知道置身在一片昏暗的海浪里，面对宋军战船上纷纷倒下的樯旗，他是怎样把一个宋朝的结局看完的。史册上记载，整个崖山外的海面上浮尸逾十万具，陆秀夫背着九岁的宋帝赵昺跳海殉国；已突围出去的张世杰遇飓风，守着自己的战船坚决不肯上岸，以溺死海洋的方式殉国。在大胜的元军的一片舿声中，只一个人在北舟中面南恸哭，一夜没有合眼。由于崖山，那所有的复兴之梦，江西的组织义军，皋亭山进元营词意果决的谈判，三年前押送北上路上镇江的走脱，以至重新于南剑州起兵抗元的那所有孤意苦心，都一页页被翻过去了。而构成了比文天祥亲见自己国家灭亡更大痛苦的，是灭了自己国家的竟是宋朝汉军将领张弘范。

崖山的悬崖上,张弘范命人刻上了"镇国大将军张弘范灭宋于此"。我没有到过崖山,只听说后人在摩崖石刻上加了一个汉字——这个字不过也是重复了张文中的一个字,碑文便成"宋镇国大将军张弘范灭宋于此"。后来查手头的一些与文天祥有关的文卷,上写张弘范刻下的那行字早在明朝时即被御史徐瑨削掉,另刻"宋丞相陆秀夫死于此"。后来我在地图上找到了这个地点,广东分省图上可能看得更清楚,在斗门与苍山夹着的那一个三角海域里,现名为崖门,在今广东新会县南,西江与潭江汇合出海口,地势相当险要。所以那"最后一个"的痛苦不难想见——诸老丹心付流水,孤臣血泪洒南风。这样的痛心引出的仍是国破家亡若此的愤愤——我欲借剑斩佞臣,黄金横带为何人。

其实在崖山之前,文天祥就已抱了殉国的决心。崖山前夜,正月十二,元船过零丁洋。次日崖山开战前夕,张弘范派人劝文天祥写信招降张世杰,文天祥在那纸上写下的《过零丁洋》。这首《指南后录》的第一首诗,上过中学的学生都会背:"辛苦遭逢起一经,干戈寥落四周星。山河破碎风飘絮,身世浮沉雨打萍。惶恐滩头说惶恐,零丁洋里叹零丁。人生自古谁无死?留取丹心照汗青。"只是做学生时只感念于那赴死的决绝,没有去注意他的起句与末句在某一点上的对称:起句的"起一经"讲了他的研读经书的出身,是一个读书人的身份；末句讲到"汗青"依然是指竹简，是史，是一个读书人的归宿。这一点，我循着他的路走得越远，对它的感慨就越深。

零丁洋就在崖山附近。地图上没有标志。从艾煊发表于1996年4期《花城》的《散文三题》一文推断，是从深圳到珠海之间，在珠江口外。这个提法让我心惊，因为读到此文之前，1997年4月在广州开会，我坐着轮渡从珠海到深圳即走的是这一路线。印象中舷窗外的海江一样的颜色，与友人说话时，我并没意识到要往右边——那珠江口外的苍茫中看上一眼。后来友人来信中讲他从深到珠回来，一人走到甲板上，我不知道他有没看到那些岛屿。后来听深圳人讲有零丁岛无零丁洋，朋友说这话时，我能看见那些零丁的小岛散落在一片汪洋中的样子。珠江口真是一个奇罕的地方，那条去的海路，左舷窗便是林则徐销烟的虎门方向——这也是当时坐在船中的我不知的。

崖山之后，文天祥剩下的便只有诗了。这心内的江山，是谁也夺不去的。从广州到大都的万里行程是由一系列的诗篇穿起的，一步步地行走，神州陆沉，故国黍离，几乎重演了历史上的《离骚》一幕。困厄中，总出史诗，北征的路洒满了感慨的清泪，从"一样连营火，山同河不同"的《出广州第一宿》到"饿死真吾志，梦中行采薇"的《南安军》，到"想男儿慷慨，嚼穿龈血""不愿似天家，金瓯缺"的《满江红·代王夫人作》，再到"文武道不坠，我辈终堂堂"的《白沟河》，几乎一地一首，感念非常，也是步步坚定了肝肠烈烈的初衷。在一首题名《泰和》的诗中，它被表述为"书生曾拥碧油幢，耻与群儿共竖降"，我注意到这里，他仍用了"书生"一词。

这样，一面是绝食、服毒的死不成，一面是赣江、东阳的两次搭救失败的生不成，文天祥用诗画出了一幅史所未有的北行图。

1997年5月终于在北京东城府学胡同找到文天祥祠时，正院居中迎面对着我的是今人立下的一座石碑，上书"文丞相信国文忠像"，有文天祥身着宋服的阴刻头像，头像上方阳文刻着那首他死前的绝笔自赞，是赴柴市前写在衣带上的。站在那样的字句前，我无法走动。"孔曰成仁，孟曰取义，惟其义尽，所以仁至。读圣贤书，所学何事？而今而后，庶几无愧。"在柴市刑场，写这话的人是问了看刑的人哪面是南，并南向三拜而死的。"读圣贤书，所学何事？"书写的人，将他的所学贯彻了个彻底。从御试策算起，到"起一经"，到"书生"，再到这句自问的话，文天祥一直以一个读书的儒士而自醒。或荣或辱，对这个身份与职责他始终不弃。话里话外，他甚至看重于它超过了一朝丞相的名位。做丞相时，社稷为上，国破家亡，则布衣气节跃出海面。其实这在他，一切行动实践的人格基点。所以他总是有意无意地提醒着自己，用一个读书人。

祠占地不大，相传正是文天祥当年被囚兵马司的一处土牢。今天从地图上仍然可见这一处的兵马司的地名标志，今祠的窄狭也与他《正气歌》中的"室广八尺，深可四寻"相对应，不知可否成为佐证。祠的一面墙上刻着《正气歌》的全文，记述着他以一己承传的古人的"浩然之气"与这个当年土牢的水气、土气、日气、火气、米气、人气、秽气诸七气相敌的气魄，"以一敌七，吾何患焉！况浩然者，乃天地之正气也"。这里，他又提到了孟子。他不弃的仍是儒士定位。当什么都被剥夺去了，连江山在内，那最后不被夺去的、他一直小心保护的是：一个读书人的自知。

> 其为气也，至大至刚，以直养而无害，则塞于天地之间。其为气也，配义与道；无是，馁也。是集义所生者，非义袭而取之也。

这里，文天祥所要维护的已不再只是一个宋朝，还有一种汉姓，甚至一个儒家道统；他殉的不是一君一国，而是一种支撑了他，也支撑着历代千万儒烈之士的义。"取义成仁"，使得虽假以百龄之寿而不苟生，这种气节不仅使之能够不顾物质生命的消弭，而且能不屑那引动于他治国的大诱惑——元世祖以宰相之位相邀。然而，文天祥更看重那前提，如古人在"苟"前的止步，这个汉子把儒士的反功利精神发挥到了极致。

一部十七史从何说起？！宋代最后一个守住了心内江山的人常常以此问扪胸。在此写下的二百首五言绝句的《集杜诗》作佐证，文天祥仍是一介书生，是一个儒士。然却不同于一般通论意义的儒，不是后人想见的学儒（又包含鸿儒与犬儒），他是儒的更古时含义的体现者，如果说汉后之儒分化为践学派与践义派的话，文天祥则是典型的践义派。时穷节见，道义为根。引为同道、肝胆相照的人也基于这样一种区分：

在齐太史简，在晋董狐笔。在秦张良椎，在汉苏武节。为严将军头，为嵇侍中血。为张睢阳齿，为颜常山舌。或为辽东帽，清操厉冰雪。或为出师表，鬼神泣壮烈。或为渡江楫，慷慨吞胡羯；或为击贼笏，逆竖头破裂。

居天下之广居，立天下之正位，行天下之大道。得志，与民由之；不得志，独行其道。富贵不能淫，贫贱不能移，威武不能屈，此之谓大丈夫。

古人的凛冽、磅礴之气，让人写来有一气贯通之感。君子不忧不惧，一切都因有"亦知戛戛楚囚难，无奈天生一寸丹"的自重。

坐在人影寂寥的享殿门前，对着那棵据说为文天祥亲植、主体树干向南倾斜45度角的枣树，宛若面对"臣心一片磁针石，不指南方不肯休"这样朴素的句子。隔一堵墙便是一学校，可以听到学生们在课间喧嚷的声音，不知他们的课本里是否还保留着那篇《指南录后序》。那里面写了那么多的死，那么深重的"痛定思痛"，那么强有力的"复何憾哉"的叠句，令人朗声读来有一种吟唱的调子。在读书年龄，在这个读的时刻是不必去问许多的，然而与那琅琅书声一墙之隔碑上的那一问，也会在他们成长后的某一时刻遇到——读圣贤书，所学何事？这是每一个以知识为天命的人都必须做出回答的。

在府学胡同寻访时，不意发现北京燕山出版社也在此胡同内，距文丞相祠不远，印象中似在斜对面，我的行旅里即有它1995年版的《论语》与《孟子》。在它1991年出版的一介绍北京文物胜迹的书中，我后来看到了一句让我读之哽咽的话，第115页这句话白纸黑字："有传说，享殿石阶，每当下雨，即呈红色，相传为文公被杀时血迹。"

我不睬它是不是后人的附会。当时坐在前殿背面的我，面对着的正是享殿。

"故衣犹染碧，后土不怜才。"这是宋亡不仕的谢翱的诗，作于文公卒后八年。与《西台哭所思》同时期，好像还有一篇《登西台恸哭记》的文字，用典甚密，语多隐晦，然而雪夜的西台绝顶，富春江上，毕竟在同时代时听到了纪念。在祠中前殿图片上看到江西吉安文天祥墓，沿山绵延，气魄浩然。1982年修葺一新，墓前石碑上书，只四个字："为国捐躯"。

志士仁人，无求生以害仁，有杀身以成仁。

47岁的文天祥没有像他名字预示的那样享得天年。然却用一己屈身为读书之所学提供了一个答案。"风檐展书读，古道照颜色"，千山以外，文公读过书的白鹭洲书院，不知是否一如这祠边的学校，仍被琅琅书声覆盖着？那正气的诵读里不知是否也有这一种如先人一样内中清明的声音？！

其实这种从道不从势的儒士的烈士传统，自远古至近现代都不曾断绝过。将孔子当作一个坐标的话，无论是前儒时代、儒之当时代还是后儒时代，这里我所选择的人物只是以这个意义的儒士或儒者来界定，而不是普遍意义上的儒家。近现代的情况因文化背景的置移而变得较复杂些，但仍能从历史的皱襞中寻见那亮光。"我自横刀向天笑，去留肝胆两昆仑"的谭嗣同将变法的基点建立于反君主专制上，何尝不是对孔子大义的另一种追回，对等级之先、正统之前、未被纳入一种体制秩序前的儒的追回？其《仁学》复杂地加入了西学、佛学成分，但其行动上的持道不屈却是对自孔子起的儒之读书人一以贯之的立人之道的默识心通，冲决网罗、以心力挽劫运的行动也是中国士之传统——忧患与入世的一种体现。所以在变法失败能走逃时，他拒绝了那一条个人的出路，选择了流血。

> 鱼，我所欲也；熊掌，亦我所欲也。二者不可得兼，舍鱼而取熊掌者也。生，亦我所欲也；义，亦我所欲也。二者不可得兼，舍生而取义者也。生亦我所欲，所欲有甚于生者，故不为苟得也；死亦我所恶，所恶有甚于死者，故患有所不辟也。

有标准在的，虽然平时看不见它。正如血流在血管里。

连那结局都是反功利的，只为一种精神价值，为一种信去"自吾身始"的实践。这何尝不一直是读书人最后的选择。"知身为不死之物，虽杀之亦不死，则成仁取义，必无怛怖于其衷。"这种襟怀，谁能不说它是君子。谭嗣同确是被称为"戊戌六君子"之一，我想在这称谓里已经有着某种对历代来的忠烈之士的肯认成分。当然在现代能举出更多的例子，读现代史，我每每惊讶于读书人在其中的价值，在一个群体中，或者在困厄他的斗争中，在某一时刻只剩一个体时，他总能做到凛然大义，这在世界知识分子史中都是一个奇迹。那种纯粹内在与光辉外在，让我不止一次从具体到他们个人的名字想到君子、大人、士、成人乃至祭司一系列儒之称谓，在那里面贯串着的究竟是一种什么样的力量与生气，使得一代代人不惜前赴后继而非要把一件事情做得完善，做得彻底？！

而且，在许多时候，这种只知做的人总被夹在两难中间，要么是义利，要么是得失，更甚是生死。但更奇的是，他们的每一次选择都是那么准确，我不知道这其间藏有什么样的秘密，我只知道这其间一定藏着秘密。那种选择几乎不用选择，是一种近于本能的自然的东西，行动的主体是那样的主体，完全不像后来人们所说的儒的四平八稳、毫无生气，正是这些人物使我对一直知之甚少的儒产生了写的兴趣，但我却不知该怎样给他们一个总的名字。

广义意涵的儒士人格也许真的无法作为对象去旁观，犹如人的四肢与舞蹈者的关系，虽然镜子是必须的，但就是无法将之（四肢）拆开放于对面作一旁视。它是我们无法放在镜中的东西，无从肢解，无须诠释、达诂，只是一种不可言的接近，或者事实的远离。我们已在此中浸泡太久，我们已经长成了它，二者不分彼此。叠印是不足概括的，可以概括的只是以文传唱，以人增其大义的"弘道"方式。

对于乐得其道，对于身体力行，对于在大节大义面前没有两堆干草间踌躇而只是直线选择的天然气质。1995年，我在写着的一本书中曾试图以"圣人—君子—儒士—祭司—成人"的人格"金字塔"给予概括。时隔两年，再翻阅当时的文字，最感念的不是那概括得是否谨严，而是那一英勇的群体曾经若此时至今日还在感动着我的事实。1934年，胡适曾写过一篇《说儒》的论文，长达五万言。此中他提出一个很让儒学研究界吃惊的观点，这一观点到半世纪后的今天看，仍然是惊人的。他认为儒在孔子之前早已存在而且起码有几百年历史了，儒其实指的是"殷代的遗民"中一个特别的阶层，是殷民族中主持宗教的教士。在公元前1120年至前1110年间，即三千年前，殷人被周人征服后，这些遗民中的教士，则仍在文化上保持着他们固有的礼仪或者宗教祭典，仍穿戴他们原有的衣冠，仍以他们的治丧、相礼、教学为业，而以这种方式不仅保存了他们那一族相对发达的文化，而且将之自然渗透到当时统治阶层的政治中去。这是孔子以殷人自认的原因吗？胡适说到的文化反征服斗争不知怎么会在这个20世纪末对我有所触动。他说："在这场斗争中，那战败的殷商遗民，却能通过他们的教士阶级，保存一个宗教和文化整体；这正和犹太人通过他们的祭司，在罗马帝国之内，保存了他们的犹太教一样。由于他们在文化上的优越性，这些殷商遗民反而逐渐征服了——至少是感化了一部分，他们原来的征服者。"祭司，就是这样一个意义的实践者，职业的功能渐渐地长成了人格的自觉。他的存在，不仅在传承文化，更在创造神祇和保护信仰，正如殷人中的传教士——儒在三千年前所勉力做的。

"祭司"之外，还有一个词语让我感念，"成人"。述而不作的孔子仍然没有给出定义式的通用答案，只讲"见利思义，见危授命，久要不忘平生之言"。触动我的是这个词语不同于圣人、君子等所言及的一个境界。成人，是一个名词，也可解释为一个动词。境界之外，它还代表着修炼。所以对应圣人、君子等高度的概念，它在具备广度的同时，还拥有着其他人格范式所不及的长度，标志并提示着修炼的不可绕过。1995年5月，由民间至政府共同组织的以学校为单位的18岁成人仪式活动在全国范围内全面展开。面对集体宣誓的那个庞大场面，有人问过那仪式后面的职责认定、道义铁肩的传统吗？还有那关于"成人"的深层内涵。

我不清楚为什么在今天我会想到和写下这一切，写下对鲁迅先生在那个特别时代也禁不住以"尽人力以救世乱""孔以柔进取……孔子为'知其不可为而为之'的事无大小，均不放松的实行者"如是评价的儒的理解。也许正是为了弄清楚自己为什么写才去写的吧。那个答案，总会有的。那个理想，在书写时，也会清晰；那个一以贯之的"不失其赤子之心"的人格，会显出秩序，又变得活水一般，在它清澈的投影里，我们总能看到自己的影子。

波光粼粼中，它依然真实而彻底。

1997年早春，突然就有一个念头，要去看久未好好看的黄河。迎面站在仍有些凉意的风里，脚下是一传说楚汉争雄时古战场的遗迹，我站在那里，从没有以那样一个高俯瞰的角度看过黄河。这条被称作民族摇篮的大河，送出去了多少烈士英杰。我仍然记得那浩浩汤汤的阔水面上，一群精灵般的大鸟擦着水面飞过去的样子，宽阔的河面上那影子一闪而过。也许引不起人注意，但我记住了它。它们有时会栖落在一个年轻后人的梦里。在那样一面浩浩汤汤的川上，也曾站过一个身着长衫的人，从侧影看无法确定他的年纪，但是他的一句话却遥遥穿透了时间：

逝者如斯夫，不舍昼夜。

他是在说水么，说如水的时光。我怎么觉得他说的，是包含说话人自己在内的一些人，一种信念，一种使春秋得以兴递，使生命生生不息，使大道得以拓展的因缘。

1997年6月24日夜

木兰辞

《东方杂志》1925年1月至1926年6月的几篇考订文字今天读来颇有意味。

姚大荣大约是第一个肯吃螃蟹的人，面对旧说分歧、论定殊难、千余年无达诂的《木兰诗》，接过那个举世传诵、妇孺皆知而学界未敢轻下断语的故事，以"余就诗中最关考证之人物（一）可汗（二）天子（三）胡骑，与地理（一）黄河（二）黑山（三）燕山（四）明堂及岁序（一）十年（二）十二年，并时制（一）策勋十二转（二）对镜帖花黄等一一施以科学家剖解化验之方法，著之为说"的可爱与执拗，也在排却了地志、姓苑诸种谬陋之后，以十之八九的自信确定了这个乐府古歌中人物的时代、故里、名姓。木兰事迹的分析，身世、地理与时代的考辨，以及细节如对镜贴花黄的遗俗，我这里不再重复。深感兴味的是作者于行文后列出的《木兰从军年表》与《木兰从军地理图说》。"年表"中列隋恭帝义宁元年（丁丑）、唐高祖武德元年（戊寅），终至唐太宗贞观元年

(丁亥)及同时段的梁永隆元年二年至十二年,并叙唐梁关系,以诗人自处其间讳避时忌而居不著与明言之两难,进而对语落边际、不言之言有深同情,"微而显,志而晦,婉而成章",足见其文辞中的古心。而尤让我感兴趣的在"年表"前正式文了结时的一节,谓"木兰事实近经中国留美学生编为剧本搬演于美国各大都会有欲确知其本末者视余此著",讲到留学哥伦比亚大学的30多人将木兰从军编为新剧"译成西国方言",拟在纽约排演后周历美国各区城市府,演出目的是募捐。姚君以数善归结此举,"赈济危难之同胞一也;亲仁善邻二也;以中国奇女子之人格,华美之诗歌,介绍于世界,三也"。言下之意在为了祛除踵谬与传疑,姚文的考证正在让世界更好地通过剧之外传而深究其人其事。"表章孝女之生平",这是他认定的知言者之道。这种为文之心着实可算作是不比他所赞誉的"三者备焉"的古代作者,而且在应用于当代的"学以致用"上更体现了著文为时事而作的现代感。不能不说,这是1925年的中国治学之人较为普遍的正常情感。"——施以科学家剖解化验"不是目的,甚至让外族了解中国也不是目的,最终的目的在那"图说"里面,原话是"谨告阅吾书者,有注意者三端"。这三端的第三,不长,全引如下:"河套左右千余里,古称上腴,以得黄河之利也。不佞此箸,虽专主木兰事迹,而访地脉之意寓焉。唤起国人注意,兴起水利,垦地殖民，勿授权于异族。"这不能不让人动容。致用也不是目的，目的还在忧国患民。从士到知识分子，1925年，并不是一个界线，而了无界线的还是那个寓于文后的良知。它大约是一切以辩为文的出发点，中国文人的文化底蕴为真也罢，其真在善，在于积贫积弱民族的富国强民。《木兰从军时地表微》发表于《东方杂志》第22卷第2号，时年1925年1月。有诸多原因让我们今天拿来重读，当然最关节的还是他考证的结论：

> 木兰为隋末唐初人，箸籍梁师都部下，里居汉朔方郡三封故城，今宁夏东北境。木其姓，兰其名，世居塞上。

然而，姚君自信善良的初衷和稳重洒脱的文风都未能挡住一个叫徐中舒的人半年后与之篇幅相当的万余字发言，这发言同样发表在7月第14号的同一杂志上。从72页至89页，整占18页的《木兰歌再考》可以说从8个方面全面驳回了姚说。大意有三：木兰非箸籍梁师都部下；木兰歌作于初唐盛唐之间；木兰为复姓，为中原异族。在天子与可汗问题上，徐主张视作两人。徐文作于上海，有着海派行文影响下的直截了当，比如他指出姚的"深厚坚强之自信心，殊不适用于考证之事"就有些不客气。现代感情的直率打着那个时代城市新知识阶级的印迹，没有了姚所赞誉的"微而显，志而晦，婉而成章"，可谓传统文法的不善立言者，倒也真直，无有拐弯抹角的曲笔。较之他的立论是否站得住，我更关心他的方法，对于木兰箸籍梁师都部下之是非，他用的完全是对立面用的考订手法，列一梁师都年表，从隋义宁元年，即梁元年，开始一年年地罗证，而且较对手详细，到月份，此种考证功夫着实令人敬佩，而在两年代对仗之中，又有"西六一七年"的西历作参照，可谓见新风。更见创意的是《杂说》部分，从"耶娘"到"胡骑""明堂""帖花黄"，作者似想引入民间佐证而支持立论，尤其"帖花黄"一节，言及女人涂黄，始见于萧梁宇文周时，南宋即希见，以及随手而来的"留心散广黛，轻手约花黄""散黄分黛色，薰衣杂枣香""低鬟向绮席，举袖拂花黄"诗句，似也越出正论不少，倒也叫后来者长不少正统书本外的见识。文章还是收回来的，虽然有着上海的写作环境给他的灵动，最后还是匆促收回到了"一诏颁行"与"民间好尚"的规矩与例外上，徐中舒言下之意在姚君过于执着于史文而轻看了习俗。

这年年底12月，同一份杂志第22卷第23号发出回应。文字不多，只占9页，文辞上却有些压抑的不客气。虽然文初明确于"学问之事，各自抒心得，不必强人以从同"之心境，却文中也指讁于"某君"（这样用词颇显心情）的"繁称博引，往往泛及于本事之外""于考证，专用皮毛工夫""逞其慧黠……强作解事"，进而指出"当遗貌取神不当扯字面"的古诗批评法：扯字面，不可以谈诗文，尤不可以犯考证家之壁垒，并言辞炽烈，"凡读书，名物训诂，最关紧要。得其解，则……义理即能贯通。不得其解，寻章摘句……终致游骑无归"，以致有"虽经识者指引一条明路，奈彼甘就冥途何？"的恨不得。《木兰从军时地补述》当然坚持己见，并有所发挥，已见部在：

> 以木兰为隋末唐初人，箸籍梁师都部下。其里居在汉三封县故城。今为宁夏东北境。其渡黄河而东，以赴戎所，为与黄河燕山两俱接近之黑山，即今归化城东南之阿巴汉喀喇山。其见天子於明堂，即梁师都所据之统万城。

发挥部再由木兰引出个谢小娥来。

谢小娥为《唐书列女》中段居贞之妻。记小娥因父夫为盗所杀，女扮男装于江湖追凶复仇之事。本事不缀，妙在论议：

> 木兰不过为孝女而已；小娥一身，则孝女节妇兼之。木兰诡服为男子，不过充军士而已，全身远害之外无余事。小娥诡服为男子，名为用人，而实充侦探。其志在必得仇人而甘心，全身远害尤为余事。木

兰以一女杂处众男间，其伙伴不过同左戍卒，以诚相结，应付不难。小娥以一女杂处众男间。其初所接，只为市井用人，其后乃多江湖惯贼，非才智过人，难为对待。木兰守边，优游暇豫之日多。小娥侦仇，饮泣吞声，强为欢娱之境苦。木兰杀敌致果，为国捍边，免受枝叶之害。小娥手刃仇仇，为民除暴，去其腹心之疾。木兰同仇敌忾，犹得袍泽之助。

　　小娥则以一身入虎穴，探虎子，扼虎吭，而制其死命，人莫能助，亦实无敢助之人。木兰从军岁月，不可确知，十年十二年，不过诗人之表示。小娥丐食江湖，以至于罪人斯得，鸣官究治，迭经三五寒暑，日日在困心衡虑之中，既一年可抵人百年。木兰还家改服，仍与骨肉欢聚。小娥还家改服，祝发奉佛，以比丘尼终。

此番比较，倒叫人不知是读木兰的考证还是别的。或者正如了作者所言，"学问之事，各自抒心得，不必强人以从同"。却不离题太远，"志节皎然""躬行礼教"字词下，一个是"英武伟烈之女子"，一个是"英武伟烈之妇人"；一个是女中之"贤豪"，一个是女中之"圣哲"。评语如此，大约集中于两个意思，针对叫他十分恼火以致文风稍变失之稳健的徐的，是大的方面，"中国礼教，并未汩没人才，而实足以作育人才"。上述两人可为例，小的方面，小娥为唐代洪州人，江西南昌，去中原甚远，绝与鲜卑血统无干，底下一句则到了不可抑地步，"又何苦以鲜卑遗种巫木兰乎？"简直就是不平之鸣了。这当危在旦夕对此等奇女子非中原汉族所有而数千年礼教汩其天性的说法的回应，恰恰是礼教之果实，"皆非笃守礼教不如此"。

这个观点值得玩味。

一年的笔墨官司还没有完。录于京师前孙公园双槐宧"乙丑八月初吉"——回应7月文的一个月后即写成，足见其文墨未干的急切——发表于当年12月的文字并未能给这场带有考古浓彩的论辩打上句号。这也许是姚公行文较之前章有些失妥与歪斜之处，反正显出了气喘之态；也许是文中最后一句过于刺激，是"……表章奇女子为职志，有欲破此成绩者，案头有管城子在，仍须摧陷廓清"类，使他的对手徐中舒君得以从容考证，于次年——1926年6月发出应战，沉寂半年后的话题使《东方杂志》再度变得好看。第23卷第11号的《木兰歌再考补篇》写于沉思默想的当年3月，地点也在京，故文风也与沪时不同，有着沉着应战的意思，就开篇行文——"吾人今日整理国学所最感困难者，即有用之资料缺乏，而敷泛之资料太多"则语出大气，考古学之引入，客观细节之重视以及"意气之争，则殊不必"的宽容都反衬出对手行文的焦急。宽容归宽容，事情还是要接着论，文中除坚持过往观点外，更明确了木兰的鲜卑姓氏及入中原的魏晋时间。我最欣赏的是他在两篇文章中反复强调的北歌在文学上的地位，譬如三证：《折杨柳枝歌》中"敕敕何力力，女子临窗织。不闻机杼声，只闻女叹息。问女何所思？问女何所忆？阿婆许嫁女，今年无消息！"其中只是女子换作了木兰，为其一；同一歌辞中"健儿须快马，快马须健儿。跸跋黄尘下，然后别雄雌"，可见"双兔傍地走"之语意源来，此其二；北歌中多可汗之辞，为其三；此种观江河，必知其源水并向民间取证的意识，是越出汉学家的考订地方。起码心态上无论汉、异各族均放得很平，不以一方之强盛而对另一方有所成见。这种学问第一的姿态与坚持可说是高出了他的文字对手咬住礼教不放以致有些离题亦不顾的方法许多。这种视每一民族文化平等互动的治学风、两两的汲取与借鉴确是一种开放之风在个体研究中的反照，单此一项就较姚君的封闭有所突围，"吾人固不必以有唐一代文学复光之机发于鲜卑为讳也"，倒叫人将木兰歌是否汉魏遗响放置一边不能不敬重其阔然的胸襟了，这可能正是姚文最终"输"给他的地方，不在考据，而在辞章。

本来，笔仗打至这里，可以绾一个结了。虽然两相不快，各不服气，但想想世界上也本没有两个脑子完全一致这样的事，何况学者的脑细胞更其繁复，而且坚贞，到头来还是如姚老所说，自抒心得，不必从同。然而，也偏有认真之人杀将进来，两说之间又立新言。彭善彰《木兰从军考》文发于姚老《地表微》之后，上承他本人的《花木兰考》。其作家研究与事实考证，特别后者姓氏、生地、家庭、时代种种，都很恰切地实践了"自来好的作品，往往佚其作者之姓名；与作品中之事实，失而不可考"，并针对于此的"以其正史之所无，从而考证之，此考据学家之唯一使命"的境界。这里我不就其论而做评价，有让我觉出比考据更见心性的议论，在证明木兰为魏人的第四证里，那话振聋发聩：

> 我闻史官之笔，贵在直书；虽一字之褒贬，史官亦加以权衡也。今读《木兰诗》，而知古代有此奇女子，非但孝其父，并能尽其忠；史官修史，对于忠孝之事，在所必录；况木兰一女子也，尤当从而表彰其大德，不当略而不书。我故：曰木兰从军，不见录于正史，此史官之罪也，余考二十四史之史官，除魏收外，均能直书，有南董风；独收恃才轻薄，品行卑鄙；故收以是书为后世所诟后，号为"秽史"。魏收因受尔朱荣子金，故灭其恶；则《魏书》之价什，亦可想而知！夫子孙欲显荣其祖父，于是有贿赂之举；

> 史官因受人之贿赂，而有颠倒是非之事；以致忠臣孝女，或因子孙贫穷，或因不欲显荣；不能载诸史集，此史官之罪也。

此种责难，不仅是正史使后世学者不明于此，而且"使此孝女，遗恨黄泉"是为作者所不能忍，关节在他所维护的那位女子"壮而廉"——我认为是超出了别人所见的"忠与孝"的，上升到人格的意义，不是附加于或者对应于某一主人人格的女子，而是这女子本身所具的独立"木兰之人格"。这是他文中的句子，在上海《青年进步》第83册白纸黑字，是1925年5月的出版物中透露的消息。"观其有功国家，而不受天子之赏，解甲归田，以终其身。"作者的这句钦仰大约是比其文附的《木兰从军地理图考》更有价值，起码在我眼中是。

七十七或七十八年前围绕木兰的所有相争于今天看，不过是一些业已发黄的故纸堆了。大约很少有人再有精力将之摊开，条分缕析，期望从中发现一些对目前女性成长有益的气息。不能说彭公指摘的《魏书》史官之事是否确实，在此我尚无精力一头扎进那更遥远浩瀚的史册典籍里去，只是觉得彭公对史撰者的要求是一点不为过的，同时也自觉于作为作文者的审慎。

正史的录记之可疑已不是什么稀罕事，幸而有"好事"的知识分子站出来，补救、匡正或者纠正着一代代的认识。对于木兰，阅读时觉着其人、事的有无考据纵然有大价值，但那藏于考据行为中的书生意气里面浸润的能量——那种怀疑和坚定，那种质询与求索，那种在正史的忌言与漏失处非要找出个是非才肯罢休的气质，或者是那于正史的边角处考据的使命自认，都让现今可能在某些处所变得世故圆滑的学者汗颜。笔墨官司却不为见之于正史的某一要人要史，某一正统历史中撇不开的事件，三位君子为的只是一位不见之于史稿，可能仅仅活在歌诗之中的传奇女子，而动容，而痛心，而检验历史，而动辄万言，并由此形成着新的历史、人格观念。这本身的意思难道不是引发它的人物功莫大焉？

有关这人物的史料可以简化到唐代李冗《独异志》中一句："古有女木兰者，代其父从征，身备戎装，凡十三年，同伙之卒，不知其是女儿。"但也正是这一句中的木兰女，引发了唐人"怪得独饶脂粉态，木兰曾作女郎来"（白居易），"弯弓征战作男儿，梦里曾经与画眉"（杜牧）的歌咏，宋人严羽《沧浪诗话》、朱熹《朱子语类》的评语，明人"边草胡笳别寒云，征人谁识女将军"（张涛），"从此不敢量巾帼，还笑男儿读父书"（陈治策）的嗟叹，近人胡适、顾颉刚的研究，以及地方史志没完没了的祖籍故里的相争。从弘治的《黄州府志》到万历《保定府志》，直至康熙、雍正、乾隆年间的《黄陂县志》《商丘县志》《完县志》《河南通志》《归德府志》，再到民国时《湖北通志》《河南新志》《完县新志》，以及拿出一通元代《孝烈将军祠像辨正记》碑、一通清《孝烈将军辨误正名记》碑作证据的今人《虞城县志》，所围拢论证的可能真只是一个由文字累垒而成的虚拟人物。文字界所发生的这一切不能不引人思考，在一个"女子无才便是德"的传统里突然可以挖掘到如此多的对其德、能、忠、勇的赞许，不是有些怪异吗？

倒应该真正坐下来看一看那评语。明代吕坤《吕新吾全集·闺范图说》中收有木兰代戍事迹，将木兰视作老师。"木兰其我师哉"的理由："世之君子，瓜李之地，不敢顾其履冠。夫惟不可试，故不敢以自试。不自信，故不足以信人。若木兰者，人何尝有失身之议哉。三军之众，十二年之久，人且不知其为女也，又何从而议之耶。"清代雍正年间《完县志》卷十《艺文志》中收寺丞东吴姚奎《木兰歌·引》中，更有一声长叹："委身事君，忠也；克敌制胜，勇也；辞封拒赏，廉也；事亲终身，孝也；久处戎役，守身弗失，贞也。五德具焉，烈丈夫犹难，一女子能之，不亦可嘉乎哉！……予作续木兰歌……将以劝天下后世之为臣子者。"作诗的不止他一个，同样《完县志》卷十收的邑令何出光诗中便有"十年不卸将军铠，万死犹存淑女身"一句，虽然较前引文隐晦，却也着意在对淑女身的另一层的看重。倒不如卷九田瑗《木兰将军论》中的识见：

> ……有出于君父之所不意，载籍之所未言，致忠孝于合一，立奇功于女身，千载而上，千载而下，不经见也，惟木兰一人而已。木兰之生也，亦不过习《内则》之议，遵保姆之训，固未尝学操干戈，受击刺之术也。
>
> 乃一服戎衣，而致果克敌，何也？盖一念之至诚，此固智勇所从生；而立志之坚确，是又威名所由著也。古来之以女子及武事者，在三国有孙夫人，后秦有苻坚之毛后，道韫杀贼而死，唐高祖女李氏与柴绍分营主兵。然毛谢无成，而孙夫人不过侍婢刀剑，微有父风，李氏亦不过倚父兄势能为营武主耳！若身自搏战未知其何如，而成忠成孝，君亲两无所负，不及木兰远矣！……古之以女子而有丈夫之概者，亦不可胜数。而生则气节冠于当时，没则庙食及于百世，木兰将军其首也。

木兰祠庙大约不少，河北完县、安徽亳县、河南商丘、湖北黄陂、陕西延安之外，大约还有，也是民间后人纪念的一种有形形式，犹如文人习诗。刘万章在《木兰歌注》自序中写道

"真骨高风,惊心动魄,足以振发人之志气;抑处常处变之端,为己为人之际,刚柔屈伸之故,经权行守之宜,俱得性情之正"的同时也明言"可以教孝,可以教忠"的实际目的。

"忠孝两不渝,千古之名焉可灭。"这是古人常引用而言木兰事的句子。但是偏有觉着忠孝并不足以不渝的人翻查史料,偏有人在忠孝之外再加以节烈,仿佛不如此不足以确认木兰的女子身份。比如,元代侯有造《孝烈将军祠像辨正记》中木兰的结局便有别于乐府中的《木兰诗》,诗中的木兰以战后归家的一片安详乐观甚至有些俏皮的气氛结束:"脱我战时袍,著我旧时裳。当窗理云鬓,对镜帖花黄。出门看火伴,火伴皆惊忙。同行十二年,不知木兰是女郎。"

最后有一作者对"双兔傍地"的比喻加以议论,木兰之事到此收束。记中则不然:"释戎服,复闺装,举皆惊骇。咸谓自有生民以来,盖未见也。"到这里,与诗中所记都还一样的,但后文"卫兵振旅还,以异事闻于朝。召复赴阙,欲纳宫中。将军曰:'臣无媲君礼制。'以死誓拒之。势力加迫,遂自尽。所以追赠有孝烈之谥也"。

这是那结局?!

也不必过分追问原碑及其铭文的真伪,或者它纪念的"孝烈"与木兰是否一人。这是考古者的事,感觉震动的是这结局的惨烈和记述这惨烈的人的心理。结局的惨烈在,果有其事,坐明堂的天子不仅将木兰这个女子"赶"上战场（当然这里有自愿代父从军的成分），而且得知了女子身份后还要进一步占有之，以致功成身不能退的将军未死于杀场敌方之手，却死于自家要保卫其国土完整的"天子"之手。不从，还势力加迫，以致"不做尚书郎"亦不能归田机织的木兰走上绝路，岂不叫人痛心，此其一；二在述记者的心理，如果不是讹传，是补历史之缺或者诗歌之讳，那么这位作者可谓勇力过人。但且慢，在这表述里怎么也叫人嗅到某种与天子中心一般的礼制气，所谓反天子——一个具体的人，却不反天子附加于上的政体与礼制，那同样发出晦暗气味的东西在表述里，换算为另一种语言，则是木兰的贞烈，这是女子在传统文化里必备之德。所以，光有忠孝二字，并没有碑记什么的纪念木兰，但是有了节烈一节，而且是对天子尽忠之后的守节，其对象是当时地位最高的男人，此种节守以及记中所述的她的回答，"臣无媲君之礼"（明代朱国祯《涌幢小品》卷二十一）。到死，这个穿越沙场之女子仍以"君臣"相称，相拒，这一点，我怎么也不能相信。恐怕还是记述者的男性语言，或者是记述者本人对于天子这个"君"之不满的流露也未可知。总是，这心理微妙到发细之处，可以见出许多文化的灰尘，叫人一时理不清是史之确还是观念沿袭的主观。总之，是这人人皆说的故事留了一条尾巴，与其猜测它的正误，不如深想撰出这尾巴的人的女子观。

忠也好，是对于一个君子的；孝也好，是对于一对亲人的；只有节烈，才能对得住天底下的一堆男人与女人，才能将不羁的木兰收入匣中。哪管你是鲜卑人还是中原人，哪管你曾是男人还是女人，身份倒错所建立的功勋值得一说吗，到了最后还不是男人眼中的女人。

呜呼！真的不想在文字里撒胡椒面，可是木兰的意义真如清人陈文组诗言"十年血战生全父，一片贞心死谢君"？或者她的存在，只是提供了民国虞荣廷"自古长征多猛士，最难忠孝出红裙"的规范，或者是那立于祠前不知名的前人的一声感慨——"男儿漫说羞巾帼，可有奇勋答圣明"里的励志。这当然要感谢历朝历代来的文字里还能留下这样一个另类女子的足迹，尽管历史文字之厚壁将那还原变得真正困难，尽管那个鲜活故事里的女子到了最后变作了丝缕残迹，尽管这个以今天眼光看也是另类的女子在这丝缕残迹里还是被改写作了传统认可的样式。

当然，还有另一个结局。1998年，美国迪士尼公司费时4年，以600多名动画师参与其中，并纳中国动画师加入创作，在开拍前还来实地研究考察创作出的其公司第36部长动画片《木兰》。长达96分钟的故事紧扣主题，给了一个与上述孝烈绝不相同的结尾。木兰归家之后，与她长达12年军中作战的李翔将军寻上门来，一直爱他的木兰与之相结连理。士卒与将军的故事到了最后还是陷入了风花雪月的俗套，但是这次给出的当然是一个圆满的结局，这也是现代西方观念对中国传统的理解，大团圆。木兰尽忠尽孝之后，当然应该有一好的结局，好人好报，按照西方观念的理解，最好的"报"大约就是在这位女子付出了这么多辛苦之后，应有一个爱她的人付出给她，让她幸福。这确是人伦之常，正所谓否极泰来，所以在乐府古诗戛然而止不做交代的后面，加上这一个光明的尾巴可说是对木兰的尊重爱怜。风花雪月也好，毕竟是一个人性的结局，不是让木兰忠、孝之后还以对其基础生活，甚至于生命的剥夺而完善那文化深处浸润的男性对女性的道德绳系。那样一个结局里的木兰可谓数德兼具的女文化人格大全了，君、父，还有夫，前者她以青春和生命捍卫，但是被捍卫者偏不给她生命的另一种方式的实现。也许真是那历代的野史传者也以为给了木兰一个"夫"的话，则是给了这个奇女子一个平庸的结局。重回田园，哪怕是木兰自己的最大意愿，也不如将之套上贞节的项链，放在庙宇里供人观瞻。

过程却是一样的。《乐府诗集》中的《木兰诗》写战地生涯只一小段，在全诗中有些比例失重，"万里赴戎机，关山度若飞。朔气传金柝，寒光照铁衣。将军百战死，壮士十年归"。前两句写跋涉，中间两句是情境，后两句记战功。简练是简练，那过程却变得意境化，不具体了。怨不得胡适在《白话文学史》讲南北新民族的文学时猜测，也许原文中有一长段或几长段描写木兰战功的，叫嫌拖沓的文人给删掉了。《木兰》动画电影中的这一节是打了一仗，却是创作者本着智慧想象的一仗。利用雪崩的战胜，虽然画面上好看，但总不免虚拟之嫌，此种借力也只能说明战略战术，而木兰12年的女扮男装、性别倒错，经受沙场的辛苦是触摸不到的。由此可以见出历代著述者的兴趣，戎马生涯是木兰人生最重要的部分，恰也是被删掉不表的部分，可不可以说是文人对一个女子能够若此又怎样若此的想象力的匮乏呢？那个盲点，并未填上。

木兰给我们提供的真是足够的多。不独文人，民间里对她的纪念大约也可以与关公一比，祠庙、碑记、以之命名的山，还有农历四月八日——据传是她生辰的大规模祭祀。赶会的乡民奔过去在她的像前烧香祷告，只为了个人的安居乐业。任何一个个人，就是历史上有，或者只在文字中有，一旦进入世俗，便不可能不是所有道义的集聚，或是满足一切愿望的神。木兰亦不例外。她可以被男人拿来做孝烈的榜样，可以被女权主义者拿来做性别平等意识的祖宗，那她为什么不可以被拿来做百姓愿望倾吐的对象呢？"谁说女子不如儿男？！"这声现代唱词里不也喊出着最古朴的反叛吗？

明代怪才绍兴徐渭曾作《雌木兰》剧。1954年2月文学古籍刊行社曾出古本戏曲丛刊编委会编影印本，可以参照。当然也有论者讲，徐渭写木兰，与其身世大有关系，或者性情。可是在绍兴见到青藤书屋中这位才子的画像时，却心下迷惑，不能确认。

私下里想，也许正是那个不可能的时代里的木兰不可能的疯狂和对这疯狂的实现，打动了这颗不易被打动的同样疯狂的心。木兰最终不能阻拦自己的被改写，所谓各抒胸襟，回到姚大荣的观点上来，也许不能确认他如果健在是为迪士尼版的木兰欢呼雀跃，还是暗自伤怀呢。但有一点可以肯定，"学问之事，各自抒心得，不必强人以从同"，不失为一种理性之语。

做了，便是。

世上许多人事莫不如此。不可能只给后人一种注释，而在多种解说与拼写里可能变得已不是起初的那人。

锈蚀深久的文字深处，那个跃马而上一驰千里的女子在乎这些吗？"旦辞爷娘去，暮宿黄河边。"深夜静听鸣溅溅流水的她于"东市买骏马，西市买鞍鞯，南市买辔头，北市买长鞭"的一刻便知所为与所谓。正是这样的自知自认里，她找到了自己超越性别的身份。但是，她又从没有被这种身份所匡缚，功业、孝烈，或者别的，文化所给予的更多的外在，这是一个进出有度、自由选择的女子。是的，她活在诗里，活在语言之外，活在血液里，唯独不活在记忆里。那个天地，没有文献之信疑，没有文化之诟病，为此，我羡慕她。

这个至诚至真、无悔无畏的女人。

2003年4月25日

如汝须眉巾帼

　　清光绪三十三年是丁未年，即公元1907年。农历正月间，秋瑾与女友徐自华一起，在杭州登临凤凰山吊南宋故宫遗址。登高望远，整个西湖，全景入目，冬日的风景不免萧索，何况看风景人心中的另幅版图：家与国都堪破碎着，南宋般故宫样说着历史，现世呢，一个睡国，睡王昏君将个江山寸寸拱手让出，让于英、法、俄、日，让于八国联军。一面是"颐和园共宫前路，活剥民脂供彼身"的歌舞升平中搜刮倾轧，一面是"若有不忍微言者，捉将菜市便施刑"的腥风血雨；一面是"志士杀了多多少，尽是同胞做汉魂"，一面是"矿山铁路和海口，一齐奉送与洋人"。一部近代史，比之南宋史更其残酷。

　　正月里的秋瑾江山满目，心绪难平，太多的话无法说出。"已拼此身填恨海，愁城何日破重围"，连这样的句子也老去几年了，然而仍是"炼石空劳天不补，江南红豆子离离"，高楼独上，身世茫茫，空怀了忧国恨，满眼的汪洋泪，这位"睥睨一世何慷慨？不握纤毫握宝刀"的右手把剑左把酒的女界英侠,也会生出"未免有情烟树黯,相留无计落花愁"的感叹吗?不只送别,针对一人一地,不是的,在每首诗里都有身世跃出,见月见花亦如是,没有区分。这是在一个人过于爱某类事物时,这里,对象是她的轩辕华族,老国家在一草一木中时而显现时而隐身,目的志愿与河山疆土纠缠着,可是"衔泥有愿誓填海,炼石无才莫补天",对应的多是"阑干十二云如叠,路程三千水自流"。热血冷水,常常是栏杆敲遍,泪沾衣襟,仍然是推不动的,磐石一样的故园呵。清宵好影,水玉含烟,偶尔有好酒好诗好剑的,却把酒当了迎回,把诗当了酬和,把剑当了风雅或者止于健身,能不寂寞?棋无人下,句无人和,子期伯牙在故事里,"世俗惟趋利,人谁是赏音"是琴的寂寞,同调难寻,世路酸辛。"得遇知音死亦甘"的下句,仍是"怅望故乡隔烟水",故国黍离,诗忆屈原,秋瑾不甘,大的说:"忍看图画移颜色,肯使江山付劫灰!……拚将十万头颅血,须把乾坤力挽回。"小的说:"画工须画云中龙,为人须为人中雄。豪杰羞伍草木腐,怀抱岂与常人同?"侠情若是,寸纸难剖。伤时亦有泪,然而"拄把栏干拍遍,难诉一腔幽怨"倒不在闺帏罗衾,别绪离情,万缕千丝,却因了"猛回头,祖国鼾眠如故",合该面对这个时代吗?面对故土豆剖瓜分,"外侮侵陵,内容腐败,没个英雄作主"的如此江山,"我国精华渐枯竭,奈何尚不振衣起"一问背后,"恨煞回天无力,只学子规啼血"的答案过渡到了"金瓯已缺总须补,为国牺牲敢惜身"。后者的答案已越过纸张,"继娲皇而炼石,耻仙子之浴河",一个女子,放脚振衣,立地而起,慷慨陈词,好剑喜酒,办报讲学,兼以武道,硬要为沉觉昏昏中的中国划经纬、列曲直;大通学堂秘密会党之外,仍要在自撰的《精卫石》中集兵遣将,拉入历史上郑成功、陆秀夫、史可法等名将忠魂,安社稷、整河山。不仅如此,传说戏本中的花木兰、沈云英、红玉等巾帼女杰也先期到场,云集一处。那散佚的第十六回,干脆题为"拔剑从军男儿编义勇,投盾叱帅女子显英雄",第十九回题直道出身处转折时代的人生目的或使命自认——立汉帜胡人齐丧胆,复土地华国大扬眉。这个命定,秋瑾认下了。如今,站在曾经南迁至脚下一再退让以至终元气衰微、逃到江南还不算,以至至千里外的南海,最后不得已在追剿中大臣背负了皇帝跃身入海才算了结的一幕史迹前,一幕似乎重又在她眼前人生里拉开的南宋式现实前,外扰内患,旧痕新伤,满目疮痍。这个在寒冷中挺风而立的32岁的女子,在与死国灵魂默然答对之时,大约已无心去注意她诗中咏过的梅花了吧。"孤山林下三千树,耐得寒霜是此枝"却写照着。而立于风中的女子,在所处的年代,在"把剑悲歌涕泪横"的壮怀里,也会有"阑干遍倚悄无人"的愁苦,对应于"百炼刚肠如火热"的襟抱,也常常是"几阵吹来风乍冷"的境遇。奈何?若此。如一枝梅的心情,不意遇见的却是封冻年岁,还有传统的无才便德。"举世竞言红紫好,缟衣素袂岂相宜"也是偶尔要冒出一问的,然而还是要开在雪地冰天,在一段周遭酷冷至极的历史里。

76年后中华书局1983年版陈象恭编著的《秋瑾年谱及传记资料》提及这次凭吊时笔意简洁,揭出此行目的在密侦城厢内外出入径道,绘军用地图,以备起义时应用。然而,紧接于此,陈象恭的书还有一句补在这里紧要非常,秋瑾随后下山至岳坟吊南宋抗金民族英雄岳飞时,他用了"徘徊瞻顾,不忍离去"。这8个字,换为此后,陶成章的《秋瑾传》那里,是"正二月间,瑾屡往来杭沪"的公务职命,然而同为秋社成员的陈去病发现的一份《徐自华女士传》将其披露得更其细腻——

你是否希望死后也埋葬在西湖边?徐问。
如果我死后真能埋骨于此,那可是福分太大了呵!秋答。
如你死在我前,我一定为你葬在这里;但如果我先死,你也能为我葬在这里吗?徐又问。
这就得看我们谁先得到这个便宜了!秋再答。

已经难以对质当是时一问一答间的字句推敲音容笑貌了,

然而在岳飞墓前说下的话却不意于世事中变作了事实。秋瑾虽早做好了"危局如斯敢惜身，愿将生命作牺牲"的准备，但彼时彼地，仍乐观到不相信死的，所以答问没有沉重，反而笑谈风生，讲到福分和便宜，是真正的置之度外的。那个死，对于这样优秀活力的年轻女子，它来得又会有多快呢？她不信，不想，整个思想被光复梦占了去。她事先知道是放了头颅押上去的，但是她不想在愿望未了，事业未竟时失掉它，因为那押了头颅的事业较头颅重要，而且是必靠了头颅生命才能完成的。

然而！

围绕秋瑾生年有过很多争论。1979年曾有规模影响较大的百年祭奠，随后便有质疑，诞辰一事的论辩考据在《历史研究》等学术刊物研究着。由于生年不一，卒岁亦有参差，有说29，有说31、33。遇着这样的文字，心情是复杂的，一个人百年之后仍有多篇论文就她的生死日期做着谈论，而谈论的又怎么不是她的生与死？一个影响了百年历史的人的生辰年份都在短如百年史中成为谜团，又复何求？几种绞杂着纷乱，悲夫。转念一想，又复何求！研究只是一种责任吧，只是这种对历史的小小责任有时会遮掩和局限了更大的东西。也许这种东西恰是秋瑾掉头拼命要去赢的，那场人生的价值也许不在开端，不在结局，而在目的。

围绕目的，倒有几件事必须记录在案。1905年1月，秋瑾由日回国,拜访另一女友盟姊至交、桐城派吴汝纶侄女吴芝瑛,小万柳堂一段对话相当精彩。秋瑾向女友出示新得倭刀,曰:"吾以弱女子,只身走万里求学,往返者数,搭船只三等舱,与苦力杂处,长途触暑,一病几殆,所赖以自卫者,惟此刀耳。"芝瑛曰:"关吏得毋疑妹为女革命党乎?"瑾笑曰:"固知吾非革命党与!"继而,酒酣耳热,拔刀起舞。这年11月日本公布《清国留学生取缔规则》,八千学生分作两派:一方主张退学回国,以洗国耻;另一方主张忍辱负重,继续求学。此后诸多文字都不同角度记录了当时主归代表秋瑾音容表现,只是主留一方代表王时泽回忆文中有一段极易被忽略的段落,这是归、留二主的私下对话,时间在秋瑾归国行前。对"归否?"一问,王的回答是"甲午之耻未雪,又订辛丑和约。我们来到这里,原为忍辱求学。……不必愤激于一时"。秋瑾不再说话,几天后即束装回国的行动替她做了回答。事情并不算完,回国后她写了一封《致王时泽书》正面表明了自己对这一事件的志向态度,信文不长,却也刚决断然。

> 吾与君志相若也,而今则君与予异,何始同而终相背乎?虽然,其异也,适其所以同也。盖君之志则在于忍辱以成其学,而吾则义不受辱以贻我祖国之羞;然诸君诚能忍辱以成其学者,则辱也甚暂,而不

辱其常矣。吾素负气，不能如君等所为，然吾甚望诸君之毋忘国耻也。

吾归国后，亦当尽力筹划，以期光复旧物，与君相见于中原。成败虽未可知，然苟留此未死之余生，则吾志不敢一日息也。吾自庚子以来，已置吾生命于不顾，即不获成功而死，亦吾所不悔也。

且光复之事，不可一日缓，而男子之死于谋光复者，则自唐才常以后，若沈荩、史坚如、吴樾诸君子，不乏其人，而女子则无闻焉，亦吾女界之羞也。愿与君交勉之。

信文三层意思，走的理由，归的目的，还有为女子的一份尊荣。多还是少，其实只两句话：君我之异，虽表面为负气，内里却有大义存焉；一己也是长远之学业与一国或许眼前之荣辱间，秋瑾无法利益之选，她的热血激越无法沉淀到不闻窗外事的学问里面，所以志愿学问之间她理解他人，却也划界明确；"不获成功而死，亦吾所不悔"的这句话，较之正月间与徐自华对答的轻松有了语气的大不同，置生命于不顾。经历了9月吴樾之死，经历了11月的陈天华之蹈海后，这里已不是说说而已，吊陈诗中的"牺牲我愧输先着"和"后死未忘天赋责"都说了一个"先""后"问题，前仆而后继，头颅是早已押了上去的，既然人必有一死，死其壮烈。"头颅肯使闲中老？"秋瑾另首诗中自问。"死生一事付鸿毛"，秋瑾在首诗里自答。她自始至终知道她万里乘风直向东的目的是什么，东渡留学与西渡归国，海上往返，她知道如果有即刻可以救国的近路她是不会选择远线抵达的。她不找借口，这个志向，她对日人也是直说的："如许伤心家国恨，那堪客里度春风。"感时伤怀，只是不停留在纸面上，光阴存不下她的身世、热肠，正如那把刀从靴筒里抽出了就再不退缩，她一把插它在讲台上，说："有人……投降满虏，卖友求荣，欺压汉人，吃我一刀。"难想此景此情在当时的反响，大约是叫人热血沸腾的不少，叫人心下吃惊继而远之的也不在少数，不然不会有这样的句子诗中呼然而出——雄心壮志销难尽，惹得旁人笑热魔。是不是有些恐怖？有着小心翼翼的男人心的人遭遇这样情景，又会是一副什么表情呢？哈哈，何况，这样抽刀插案的人还是一个女人，怕是吓也要吓逃几个的。

秋瑾喜酒善剑，从未将自己当了他们眼中心中定拟描画的所谓女人。

早此两年，是1903年的决裂。当时北京社会为之轰动，街议不会少过政论。况且茶馆发达的文化，绕不过新风。中秋夜，秋瑾独对一桌家宴，其夫王廷钧不知哪里吃花酒去了。秋瑾第一次着了男装，戏园观剧，后与夫冲突激烈，拳头谩骂家

法夫权使这位烈性女子再忍无可忍,离家出走。吴芝瑛纱帽胡同的新宅里,自是诞生了《满江红》词牌下女子最好的填词:

> 小住京华,早又是中秋佳节。为篱下黄花开遍,秋容如拭。四面歌残终破楚,八年风味徒思浙。苦将侬强派作蛾眉,殊未屑!
> 身不得,男儿列;心却比,男儿烈。算平生肝胆,因人常热。俗子胸襟谁识我?英雄末路当磨折。莽红尘何处觅知音?青衫湿!

秋瑾在致大哥秋誉章的信中几次提到在王家的境况,"直奴仆不如"。情谊、信义,在她衡量人方面占着大比重,不将彼姓加诸己姓之上,是对传统夫权的一次大反抗。信中"以国士等我,以国士报之;以常人待我,以常人报之"的文辞,诉说着置于性别之上的平等思想;是平行的,从夫权下的奴隶状态中解放,其实铺垫和印证了从一切为奴的非人状态下求解放,从清对汉人的奴役下;道不同不相与谋,也是夫妻间的,这一点,她不宽容。因为她不依附,她独立于此。她不设造虚伪的文辞来为已经死亡的情感辩护,她知道对方于她可以相互要求并且自信于这种外人看来苛刻的精神要求,她要纯洁和真实。为此,一切人类的不公正、不平等、不民主、不尊严的,哪怕它有千年的历史，有暂时取得的合理性，也是她的敌人，是她要奋力一击的。《宝刀歌》《宝剑歌》就作于当年。在大家不识作奴耻、心死人人奈尔何的时代，一位女子千金买刀，直面这个已"公理不恃恃赤铁"的扭曲世界，真正是"衣冠文弱难辞责"，这样女子又怎能忍耐慵懒颓唐、无关己身便思保全的冷血旁观者呢！有"宝刀侠骨孰与俦"有"一匣深藏不露锋，知音落落世难逢"的疑惑困窘，然而她仍要做。她如此做，以澄清天下为天职，"除却干将与莫邪，世界伊谁开暗黑"中，她是把自己并列写进的。

历史时代赋予的两个主题，或者在两个重要领域同样做出巨大贡献的一位人物。后代评价他（她），往往大主题大领域如救国于危难，一种事业会使另一种当时的较小主题较弱领域如女性解放，一种启蒙受到或多或少的遮蔽。之所以在此分段另列，对于秋瑾而言，两样在她，轻重并行，互为因果，相互反证，不可分割。就是在女性启蒙事业里，也寄寓了与她身世交相纠缠的东西，往往她那么做，不是把自己置于某类高高在上拥有无限发言权的领袖指挥位置，而是把自己也放在不断地被启蒙之中，只是到了后来，不再拘于文辞报纸，实在是放了身躯头颅的。正是后一点使她实践了她的理论，而不使那火般的激励语只冲着别人，证明了它们凿实发自内心，而与高头讲章中只要别人流血的所谓理论划清了经纬。我说过，有人是天生的实践者,她不发言,不在行动前搞得动地惊天,然而到关节时总是这沉默的人站出来,反而平时教导别人怎样、别人如何,而独不把自己放进去,甚而独行另套的貌似极端者到了该他站出来时却遍找不见。秋瑾年代不是没有这种人,1907年5月,就在她离世前不足3个月,自绍兴发出的《致女子世界记者书》信中就曾对此堪怀忧虑:"近日志士类多口是心非,稍有风潮,非脱身事外,即变其立志,平时徒慕虚名,毫无实际,互相排挤,互相欺骗,损人以利己者,滔滔皆是;而同心同德,互相扶助,牺牲个人,为大众谋幸福者,则未之闻也。呜呼!吾族其何以兴?予也不求他人之知,惟行吾志;惟臂助少人,见徒论空言以欺世及自私自利宗旨不坚者,又不屑与语,故人以瑾为目空一世者,響也,实悲中国之无主人也!"字句若此,心恸若此,然而仍然分界明确,不是与同学王时泽,与丈夫王廷钧,不只是具体到一个人,也不只抽象到夫权传统理念;而是同道之中,一类人里,她仍划界区分,求真若是的她,知道自己是拿着性命做的,所以要求所做之事所做之人该配得上自己和更多人付出献出的那一份尊重和纯洁。她眼里揉不得沙,因为她拼了头颅反对的正是污浊。此心可鉴。然而!国民若此,他们多数时间不去考虑是否配得上这些牺牲,他们呵,甚至如后来鲁迅看到的还反而把沾了烈士血的馒头当药吃。然而!身后之事秋瑾管不了那么多了,她只知道献出,没有人要求她这样做。她知道在这所有的检讨失望时，还有理想，未敢放弃，心秤上，孰为轻重，她心如明镜。所以同调无人、知音寥寥还在其次，糟的是那些有利可图的人混迹其中，他们真是进退有据呵。不像秋瑾，来则牺牲一切，去就请酌行。

回到女性题下。《敬告中国二万万女同胞》《敬告姊妹们》杂文口语出之，对当时中国女性的认知水平识字能力有贴心考虑。1907年1月创办《中国女报》，《发刊辞》中的念中国之黑暗，念中国前途之危险，念中国女界之黑暗，念中国女界前途之危险的"四念"，四个"何如"，四个问号之后是念及此的创办人的初衷了。"予悄然悲，予怃然起，予乃奔走呼号于我同胞诸姊妹"，她用了这样三个动词，好像不如此不足言出胸臆，"固于四千年来黑暗世界中稍稍放一线光矣"是那目的。同期《敬告姊妹们》，列举足缠得小、头梳得光、粉搽得白、扎花穿绸然而低首顺眉地在男人面前巴巴结结讨生活的半生牛马、闺中囚徒，真正是"可怜一幅鲛绡帕，半是血痕半泪痕"，而对坐稳了的女奴隶的命运大声说不，这一点，近代世界怕是明言的第一人。"人生处世……宁能米盐琐屑终其身乎？"于是有东渡留学，有浔溪主讲，有《中国女报》，有大通学校，当然也有她早准备却不意来得如此之急的丁未年农历六月初六。

英雄亦有雌。秋瑾自信。"良玉勋名襟上泪，云英事业心头血。"闽地、山阴（绍兴）的闽言越语的轻软细腻，又怎么换作了金戈铁马？绍兴南门塔山麓和畅堂路北的老房子，又怎么见识了一个诗、词最喜杜少陵、辛稼轩，小说最爱《芝龛记》，人物极慕西汉侠士朱家、郭解的女子的长大？这倒是人文地理的好题目。怨不得，刺绣女红做得同样好的她会选择击剑骑马，而早年诗文的缠绵纤巧也让位给了后期的清冽雄健。后人纪念中有"撒环仗剑"字，近日里常常吟诵，这四个字意定气闲却又叫人奋决，咏吟间英气近逼，血脉通贯。秋瑾有一着男装的照片，今日看照得不怎么好，有些别扭，然而读到"侠骨前生悔寄身"和"闺装愿尔换吴钩"时，却肃然。这里没有任何滑稽之感，也放不下任何前阵学界相当流行的那种嚼洋舌子的半语状性别理论。女扮男装，没有同性恋的意思，不要拿那些半生不熟又发臭发馊了的理论往人身上套。那些布袋，真叫讨厌！难怪，英哲有那么多"失题"断句，难怪自恃"浊流纵处身仍洁"的她也会于激愤中灰心——回首神州堪一恸，中华偌大竟无人。难怪断头前她也要了笔来，在纸上写："秋雨秋风愁煞人！"

奇怪怎么总回不到女性上来，如果性别题目只是某类时髦话语流行主义的话，不回也罢。在女性性别备受关注，社会学研究者津津乐道于男性的理想女性其实是想着法再生出一套雕塑女性性格角色的现代传统的年代，探讨一下作为女性的秋瑾的理想男性不为多余。其实秋瑾本人已经明示，在秋案存档的那份"罪状"里，《失题》里说得明白，"中流砥柱，力挽狂澜，具天才，立大业，拯斯民于衽席，奠国运如磐石"的"大英雄""大英雄者何？非他，即年方二二，貌如冠玉，有铁石肠、山斗名，具儿女情、慈悲志，且视功名如尘土，重教育以普及之黄华者是！"黄、华当是黄皮肤的华夏族人之称，她一连用"奇""不信"字来称赞。"出于血气未定之少年""成于痴钟爱情之美子"并进而叹曰"世无忠爱两全之事业，而今竟全"。如此快事，我是信其有的。当然也有苦乏媚容、性难谐俗的生不逢时感，比如看到当今某报引作家某女自白仍有"以皮肤代思想"的昏语谶言，但并不移志他途，自知"于时事而行古道，处冷地而举热肠"的结果必如这篇主人公言"必知音之难遇，更同调而无人"。然而，也正如另一女子说下的，我如此做，有我如此做的原因！尺幅丹青，藏多少辛酸痛泪？包括正在写下的，又谁人立听？！然而不纠缠于功或名，只疚愧"纵有虎头灵妙笔，难传仁杰缠绵思"。理想男性，之于秋瑾，只是为人，比若投入暗杀清佞臣却爆炸自伤献出生命的皖中英雄吴樾，秋瑾有长诗招魂；比如以笔投身革命写《醒世钟》《猛回头》又以一己身躯蹈海自杀以引起国人自省的热血男儿陈天华，秋瑾先后写下三首诗祭奠纪念；比如杀了恩铭却被捕、遇害以致遭剖心之难的表兄徐锡麟，"笑从龙山联袂处，问天涯共印几多迹？几时料，匆匆别。青衫洒渍凝红血……"这首从被捕的徐锡麟的行囊中抄捡的秋瑾1902年在绍兴泱猹湖送徐赴安庆所写《金缕曲》，不也在后人眼里几多猜测扭曲，以使原词略改版本几易，题也做了《送季芝女兄赴粤》么，以致"斋中"换作"闺中"，"盟牒"换作"兰牒"了。可想见的太多的歧路曲意，让人不敢真情下笔，然而秋瑾不是，爱得直白、彻底和纯粹，使之在徐锡麟死难后下了决心要拼到底的。陶成章《浙案纪略》回忆，得知安庆事后，执报纸坐泣于内室的秋瑾"不食亦不语"，"有劝之走者，不问其为谁何，皆大诟之"。此后杭州女师同学劝其避难，秋瑾的最后回答是：我不入地狱，谁入地狱。再此后，就在清兵到达当天，王金发来，此后的事实证明秋瑾并无打算与王金发一同转移。清军到大通学堂前门时，学生仍劝她从后门乘船渡河，"瑾不应"。早已决意身殉的她，一袭白衫，坐在楼上，等着那慌张的人，看她一脸的严肃静寂。

此后的事，不去说。

轩亭殉，西泠葬。墓历经九迁。遗骨终埋在了她向往的地方。那个曾写下"撤环仗剑"四字的南社诗人将个地理人文一一诉及："会稽峨峨，勾践所宅；十载卧薪，千秋采葛；猿公好剑，越女是传。于皇秋君，笃生其间……"陈去病为文仿佛接着柳亚子的话说："……瑾生会稽，聆猿剑之风，励薪胆之志，其于革命，不亦宜乎。"这样的悼念歌哭，是这多年追随的不散英气！

1907年7月15日，古轩口就义五天前，秋瑾曾有一信寄徐小淑，拆开来，缄内别无他简。这篇《绝命词》如她不拘体例形式，常间七言、四言、杂言的《楚辞》句式、隔句韵或连韵同时使用的以往诗作，也亦诗亦文，不受约束。"日暮穷途……残山剩水……无干净土"，是那境遇；却还要"虽死犹生，牺牲尽我责任；即此永别，风潮取彼头颅"，是那决心。另行最后的文字是"壮志犹虚，雄心未渝，中原回首肠堪断！"

当其时，她何尝只把自己当作女人！

一柄龙泉挂在壁上多少年了，对于以身体实践以生命信仰的人，它，终是个提醒。

中原中国，山河凝烈，处此地者当自知自重。

2000年2月27—29日夜半2时10分

长河行

长久以来，一直想写这个人和黄河的关系，也许是虚弱使我迟迟不能动笔，又怎么画出个全部？那个人的一生，与河内的纠缠，正如我在路上讲给同道的，与河相关的，他有三个梦。

放在这三个梦之前的，是路迹的来去。

已经难以考证他初见黄河的年月了，但是黄河几乎与他生命中的每次重要转折都结在一起。

一个南方江边的人，何以对这条北方河情有独钟，我想破译。

也许第一次见到黄河，应该在1918年6月杨昌济先生被邀去北京大学任教。8月，毛泽东组织湖南学生赴法勤工俭学而来北京路上，这时1913年至1918年湖南一师的学习已经退到了时间后面。长沙到北京的这年8月是一定要路经黄河的，除了许昌铁路被水冲断三天滞留外，这一点我几乎再找不到其他任何史料记录，25岁的毛泽东在当时也未留下青年的他眼中的黄河，一切都一闪而过，连那经过连接黄河两岸铁路的列车。1918年夏，仍在汛期里的黄河，我不知道那时的水流是高是矮，多还是少，急或者慢，我不知道它让这个临窗而坐的南方人在中原的风里面对那一脉水留下了何样记忆，历史在此已然空白。大约是此后生命里叠印的记忆多了，包括对黄河几个段落的，所以后来的书写与忆念里少见对这一页的提及。然而还是在黄河水利委员会黄河志总编辑室编辑的1991年版《黄河大事记》中查到了这一年，1918年6月和8月只有两条消息，关于河：

——"沁河多处决口"：6月27日，沁、丹并涨，武陟赵樊及沁阳留村、孝敬、西良寺、南张茹（今均属博爱县）寻村（今属温县）先后决口，当年堵合。

——"濮县双李庄决口"：8月，濮县土匪仪洪亮扒开黄河民埝，水淹双李庄（今鄄城县双李庄），汛后口门断流，冬季堵合。

河患之外，这一年还有两件新奇事。一件在上游，甘肃商人陈润生、向涤修发起组织甘绥轮船公司，购长6丈、宽1丈4尺、舱深4尺、空船吃水深2.5尺的机轮一艘，启航后在宁夏—河口镇间行驶两次即告停止，原因是吃水深机力小，带动困难。

同年甘肃省省长张广兴和马福祥为便利交通创办航运，从上海购入两艘船长5丈、吃水2尺、60马力、官舱可容24人的浅水汽轮，运至包头，在南海子下水。后也因吃水深、耗资大停航。这就是黄河现代航运史上昙花一现的"上游首航机轮"。另一件在下游，山东河务总局工务科成立测量组，开始分段测量黄河河道，是历时7年勘测的开始。而就在这些事件的掩映之下，在上下游黄河段落的一个中下游分界的地点，一辆列车由南至北，横穿江、淮、河三大流域。外面世界繁复，没有谁注意车厢窗前这个25岁青年脸上的忧郁，甚至坐在对面的人也忽略了这一点。

在做北京大学图书馆助理图书馆员的一年半里，那河在书卷中叠藏，未见激荡的痕迹。

直到1920年4月，为驱逐张敬尧事从北京往上海活动，这个一贫如洗的年轻人仍是不避艰辛，取路山东，绕道去曲阜和邹县拜谒孔孟的故居陵墓。后来在斯诺《西行漫记》第128页，我看到了他的回忆："在前往南京途中，我在曲阜下车，去看了孔子的墓。我看到孔子的弟子濯足的那一条溪，看到了圣人幼年所在的小镇。在历史性的孔庙附近那棵有名的树，相传是孔子栽种的，我也看到了。我还在孔子的一个有名弟子颜回住过的河边停留了一下，并且看到了孟子的出生地。"这是1936年对斯诺的话了，这时的他已经历了南部中国，尤其是西南中国的大部山水，他的队伍也与他一起纵穿西南而至北地。这一次谈话距那一年16个光阴过去，盛下的经历磨难大于着那光阴年月。而这时，静静坐在窑洞前阳光下的他眯着眼睛，点着一根烟，仍然没有言及他27岁时从京到沪曲阜路前看的那一眼黄河。这一年，"大事"上记：《濮阳河上记》出版，孟津筑成"铁谢民埝"，而华北遇大旱，冀、鲁、豫、晋、陕卷入其中，灾民2000余万，死殁50余万。河的测量仍继续着，堤岸、河道、地质、水文。这次是从北向南的贯穿，山东境或许泺口过河，那里现在有一浮桥过汽车，一铁桥过火车。今年7月，我再赴曲阜邹县途中，站在烈日下公路、铁路两段大堤的中间，想着无语的他，那个两度过河青年的沉默。

就这样到了1935年9月10日这一天，川西北雪山草地都已走过的一个夜里。杨尚昆在回忆中觉着那夜雨停雾散，有星有月。杨定华《伟大远征》第381页则说四川巴西那天是"很黑的夜晚……天空布满乌云……没有月亮……"蔡啸迁记述是红军沿包座河溯流而上，天"下着小雨"。毛泽东1960年对埃德加·斯诺的采访答复："九月十日"，"我一生中最黑暗的时刻。"这一句话我在解放军出版社1986年出版的索尔兹伯里《长征——前所未闻的故事》第315页中读到时，心里一动。班佑、巴西、俄界（高吉），之于这个人的人生地理上是夹金山与腊子口的交界点，而这个交界点也是南下、北上的交界点，是"吃大米"(成都)还是"吃小米"(陕北)的临界点,后来看也是红军生死存亡的临界点。黑河(墨曲)、白河(噶曲)这两条激流经纬来回,由南至北,注入黄河,河道迂曲摆荡,水流滞缓;汊河曲流将草原切剪得粉碎,潴水而成沼泽湖泊,草甸结络,浅丘低地,沧海横流。那个原要来会合的人临时变卦,又武力迫压分裂南下。这个地点的前途争论与焦灼所构建的胶着状态将这个42岁的南方人推到了"一生中最黑暗的时刻",却是在这样一个黄河、长江的两大水域的交界线上完成的。这是他第三次看到那河。在黑暗里。它闪着白光。

那河缠绕的北方是他要去的地方。然而理想奔赴之前,他必须渡过那河支流的错落阻隔。

错落阻隔。竟是在这样一个分水岭的地点遭遇。北与南,长江与黄河。生命也是,分水岭,死与生。

各个绳结。追兵、阻兵、分出去的兵,敌与我,水阻、山阻、冰雪阻、沼泽阻,这样一个时刻突围的心境竟是以"逃"的方式完成的,当命运逼仄陡转的河岸肃然放在眼前。"停杯投箸不能食,拔剑四顾心茫然。"熟读古诗也是诗人的他,这时真的在四川诗人李白的故里走到了李白的诗境里去。行路难。不仅是路,而是精神。那份磨折。

后来我在《黄河大事记》上查到他北上要奔赴的那条北方河的区域在1935年发生的事:

——8月4日，兰州黄河暴涨，高庄决口，雁滩居民因水涨纷纷迁居。

——8月15日，宁夏境内黄河水势猛涨，狂流汹涌为数十年内所未有，宁夏各渠口溃决，田庐牲畜漂没无数。

这是那年他要去的前方。9月10日，连夜出发的那个夜晚的复杂心情已经是难猜测的了。然而对李白熟如诗友的他不会不知那前路挪走一步都艰难。人、事几乎全反着，真的是"欲渡黄河冰塞川，将登太行雪满山"。即使是有"长风破浪会有时，直挂云帆济沧海"的雄心，在这里，九月夏秋，也仍然要有那河要泅，那山要走的。

现在知道，"洪波凌兢不可以径度，冰龙鳞兮难容舠"，"霜崖缟皓以合沓兮，若长风扇海涌沧溟之波涛"和"峰峥嵘以路绝，挂星辰于岩嶅"，有时并不是地理，也是心境的。

决意出蜀的人，走的虽不是历史常规意义上的蜀道，却是比那让人嗟哦的"难于上青天"的蜀道还要难的。一千多年前的那个蜀诗人李白曾对常规普泛地理意的蜀道发出感叹："尔来四万八千岁，不与秦塞通人烟。西当太白有鸟道，可以横绝峨眉巅。地崩山摧壮士死，然后天梯石栈方钩连。"

秦塞陕甘，只有飞鸟能够过去。1935年，这一点仍然在地理上于此未变，是个常识，在出蜀与阻堵的两方心里明了着。

"上有六龙回日之高标，下有冲波逆折之回川。"

在"黄鹤之飞尚不得过，猿猱欲度愁攀援"的蜀秦边界，其险若此；连大气如李白者也发出"嗟尔远道之人，胡为乎来哉"之劝的地方；熟读其诗的毛泽东不会不知自己自处何境，何况人为的一面真的是让他"朝避猛虎，夕避长蛇"。南下的成都，那一隅在他眼里虽有固城为堡，却还是坚持着一贯的基层方针，那个"家"不在蜀地，而在他要跨过分水岭的另一水系——夏河、洮河流向的黄河区域。

这一点在北上的路上，他自信，并且对中途背身的人说："一年以后，你们会来的。"整一年后，矗立的会师门证实着，他的话得到了应验。

于今那条出蜀入甘的路线已经不考。碎小的地点如俄界这样一个地名在分省四川地图上都难以找到，印上的只一个求吉的地名在蜀甘边界。是与不是，已很难讲，不过从地图上看，腊子口在它北部路上，那前路指着会宁。

关于这夜行程，中央文献出版社2000年版《险难中的毛泽东》中记述雨中湿衣湿裤的行军，"……横过来一条湍急咆哮的河流"。书上讲他"扑下河去"，但没有提供那条河的名字，**只知在去往俄界路上。长征史书中都没有提到这条河流，**

大概比起他渡过的大河大江，它的急流不算起眼吧。索尔兹伯里在他重走长征路后写的那本书里讲，毛泽东长征期间曾渡过24条河流，自南至北，瑞金之后，在西南多水的山林中走。他的自南而北的对长江流域各个知名、不知名的江川的切割、横渡，让各个追剿他的对手都生出无奈与赞叹："毛朱……曾渡贡水、章水、信丰水、潇水、湘水、清江河、乌江河、赤水河、白层河、黄泥河、金沙江，然无有过大渡河之奇妙者。洪杨之役，翼王石达开西行至此……今朱毛至此，安全通过。"

那个目的，在江河不计其数的泅渡之后，明确了。

然而同样，1935年的黄河未写入回忆。他与它擦肩而过。直到北上路中过渭水河——黄河的最大支流时才真正是触到了它的脉搏。

10月19日，吴起庆功会上，毛泽东对长征总结时列举了那水："我们……渡过了潇水、湘江、乌江、金沙江、白龙江、赤水河、大渡河、渭水河……"12个月零两天，367天，12个省远征途中，那水日后变成了《长征》七律中的韵脚，"金沙水拍云崖暖，大渡桥横铁索寒"一语带过。

黄河未渡，黄河不写。

而在这年10月，他写了两首词，词中两座山都与黄河有着丝缕关联。

> 横空出世，莽昆仑，阅尽人间春色。
> 飞起玉龙三百万，搅得周天寒彻。
> 夏日消溶，江河横溢，人或为鱼鳖。
> 千秋功罪，谁人曾与评说？

这首《念奴娇·昆仑》词中下阕竟发奇想，倚天抽宝剑将之裁为三截，各赠欧、美，留一东国，同此凉热的环球太平世界的意愿。这个大气里一句不提岷山冰雪之艰难，却是人与最大的自然商榷语，而"不要这高，不要这多雪"一句却透出了跋涉苦辛。下阕仍然未写黄河，却那影子在"飞起玉龙三百万"中倏地一闪。

另一首10月写就的词在12月的瓦窑堡驻地改过一遍，是两个月前刚走过的六盘山。《清平乐》词牌下，天高云淡。"不到长城非好汉"一句虽多解为譬喻，却也在地理上符合着甘、宁、陕一带古长城绵延阻断。它几乎是北方的象征了。

二万行程屈指数。这时的他已没有了文字中的隐隐不快，而成"今日长缨在手，何时缚住苍龙"的豁然了。

苍龙之喻，也与长城一样，与地理符合着。黄河咆哮，陕、晋一河之隔，打过黄河去。抗日，是红军来此的目的，是这个人渡过那么多的南方河流把个故里扔在身后一步步北上的目的,一点点走脱,北方黄土的气息就这样扑面地来了,能嗅到那河的味道。

北国风光。让初识它的人也诗风一转。

4个多月后,1936年2月3日,他一身青布棉袄,拄棍走在队伍前,从延长出发到清涧去渡河东征,彻昼彻夜听到的是黄河冰裂的声音。铺子洼村黄河岸边,大雪纷飞地下,那首《沁园春·雪》呼之欲出:

> 江山如此多娇,
> 引无数英雄竞折腰。

在历数秦皇汉武、唐宗宋祖、成吉思汗后,"数风流人物,还看今朝"的气概胸怀,气吞山河。上阕写那北国自然,这里关于黄河,毛泽东也只一句:

> 大河上下,
> 顿失滔滔。

这是他一生诗中关于黄河的唯一一句。

而1935年至1948年的陕北转战,他曾三渡黄河。晋陕峡谷**之间的东西往返,哪个渡口不藏有故事?**

1936年2月21日，那首诗刚封笔十多天后，他东渡黄河，先在山西大麦郊北郭家掌一座小山上住，后时北时南地在晋西山区与敌人兜圈子——固若金汤的天险突破了，后来史书上称之为红军东征。这是他第一次过黄河，为着一个目的。

同年5月2日至5日，东征军从清水关、铁罗关西渡黄河，返回陕北，这次回师河西是他第二次过黄河。非常险，据说他曾写了一封信给敌先头师师长，晓以民族大义，义理之后警告敌军就地止步。敌师果然未再向前推进。

东西往折，河上并无损失。然而此后，毛泽东立下誓言，不打败胡宗南，决不过黄河。

黄河，在这里成了他心上的一把锁，是押上成败的一个赌注，直到1948年3月23日的东渡践约。

吴堡川口渡口这天，滩坡上站满了送行百姓，毛泽东站在船尾向西岸凝望了很长时间。凌汛的冰块咬噬击撞着船身，这时他曾笑着问船上的人"谁游过黄河"，并向孙勇提出咱们不坐船，游过去吧。这是他第一次提出来要横渡那河——在它冰垒夹挟巨浪的时刻。后来在中央文献出版社出版的杨庆旺《毛泽东指点江山》中我又读到这一节，它详细说了船上的他吟着李白的关于黄河的诗，并提出要在渡船上以陕北为背景照张相——叶子龙为他照的这张像我一直没有找到，不能确定是不是就是此时。他望着船下激流，沉思着像是说给同船的人，你们可以藐视一切,但不能藐视黄河,藐视黄河就是藐视整个中华民族。那话其实也是说给自己的。

其间有两件事与黄河承诺相关。

——1947年8月17日刘戡率七旅将他逼迫在东有黄河,西有追兵的境地。据说彭、刘、朱都未劝动,他誓不过河,周恩来说要过葭芦河——黄河的一个分汊,他只顺河北上,夏汛的水东、北咆哮,羊筏子急卷入河。据说他要了一支烟,吸着,最后是烟头一扔,回答未变,"决不过河"。《险难中的毛泽东》中讲他带着队伍沿河堤向北迎着敌人枪口走去,奇迹的是那几万支枪哑了……后来他们上了一座山,从山上看河时,他唱起了那支歌——"我站在高山之巅,望黄河滚滚,奔向东南……"——这时他的队伍已经叫了"昆仑纵队"——昆仑—黄河发源地这一代号里其实藏着的是他东渡过河的决心。

——整两个月后,10月17日,他在神泉堡至佳县路上突然提出要去看黄河。佳县夜宿次日,10月18日,他循着羊肠小道一直下到黄河岸边,看那泥土颜色的水流与沙洲。这天早上,"站在最大多数劳动人民一面",他的题词墨迹未干,是他来此的目的吗?

那河终成为心上的封锁,如今他找到了开它的钥匙了吗?只知道他说,来晚了。早一个月可以下水的。

谭家坪夜宿。此后是在南河底村一直住到29日。12天里,看河听河。那个东渡的决心是这时下的吗?

10月29日——5年之后,1952年的这一天,他在徐州云龙山上看黄河故道,是巧合!还是?

北京出发,至济南、泺口、曲阜、徐州、兰考东坝头、开封、柳园口、郑州、邙山、新乡、武陟、人民胜利渠、汤阴、安阳、小屯。返回北京的这次考察的地点我断续跑过,大小地点临河的心境记忆犹新。泺口、柳园口、人民胜利渠,我于今年(2000年)夏天又去过一次,在柳园口那个中午好不容易找到了已修缉加固了的42号大坝,是在去铁牛村看铁犀牛路途之前,林公堤与之相接。42号坝凹进去,坝上平地新立了一块碑,"要把黄河的事情办好"——这几个字在武陟人民胜利渠视察纪念馆里迎面就是,在采访陪同毛泽东视察黄河的当年河务局局长、后任黄河水利委员会主任袁隆时知道只是叮咛,现在的字是从他的笔迹中集的。

也许开始只是去济南,当时济南同志据说起初连水利、河务的专家都未召集,直到他提出去看泺口还觉突然,因为没有准备这一项——在看过大明湖之后,罗瑞卿请示与安排中征求的也是千佛山、金牛山。

"去看泺口大坝。"后来我在一份资料里看到一句当时情景,过目难忘,是"他自己呆呆地看了好一阵子……在昏暗中……才默默不语地下坝回住地"。

而徐州云龙山上眺望时他也有一句"那是黄河故道吗?"的问话,我想就是在那一座山上下了的决心,他傍晚告诉王士英下站到兰封。

东坝头、柳园口,包括邙山小顶山的眺望不仅黄河,而且他常常走脱保卫,在那些放羊、种粮、河岸的农民间行走,接过乡亲递过的水喝,问他们收成,羊怎么涂成了花色,甚至想在一摆摊的掌柜铺子里吃晚饭。郑州郊外邙山的小顶山我已爬过不知多少回,原来骑自行车、坐火车,现在开通了班车。今年夏天我再登山顶,黄河迎面,山上新塑了座他的像,立看黄河,与侯波当时抢拍下的土坎上的他的侧坐不同。他在这里对王化云等说黄河治理——如今听他话的人也埋在山脚下枕听河涛了,那时大禹的像还没有塑。长风吹过,他的话落在河上:"不然,我是睡不着觉的。"他目光中的1903年兴建、1906年通车、全长3015米、102孔的那座铁桥,大约就是1919年25岁的他从长沙到北京经过的路吧。在这样一个山顶俯视着看,59岁的他与25岁之间已有34年像河水一样奔流而去了。那个侧影的他心里是不是也有这样一份属私人的感慨呢?

"到中流击水，浪遏飞舟。"

人民胜利渠渠首闸那个他脱了大衣、卷起袖口摇过的启闭机我抚摸过，纪念馆负责人为我暑日专程而来所感动，他打开馆门的重重封锁，一一讲解。而渠水注入卫河的饮马口却让我一路好找，他是徒步走过的，大约是累了，在清黄分明的河畔，干脆躺下，手支着头，又两手一伸，说"到小黄河了"，竟在草地上睡着了。

侯波在这时为他照的相，我未有机缘见到，却从不同被访人的回忆和史录中记下了他那一个下午的兴奋。

6年之后的他已不满足于只在岸上看河了。那个东渡于晋陕过河的游泳念头冒出来。1958年8月，七里营、长葛之后，车开往东坝头，他提出要在那个90度北上转弯处横渡黄河，保卫人员不同意。据说电话打到中央请示，周恩来坚决反对下水。7日的这一夜，他的专列就停在东坝头，这一夜的他能听到黄河的涛声吗？是不眠还是安眠？这一夜的想与梦都无法可考，仍然回到了青年时——不留一丝文字。两年前，1956年畅游长江，在武昌汉阳门处下水向汉口岸游30里；又一次下水从大桥2、3号桥墩间游过。三次畅游之后，"万里长江横渡"的句子出来。4年前，1954年北戴河畅游，雷雨都挡不住他下水，"海水就是被子，我们钻进棉花套里了"，兴奋的他上岸时被海水刮**出道道血痕仍然说"今天真畅快"，于是"大雨落幽燕，白浪**

滔天"的句子出来。可是这夜，"不管风吹浪打，胜似闲庭信步"的好水者却沉默了。这年9月15日，从黄石到安庆视察的航程中，他两度选暴雨中下水搏击巨浪。江水的亲和多少扫去了一月前黄河的隔膜。

但是，不甘。

1958年8月7日夜后，1959年3月、6月、9月，他至少三次提出横渡黄河，并分别指定下水处——三门峡和泺口。最终都因同一个原因——中央因泥沙水漩大不同意而未果。后来我在各种不同的资料所简单披露出的历史信息上看到了他的遗憾——他从来没有直说的遗憾，却浸在那史事始末的字里行间。

1959年3月，郑州，他向工作人员提出横渡黄河，指定三门峡处下水。劝阻与坚持，三门峡方面到会兴镇附近河道作实地调查走访，初定渡河地点在黄河南岸会兴镇与北岸茅津渡之间，上至平陆县太阳渡和陕县旧县城处。1959年6月，毛泽东又提横渡黄河。郑州通知三门峡，同意原定方案，并要求着手挑选陪游人员及船只、器具，初定一个周六的中午时分进行。后来他南行回韶山，横渡计划未能如愿。河南未果，就到山东。1959年9月，南方视察回北京路过山东，他提出要在济南畅游黄河。理由是，"全国大江大河我都游过了，黄河一直没有游过"；舒同、郑松等商议横渡的地点、时间及勘察问题。毛泽东说："就这样定了，我明年7月下旬或8月上旬来。"第二年，公务阻挡了他来山东的行旅，横渡黄河的计划终未实现。

在这之前，一次济南泺口他问那水能否游泳，回答照例是水深漩多，不好下水，渡河不行。他说到了走路，徒步，从入海口到源头去，"骑马走黄河"。这个梦，1959年、1961年、1964年4次言及。

1959年4月5日，毛泽东在中共八届七中全会上说："如果有可能，我就游黄河、长江。从黄河口子沿河而上；搞一班人马，地质学家、文学家，只准骑马……然后到……通天河，翻过长江上游，然后再沿江而下，从金沙江到崇明岛。我有这个志向，现在开支票，但哪一年兑现不晓得。"

1961年3月23日，毛泽东在广州中央工作会议上说："我很想恢复骑马的制度，不坐火车，不坐汽车，想跑两条江。从黄河的河口，沿江而上，到它的发源地，然后跨过山，到扬子江的发源地，顺流而下。不要多少时间，有三年时间就可以了，顶多五年计划。"

1961年8月，毛泽东在庐山对张仙鹏说："我有三大志愿：一是要下放去搞一年工业，搞一年农业，搞半年商业，这样使我多调查研究，了解情况，我不当官僚主义，对全国干部也是个推动。二是要骑马到黄河、长江两岸进行实地考察。我对地质方面缺少知识，要请一位地质学家，还要请一位历史学家和文学家一起走。三是最后写一部书，把我的一生写进去，把我的缺点、错误统统写进去,让全世界人民去评论我究竟是好人,还是坏人。"

源自吴晓梅《倾听毛泽东》一书的三则史料,起码透出了一个信息,这个信息在当时是如此地纠缠着它的发布者;要骑马到黄河、长江两岸进行实地考察,要请一位地质学家、一位历史学家和一位文学家一起去——这样一个愿望在66至68岁的毛泽东心中成了一块挥之不去的"心病"。

1964年,毛泽东年逾70,再次提出带领专家和有关人员,徒步策马,从黄河入海口上溯河源,进行实地考察,并指示身边人员练骑马,查资料,做准备。后因忙于处理工作,这个心愿也未能实现。仍记得抚读黄河水利出版社1996年版卢旭、袁仲翔主编《中央领导与黄河》第56页这行文字时有种浸着岁月的心惊。

这样到了1966年的武汉。7月15日,他听说武大学生扎木排次日横渡长江,16日凌晨就提出游长江,这次是30华里(1华里为500米),1小时多。江水再一次给他带来征服的快感,这一年,他73岁。此后,好像再没有在长江中下过水,而黄河——那条他一直梦想着横渡的北方大河失去了与这个和它性格相似的人肌肤相亲的机会。

或者是,他一直没有找到一个缘分将自己的身体交付给他**深爱不已的这河的湍流**。

他（它）们彼此相失。再无弥补。

那个征服。空白了。

只冰凝为"大河上下，顿失滔滔"这一句。

或者还有，"你们可以蔑视一切，但不能蔑视黄河"。

我可以讲那三个梦了吗？我已经讲了那三个梦了吗？围绕黄河，那个农民的儿子做过的三个梦。一个公众的梦，两个私己的梦。

"要把黄河的事情办好"；

横渡黄河；

骑马走黄河——从入海口到源头；

最后的结局也像他，最终实现的只有那一个公众的梦，黄河在50年未发决口洪水——历朝历代都未做到都梦着做到的事在这50年成为真实。而另两个属私人的梦——在河中游、在岸上走的梦被叠进了那个人最深的梦里。在这个写作的深夜，它迢遥前来，仿佛检阅着决意实践它的人。

于是，在河岸上溯源而行的风又迎面吹了过来。

2000年

第二辑

静谧与狂飙

1996年——他猝逝60年之后的一个冬天，我赴沪去看他的墓，朴朴素素的，在那个静谧的黄昏，只想陪他坐上一会儿。灰石铺成的大道掩盖了土，方石砌就的墙上铭刻着伟人的字，躺的地方照例是干净的，一如他站着时的品质，石墙下长出的绿苔却与四周葱茏的松柏一起围成了一个静谧的所在。除了两三个背了书包的学生鞠了躬匆匆来去之外，没有人来。这个冬天，没有人打扰他的睡眠。前边是他青铜的坐像，坐像前面广场的方地上，是傍晚来练跳舞的人，他们隔在坐像那边，细碎的声音偶尔会传过来。我坐在墓边的柏树下，看着他们的幸福或者麻木，想着墓里的人，想着抉心自食的痛彻，想着"答我——否则，离开"。天黑下来，在夜与昼的交界处站起身已经不止一次了，这次却不同，从三三两两仍有余兴的舞者中间穿行而过，突然想到这个时刻与地点也许正是他喜欢的，正如他被那憎爱相缠的感受咬噬了一辈子也从没流露出个后悔。坐像回头再看依然肃穆着，一脸青白，却有血色在动。暮霭更浓了,以至石上"1881—1936"的字在摇摆不定的人影遮挡中渐渐模糊了。

纪念馆中的人也是不多的。只是一个人在静静地看,看另一个人并不静谧的一生,是可以听到时间的马蹄的,像人的表,戴着,只为提示自己是什么在与生命一起寸寸前行。走出来,是又回到了世间的感觉,人群喧闹,阳光普照,像是什么都不曾有过,和平真的与慵懒接近,还有他深恶的遗忘,穿行在这样的笑与平静里,真的是穿行在那竟找不到具体对手的"无物之阵"吗?一切都改变许多,而好似一切又让人熟视无睹,这是他恨爱集半的人,是他憎护有加的人。他穿过人群,走了过去。然而这是怎样的穿越?本味何能知!56岁就仆倒了。纵然有二里长的送葬队,有"民族魂"的旗帜,有绵延于心打破了死的诗文哭歌,然而那是他真正看重的吗?他是反感纪念的,遗嘱里,他呼唤民众的幸福,然而60年后,麦当劳桌前的孩子在大人的引领下积极地消耗着这个快餐时代,他们都有赶上了趟的快乐,已经谁也不去提起那个在异国幻灯面前攥紧了拳头同时也握住黑暗的少年。这时候又能说什么呢?忘记,熟视无睹的假装,习惯,还是朝那无邪的孩子大叫一声,无疑像那《立论》中说了"必然"的客人,"这孩子……"那么还是不说吧,或者沉默,或者去做一些模糊的"啊唷""hehe"与"哈哈",许多自称过来人的人不都这样地过吗，模糊着过？没有自问，逃了追问，渐渐追问的人也加入进来，那气息好像因了合并而更气壮了，不是吗？他把帽子遮下来，挡住了暗箭与唾沫，却没有挡住这样遗忘后面的背叛。"我梦见自己死在道路上。"这是可预见的生活吗？如此，也注定前驱，不返不顾，何况须忍了利镞穿心的疼。

有了这样的经验，此后在西三条、故居、博物馆，便有了一种平静。玻璃柜内，平摊着《眉间尺》的手稿，他一身黑衣地凝视着每一个走过的人，我静静地接过那凝视，知道了，他是将自己都烧了进去，不惜身家性命地献出了的人，如他所说，他从不问那些他献出的对象对这般彻底无畏的献出有否回应，也不问该与不该，甚至对与不对，他无私地做着，赶快做着，虽然他曾经强调过前提，心痛于那麻木，然而他仍旧做完了他愿意做的事：把那火焰从地下带到人间。为此他不惜自己被灼伤，不惜终于被大石车"碾死在车轮底下"。那大欢喜，较之遗忘，是可以放在一起比的吗？生命的泥委弃在地面上。但坦然，欣然。他赢了死，"我先就未曾生存，这实在比死亡与腐朽更其不幸"。他终生都在做着这样的抵抗。有着"人之子"的自认，这样的赤诚，已毫无保留，是容不下任何删节、省略、改写和藏掖的。正义无须掂量，值与不值，得失之患，诸种使其停顿的东西，在定了的前提下，都是拦其不住的。他有着长年静谧沉淀出的热烈，和借了缄默之炉冶炼出的勇猛。

这是一个爱做梦的人。人说多梦的人心大都是热的。是这样吗？只知道他爱吃辣椒是出名的，还有后来才了解到的喜骑马，另一项爱好就是读书了。沉静、善感与勇武、豪侠大约在一般人意识里都是不怎么能一起拼贴的，然而在个别人身上它们谐悦着，看不出不调合之处，相反却融汇得那么好。稽山镜水，养育了这个爱做梦的人，不然不会有离乡的举止，不会有水师学堂、矿路学堂，不会有"大贞丸"号船，不会有弘文学院、仙台医学专门学校，不会有浙江的师范学堂，北京的绍兴会馆、北大、女师，也不会有厦门、广州、上海和辗转其间的《呐喊》《彷徨》《热风》和《野草》。

这是一个不放弃生的人。虽然周遭大多数人都安于苟活，不问究竟却不是他所能容忍的，所以有对幻灯事件的反应，有事业与投身路线的改变，有喊一嗓以唤起疗治的《狂人日记》，有照镜以引国民自重的《阿Q正传》。未庄的土谷祠，那个乌有又实在的地方，与他住过的"八道湾""砖塔胡同""西三条""施高塔路"名字一起，成形着他的环境和境遇，那种微妙的对应，实在是令他感慨出"以文笔作生活，是世上最苦的职业"，然而也不见其退缩，就是在通缉与暗杀的上海，在逃难构图的晚年，也未见其放下笔，反而他说，只要活着，就要拿起笔，去回敬他们的手枪。在给山本初枝信中写下这行文字之后，他真的再无避居或搬家。这是一个好梦的人，从看鬼戏听活无常的诉说的儿时开始做，"难是弗放者个！那怕你，铜墙铁壁！那怕你，皇亲国戚！"是那几句斩钉截铁的唱词；抽屉里全是洋书只有一本线装《离骚》除外的留日的青年期延续着，"望崦嵫而勿迫，恐鹈鴂之先鸣"一般的禅语最终成为写在了陈年西壁上的联句；为《浙江潮》译写参半的《斯巴达之魂》是那梦的一部分，斯巴达三百勇士战死沙场，独一人因目疾而未能参加战斗，得以幸免，妻子引为奇耻，以死诤谏，将军建碑纪念，成为国魂象征，是那故事；还有感动非常的武者小路实笃《一个青年的梦》，"家里有火的人呵，不要将火在隐僻处搁着，放在我们能见的地方，并且通知说，这里有你们的兄弟"。手一把撕开了规避的黑幔，绝望与希望相缠，墓碣阴阳两面的残文，成尘的微笑，拥抱或杀戮，无所不在的看客，奴隶，中间物，以水养血脚底磨穿的过客，欢喜与悲悯，血和铁，疯与魔，创痛酷烈，简直就是一个个摆脱不开的梦魇呢，时时超出人所能承受，然而终于，还是借《长明灯》叫出了"我放火！——"如预备了焚身以火的野草，是不惮于自己的毁灭的。梦想最多的人，却不梦梦，在《听说梦》里，他对"好社会"与"光明"所必经的斗争始终清醒，他没有掉到那玫瑰与花环编织的虚幻的陷阱里去,他不求乞,他不信布施心或是许诺于他的空头的梦,他不骗人。所以《野草》里,那些个三界遍游的梦最终都是醒的,都是大叫一声或是立坐起来回到了人间的。实在是有太多的爱,让他无法放弃,恨与黑暗,都未能掠去那无可置换的生。

然而,他又是一个冷的人。究实质,善揭破,不苟求,不折中,这样的人,不给自己设偶像,对朋友热诚却必是不希冀对方回报同等的,太多的物是人非使他不存幻想,亲友、敌仇,可以有自己不动的立场,却是并不渴望谁也来效仿的,因为有太多可预见的失望,他不希望自己日后会成了谁的偶像,正如他心中没有谁能使之称神称君一样,他不做任何人哪怕是他崇敬的人的奴隶,他背负镣铐,但拒绝枷锁和捆绑,他是自由的,为此他求着独立,这是他唯一用了毕生去索求的,当然他赢得了。在做不稳奴隶或做稳了奴隶的时代里,他也许是先行得道的唯一的人。在人的意义上,心是热的,还有血性,性情是温和的,间以厚道,然而却是不妥协,不中庸,不和稀泥,更不随物赋形。我就是我,我不能变成你,更不是拿起放下随人的工具。这一点,是他的底线。那些触及于此的人会得不到他的好人缘,暴躁、不宽容、苛刻、刻薄向来是他们准备好给他戴的帽子,他也不拒绝,戴上无妨,仍旧走自己的路，在界限之内，那是任谁——敌或友、领袖或大师、宗派或政党、前路的铁索或后背的鞭子——都不能动的。他为自己赢得的独立，在那个时代，不是荣耀，而是孤独。是"走吧，走吧"灵魂里的这句话，是一步步，慢慢稳健细致的清道夫式的剥掘与扫除，是疾恶与不屑，是从内部划界，是不投靠，是警觉，是面色灰暗、两颊深陷，是乱发冷硬上竖如黑色的火，是迎了杀戮也要把话说完，是对流氓、痞子、叭儿、二丑们的决不饶恕，是《铁流》，是《毁灭》，是威武，是战斗，是壕堑中的韧战，也不回闪肉搏，是珂勒惠支式的愤怒，是对唯一知己《海上述林》缅怀回应的嘶喊。野地里的纸灰，沾血的馒头，所见的阴冷使他也阴冷着，却是要发言的，尽管被敌手、"同人"与后人扣着"狭隘"的冠，也还是不封锁喉咙，说真话是他的天性，就这样保持着横站的姿势，不含糊，不调和，不要所谓好人的头衔，不欺世，不自欺，往往这样的选择就是独战。是呵，"我只不过要给你报仇"，"你的就是我的，他也就是我。我的灵魂上是有这么多的，人我所加的伤"。他是如黑衣人样提剑独往的人，是不惜劈下自己的头颅也要拼死撕咬不畏强暴的人，这样的人能够吞咽孤独，折断寂寞，横眉冷对，只身作战，却往往会对友军从背后射来的暗箭、同一营垒中快意的笑脸估计不足，受了伤，躲入深林，自己舐干，给谁也不知道，"仍然站起来"，这样的境遇，怎能不让人寒心灰心,"不但显于文章上,连自己也觉得近来还是'冷'的时候多了"。冷是因为热,却不意置于不可为而为的环境,但是趣味和调笑,麻木和冷静,不闻不问的那份"蔽聪塞明",甚或更等而下的说谎、粉饰、心安理得的乖巧却是他斥责的,那才是真正的冷,是彻骨的冷,是无血的冷,是他拼了命也要去焚毁的奴才的冷。

胸中的沙石和草甸积郁着,因为有大希望所以才会一再地大失望,阿Q与夏瑜,风雨如磐与血荐轩辕之间,是黑与红两极,平和与冷静距他实在太远,分明的经纬已勾描好了人生之图,又怎样更改?这样的天性,使他成就了"一个叛逆社会又同时与自己作对的人物",这颗骚动激越、深受抑压、从不安分的灵魂是非要学术、创作与翻译这三驾马车去拉才能载得动的。对于这样一个冷到了热的人还能说什么呢?!所以其生活中两次意欲隐居式的彷徨都宣告了失败。一次是仙台学医,从热闹的东京跑到避远的仙台,难道没有对当时名噪一时的风云人物的逃避?他是务实的,求一本领而救民,而不是空洞的口号,盛名下的私心、伪诈、专断与浮躁都是他要躲避的,对于那一种热闹之"热"他是警惕的,然而,投影上是健康却愚钝的国民,疗病的所在还是救心。两年之后,他回到东京,仍然不是喊口号,而是一如往日地务实,他拿起了笔,这一年,他26岁。另一次是北京钞碑,"古碑中也遇不到什么问题和主义,而我的生命却居然暗暗的消去了,这也是我唯一的愿望",S会馆,许多年,金石拓本、佛经、造像或墓志,"没有什么用""没有什么意思"是那槐树下与来客的对答,那么,铁屋子里的人,希望,最终胜了自己,"希望是在于将来,决不能以我之必无的证明,来折服了他之所谓可有",于是那位掀翻吃人宴席的"狂人"诞生了。这是循了救心的目的的,然而,在《嵇康集》的编校里难道不藏有这个秘密吗?这一年,他39岁。

他太爱那独立了,所以才有这两次"丛林之旅",然而,血热的人,丛林终不能成为他的栖居之地。"我愿意休息。""但是,我不能……""还是走好。"还是走吧,往哪里走?是回到人群里?"回到那里去,就没一处没有名目,没一处没有地主,没一处没有驱逐和牢笼,没一处没有皮面的笑容,没一处没有眶外的眼泪。我憎恶他们,我不回转去!"那么,还是在无路处辟出路来,如那三四十岁的黑衣过客,别了老翁,别了女孩,料不定可能走完,然而还是走,只得走,"况且还有声音常在前面催促我,叫唤我,使我息不下。可恨的是我的脚早经走破了,有许多伤,流了许多血。(举起一足给老人看,)因此,我的血不够了;我要喝些血。但血在那里呢?可是我也不愿意喝无论谁的血。我只得喝些水,来补充我的血"。

这人是谁？

——"我就只一个人，我不知道我本来叫什么。我一路走，有时人们也随便称呼我，各式各样的，我也记不清楚了。"

这人从哪里来？

——"我不知道。从我还能记得的时候起，我就在这么走。"

这人要到哪里去？

——"要走到一个地方去，这地方就在前面。我单记得走了许多路，现在来到这里了。我接着就要走向那边去，（西指，）前面。"

这个爱独立甚于爱生命的人，在野地无人之处，尝试走着一条属人的自己的道路。路真的走通了，刺、荆棘都未能挡住他，"谷种不该磨粉"，大地从他流血的双脚见识了人的骁勇、善战。

别了。路没有给予许诺。然而，只是走。

> 有我所不乐意的在天堂里，我不愿去；有我所不乐意的在地狱里，我不愿去，有我所不乐意的在你们将来的黄金世界里，我不愿去。

……

　　然而我终于彷徨于明暗之间,我不知道是黄昏还是黎明。我姑且举灰黑的手装作喝干一杯酒,我将在不知道时候的时候独自远行。

　　这是一场没有指令的行军,行者自己就是头领和将军,这是只有一名战士的部队,所有的武器,只是一支称为"金不换"的笔。走着。因了爱而决绝,因为承负而爱着,别了青春,别了中年,别了静谧和彷徨,迎面驰来的是狂飙与呐喊的晚年,他没有停下步子,搁笔之事更是不可想见,于是这个民族在最黑暗的时候,还有《人间之历史》《摩罗诗力说》《科学史教篇》《文化偏至论》,还有《复仇》《失掉的好地狱》《死火》《这样的战士》,还有《补天》《铸剑》《理水》《非攻》,还有"尊个性而张精神"的"立人",还有"雄厉无前,屹然独见于天下"的"人国"之梦。于是一位最苦难的母亲见识了她优秀的儿子,20世纪的中国终在其动荡阴霾屈辱的扉页留下了大诗。

　　为大多数被压迫者说话,为最底层生活的人做些事,这就是他了。

　　在火里烧过,在水里淬过,爱与憎、冷与热、死与生,静谧与狂飙,死中之生,爱中之憎,热中之冷,新知与传统,诸多反题都在他心中燃过,这就是他了。

不惜自己躯体做了那撞沉钟的锤,却从不以自己的粉碎为凄怨的人,这也是他。

不辱真正知识分子之承负,无论病苦,终生执笔回应良心的人,这也是他。

——"他是一个很普通的人,身材矮小,常穿一件黑色的短短的旧长袍,臂弯上、衣身上打着惹人注目的补丁,皮鞋的四周也都缝补过。不常修理的头发粗而且长,根根直立,使整个方正的前额袒露出来。两条粗浓的眉毛平躺在高起的眉棱骨上,眼窝微微凹陷,眼角朝下垂着,仿佛永远挂着忧郁。在突出的颧骨周围,满布着深刻的皱纹,浓密的短髭一直遮掩到唇际。总之,样子是一点也不奇特,既不威严也好像并不慈和。说起话来,声音平缓而清晰,既不抑扬顿挫,也无慷慨激昂,那拿着粉笔或讲义的两手,也从来没有作过任何姿势去演绎他的语言。"这是后人笔下他的画像。

如今,这个人就在离我书桌不远的上方,正对着握笔写下这些文字的我,与往常一样,接过他的凝视,渐渐已成这些年来面壁写作的人的必要功课。

"会稽往往出奇士。"他在日记里写。俯读下这段话的人怦然心动,又要走了吗?大约秋天吧,9月25日至10月19日,找一天启程,在20世纪的末年,在他的生日与殁日里,写完文字难以尽言的风景。循着他的路，也许比之纪念的苍白，有些血色；比之述说，成为他，也许是爱他的最好途径。

那么，走吧。

1999年1月4—6日

信仰坐在我们中间多少时候了

　　有意思的是，人们印象中的林徽因娴淑、文弱而瘦削，除掉确乎存在的多病因素，或者，熟识她故事和诗歌的人还会生出善感、敏锐或执情，对于她的概括还包括才女一类的陈词，会牵连到太太学堂年代的英式文学气派，那种氛围里的自由，和交谈时的话多好争论，所谓谈锋甚健——这可是距人们印象中的闺淑有些远。传说中的美丽公主总是被人注意着她女性的一面——更多时候是周遭的男性观看赋予的，加以渲染扩展，为欣赏磨平着；不是说没有，有，但不是全部。然而，谁又能画出个全部，对待完美，总是纯一便足够，又有谁再追问其中的刚强与韧度？其背后的理由？

　　至少，这是一个从不放弃走的女人。一个走着的人，如那首诗不经意自述的：

　　　　我也看人流着流着过去，来回
　　　　黑影中冲着波浪翻星点

> 我数桥上栏杆龙样头尾
> 像坐一条寂寞船，自己拉纤

"十月独行"的她并不是一个壁上观者，窗子以外的世界虽然相距遥远，却是有勇气把笔一搁地站起来说："这叫作什么生活！"生的一切活动、滋味与颜色，百里的平原土地、起伏山峦，那么叫嚷着要被认识，于是她真是穿上了袜鞋要走一走的，山明水秀、古刹寺院、宋辽原物，探古寻胜嘛，才不那么简单悠闲，路上的徽因是与那些对她的印象或改写大不相同的，田亩一片，年年收成，还有洗衣裳缝被卧的张家吕家百姓，迎着面，她们见识过她的真正气象，不同于在太太沙龙里的另一种。这个女人，温文、雍容，其里却刚烈要强，她是决不当观者的，自然也摒弃了几千年中国女性的被观特性，角色不是她要的，她要做的是一个人。有个性，有思想，并且对生命认真。旅途就是这么开始的：

> 我卷起一个包袱走，
> 过一个山坡子松，
> 又走过一个小庙门，
> 在早晨最早的一阵风中。
> 我心里没有埋怨，人或是神；

天底下的烦恼，连我的
拢总，
像已交给谁去……

前面天空，
山中水那样清，
山前桥那么白净——

我不知道造物者认不认得
自己图画；
乡下人的笠帽，草鞋，
乡下人的性情。

山东乡间的步行只是多年行路的一个缩影。"旅途中"此后成为林徽因生活中的功课，不仅是自愿投身的山西、河北、山东、浙江等地遍布中国的古文物建筑徒步考察，还有日军侵华战乱年代不得已的西南流亡，颠簸的尘土与愁苦一起写在脸上，还有疾病在这粗布上打着补丁，饥饿、困顿、病痛、家务是必得放弃些和平心境里长生的理想的，包括那些能够在灯下纸上细细描画的晚上。

> 我不敢问生命现在人该当如何
> 喘气！经验已如旧鞋底的穿破，
> 这纷歧道路上，石子和泥土模糊，
> 还是赤脚方便，去认取新的辛苦。

就是在这时，仍然有《彼此》的文字记录，和那一声探问式的提醒——"信仰坐在我们中间多少时候了？"这是她未敢忘的，是她总不放弃的。在每一寸土每一滴血已是可接触可把持的十分真实的事物而不仅一句话一个概念而已的年代，在"离散而相失……去故乡而就远""心婵媛而伤怀兮，眇不知其所蹠"在陌生城乡奔走的年代，生活其实很需要韧性支持的年代，相聚仍然会有朋友的一笑，会有友人递书中言说无论如何在这时候他为这老国家带着血活着或流血死去都觉荣耀。于是那样的句子写出来："信仰坐在我们中间多少时候了？！"是呵，你我可曾觉察到，"信仰所给予我们的力量不也正是那坚忍韧性的倔强？我们都相信，我们只要都为它忠贞地活着或死去，我们的大国家自会永远地向前迈进，由一个时代到又一个时代"。一切都是这么彼此，相同。还有什么话说。连那"共同酸甜的笑纹"都要有力地横过历史的。这种力量是必要迸发的，如那要在雨里等着看虹的人所拥有的一份对美对生命的"完全诗意的信仰"，不是吗？不也一直在这样行走？和蔼、优容却也另样刚强。这是男人们不大能看到的大美,这种优雅高贵与质朴天真不正如你从不取媚于谁的坦然表情。

> 但我不信热血不仍在沸腾;
> 思想不仍铺在街上多少层;
> 甘心让来往车马狠命的轧压,
> 待从地面开花,另来一种完整。

这是怎样气魄。可惜并不是很多人能够读懂,或者欣赏,或者心疼。但是不管,要走的,还是在走的。不止脚步。也不因不被懂多做解释迟疑停留。又算得了什么,大地之上,

> 心此刻同沙漠一样平,
> 思想像孤独的一个阿拉伯人;

然而谁又曾想,

> 白袍,腰刀,长长的头巾,
> 浪似的云天,沙漠上风!

才是徽因。才是那个辗转于乡间为更好保留中国建筑文化

传统所做的艰辛发现考察的人。

　　如果不是具有这样气质，又怎能与事业同道、生活伴侣梁思成一起为《中国建筑史》的撰写风尘仆仆，不要忘了，她肺肾俱损，可是在照片上我看见她趴在河北正定开元寺钟楼梁架上，站在山西五台山佛光寺一座"经幢"侧的木架上；沈阳北陵、山西大同云冈、陕西耀县（今铜川市耀州区）药王山药王庙、山东滋阳（今兖州市）兴隆寺、河南洛阳龙门、北京香山，15省份、200县、2000座古建筑，她踏访大部；有一幅图片两人一同倚坐在北京天坛祈年殿屋顶上，1936年的林徽因自豪地相信自己是中国历史上第一个敢于踏上皇帝祭天宫殿屋顶的女性。工作艰苦而充满兴味，徽因与热爱的事业、热爱的人一起总是生机勃勃的，感染着身边的人，难怪同事莫宗江会对这样的野外调查发出赞叹："看上去弱不禁风的女子，但是爬梁上柱，凡是男子能上去的地方，她就准能上得去。"

　　　　上面再添了足迹；
　　　　早晨，
　　　　早又到了黄昏，
　　　　这赓续
　　　　绵长的路……

不能问谁

想望的终点——

没有终点

这前面。

　　这是一种韧性。所以有《论中国建筑之几个特征》，有《平郊建筑杂录》《晋汾古建筑预查纪略》，有《中国建筑史》的宋金辽部分，有爱意在里面的《我们的首都》，这是路堆出来的。另一条路却是不可见的，那由美文、诗歌、小说、剧本、译文与书信记录的成长心路，再没有比《悼志摩》更好的怀人文字了，在对诗人人格的解释里其实不正说着自己类近的品质——纯净、认真、虔诚、善良、人性与不折不挠非坚持到底不可的理想主义；也再难看到《旅途中》这样文辞干净的诗了，"我卷起一个包袱走，过一个山坡子松"，真是要把一场人生都放在里面了。这两条路，如经纬来去，交互织着，"生命早描定它的式样"吗？薄弱的身体加之无止的颠簸奔走劳顿与她争夺着时间，死亡呵，她已见了太多，友人的、亲人的，最后是自己的，医生也要大大惊讶了。她与疾病争夺了10年，正是这生命的最后争来的10年，使她为新中国做了一个知识分子该做的一切。生命已到秋天，红叶的火总要燃着的，哪怕流血般耗尽生命，也要去做，谁又能挡住一个情愿。

谁能问这美丽的后面
是什么？赌博时，眼闪亮，
从不悔那猛上孤注的力量；
都说任何苦痛去换任何一分，
一毫，一个纤微的理想！
所以脚步此刻仍在迈进，
不能自已，不能停！

这时候的走，真有拿了整个生命赌上去的意思了。历史此后这样总结这个女子最后的工作，生命记载了她最后的三次拼搏：第一次是参与设计中华人民共和国国徽，她是梁思成、莫宗江、朱畅中、汪国瑜、高庄等同志组成的清华国徽设计小组中唯一的女性，绘图、试做、讨论、修改都在病中完成，定稿图案下的说明辞中林徽因写下了"国徽的内容为国旗、天安门、齿轮和麦稻穗，象征中国人民自五四运动、新民主主义革命斗争和工人阶级领导的以工农联盟为基础的人民民主专政的新中国的诞生"一行字，1950年6月23日全国政协一届二次大会召开并在毛主席提议下全体起立鼓掌通过梁、林主持设计的国徽图案时，她已经病弱得几乎不能从座椅上站起来；第二次是抢救景泰蓝，这个代表中国艺术最高成就的国宝工艺就是在她的带领下，发现、发掘、设计、制作，才在新中国不致失传而发展壮大的，她带学生，跑工厂作坊，谁能相信这时的她已是肺布满空洞、肾切除一侧、结核菌已到肠道，而一天只吃二两饭，只睡四五个小时觉的人呢；第三次拼搏是参与人民英雄纪念碑的设计工作，主要承担纪念碑须弥座装饰浮雕设计，这也是她生命最后的英雄乐章，长期积劳，病情恶化，同仁医院1955年4月1日，这位勇敢地与病魔奋战到最后一刻从它那里多争到10年时间的女士走完了她51年的生命历程。如今八宝山革命公墓她的墓碑上朴素地镶嵌着她生命里最后的作品，石刻的牡丹、荷花、菊花图案同样象征着这个为信仰拼尽一生的知识分子女性的高贵、纯洁与坚韧。她也是一位英雄，是千万个为理想献身长眠于她（他）们曾爱过走过的大地上的一个。"献出我最热的一滴眼泪，/我的信仰，至诚，和爱的力量，/永远膜拜，/膜拜在你美的面前！"写诗的人这样说了，也这样做了。走过的路，会困苦，有怅惘，可是走着的人不是凄怨的，她身体虽有病痛，可是她的精神磊落而健康。这才是最重要的。行者，你是在与信仰走在一起呢！

> 知道我的日子仅是匆促的
> 几天，如果明年你同红叶
> 再红成火焰，我却不见，

……
　　记下我曾为这山中红叶，
　　今天流血地存一堆信念！

信仰坐在我们中间多少时候了，一生一世，短不过百年，半百却是那要凝固你的时间，然而这样的灵魂怎么会死？行走不辍的人，谁又能阻住你的步子？

　　当我去了，还有没说完的话，
　　好像客人去后杯里留下的茶；
　　说的时候，同喝的机会，都已错过，
　　主客黯然，可不必再去惋惜它。
　　如果有点感伤，你把脸掉向窗外，
　　落日将尽时，西天上，总还留有晚霞。

总是这般辉煌的颜色，终于胜着灰暗疾病一筹。又会是一场出发吗？在草丛中读碑碣，在砖堆中间偶然还会碰到菩萨的一双手一个微笑？正像你坚信友人的作品自己的追寻会否长存，是看它们会否活在一些从不认识的、散在各时各处的孤单的人的心里；一扫功利与寂寞，也才能做到把个信仰理想握紧抓牢；所以有——

算作一次过客在宇宙里,
认识这玲珑的生从容的死,
这飘忽的途程也就是个——
也就是个美丽美丽的梦。

所以在亲人的哀悼里会无愧说出也是自己的生命信条:

可能的情爱,家庭,儿女,及那所有
生的权利,喜悦;及生的纠纷!
你们给的真多,都为了谁?你相信
今后中国多少人的幸福要在
你的前头,比自己要紧;那不朽
中国的历史,还需要在世上永久。

谁说不是给后来者的一份特别遗嘱?

就是为了这个,这最后一句话,已经很久还要永久的,中国的历史——

你相信,你也做了,最后一切你交出。

1999年9月8日

有了爱就有了一切

——纪念冰心120周年诞辰

冰心是20世纪同龄人,她1900年出生,1999年去世,经历了整个20世纪。今年是她120周年诞辰。一个经历了整个20世纪,而在21世纪进入20年代之时,仍能让我们不断想念的作家,必定有其深层的原因。我想那原因也不复杂,就在她自己说过的话写过的文字里:"有了爱就有了一切。"爱,是作家冰心留给我们的一份弥足珍贵的精神财富。在我们步入21世纪20年代时,梳理冰心在与波澜壮阔的20世纪相伴的一生中对文学不倦的追求与对民族无私的贡献,对于我们今天的创作仍然具有深远的意义。

"我知道你会登梯燃灯……"

冰心深爱大海,她的多部作品中弥漫着对海的依恋之情。

她出生于与海相邻的福建，幼年又随作海军将领的父亲到烟台居住，海的景象在她童年记忆中是挥之不去的。在《往事——生命历史中的几页图画》一文中她回忆了母亲晚餐时在灯下笑着讲给弟弟们的故事，母亲睡午觉醒来发现五岁的小冰心不见了，转眼在门前石阶上找到一直呆呆地面对大海坐着的她。海的深远是如此刻骨铭心，以致在她二十三岁的文字中就表达为："将我短小的生命的树，一节一节地斩断了，圆片般堆在童年的草地上，我要一片一片地拾起来看……第一个厚的圆片是大海……我的生命树在那里萌芽生长，吸收着山风海涛。"

海的意象一方面源于不断回放的儿时记忆，另一方面也在其文字中象征着雄强博大的自然，在波涛汹涌的大海所代表的大自然中，年轻的冰心勇敢地证明自己，"……我在海风中，最高层上，坐到中夜。海已证明了我确是父亲的女儿"。大海在她笔下并不都是温厚的，而其暴烈的一面也被她静观了悟，成为养育自己轻健身体、清澈目光的一部分，比如她向往着要做一个怒海之上守卫灯塔的"光明的使者"——灯台守，"看灯塔是一种最伟大，最高尚，而又最有诗意的生活……"这样的文字多写于她乘坐巨轮前往求学的太平洋上，以海洋为师，以星月为友，并视这一切为不变与永久的冰心，一个放弃学医而从文、被五四运动震上了文坛的年轻作家，她在文学中寄寓的理想于此可见一斑。所以，《往事》中不只有母亲的回忆与慈怜，也有父亲的理解和劝诫，面对女儿抛却"乐群"、只知"敬业"的勇敢，父亲表示了他对"牺牲"者的担忧，而女儿的回答则是决绝的："这在我并不是牺牲！我晚上举着火炬，登上天梯，我觉得有无上的倨傲与光荣。几多好男子，轻侮别离，弄潮破浪，狎习了海上的腥风，驱使着如意的桅帆，自以为不可一世，而在狂飙浓雾，海水山立之顷，他们却蹙眉低首，捧盘屏息，凝注着这一点高悬闪烁的光明！这一点是警觉，是慰安，是导引，然而这一点是由我燃着！"如若我们仔细品读，年轻的冰心所记其实是一种自己化为灯台守形象的理想，是以巍然屹立的白塔对峙于暗灰色的波涛而守护着航海者航向工作的神圣性。面对父亲的犹豫和珍爱，她郑重地回答："这一切，尤其是我所深爱的。为着自己，为着众生，我都愿学。"不能不说，这已超出了谈海的范畴，而海所暗示的注定不平凡的人生道路，或者灯塔守护者所隐喻的崇高的人生理想，已经于文字中跃然而出。于此，做父亲的才会断定："我知道你会登梯燃灯！"

然而做一个燃灯者，就必须能够耐得真正的大寂寞，就得面临大风浓雾、触石沉舟时能够鸣枪放艇，能够将自我的价值与众生的进步紧紧地捆在一起，就要全心全意，并且一念至诚，坚持到底。冰心曾说："创作来源于生活，没有生活中的真情实事，写出来的东西就不鲜明，不生动；没有生活中真正感人的情境，写出来的东西，就不能感人。"注重以生活为创作源泉，也才能写出《小橘灯》中诗一样的句子："我提着这灵巧的小橘灯，慢慢地在黑暗潮湿的山路上走着。这朦胧的橘红的光，实在照不了多远，但这小姑娘的镇定、勇敢、乐观的精神鼓舞了我，我似乎觉得眼前有无限光明。"

　　光明的来源不是别的，它总是源于作家内心对光明的足够的信念和坚定。严家炎讲她的作品"带给读者光亮和温暖，解人干渴，使人心安，让人慰藉"；王蒙则评价冰心，"从文学本身来说，她树立了一个非常实在、朴素、纯净同时又是很有格调的形象，她成为我们社会生活和文学生活中的一个高雅、健康的因素……随着时代、社会的发展，我们越来越需要冰心这样的作家，这样的道德文章"。冰心以她一生的创作践行了这一理想，正如巴金所言："一代又一代的青年读到冰心的书，懂得了爱：爱星星，爱大海，爱祖国，爱一切美好的事物。"她的灯台守的形象已牢固地伫立于中国现当代文学史中。

"着意的撒下你的种子去"

　　冰心最早一部小说发表于1919年，那时她不足19岁，她是以"问题小说"走上文坛的，无论是《两个家庭》《斯人独憔悴》，还是《去国》《庄鸿的姊姊》《超人》，都崭露了她不凡的才华，但她没有止步于此，而是在这之上，通过持续不断的写作，建立了自己的"爱的哲学"。茅盾在《冰心论》中曾说："一个人的思想被她的生活经验所决定，外来的思想没有'适宜的土壤'不会发芽。"并在《〈中国新文学大系〉小说一集·导言》中再次提到《超人》，"支配人生的，是'爱'呢，还是'憎'？在当时一般青年的心里，正是一个极大的问题。冰心在《超人》中间的回答是，世界上人'都是互相牵连，不是互相遗弃的'"。朱自清、郁达夫则各在《大系》的诗集与散文二集导言中，称其诗为"哲理诗，小诗的又一派"，称其"散文的清丽，文字的典雅，思想的纯洁，在中国女子算是独一无二的作家了"。这些思想、风格和气象上的肯认，都说明了冰心在早期写作中已展现出不拘泥于一种文体、一种风格的才华。在作家之中，她也是极早出版"全集"的，北新书局于1932年出版的《冰心全集》囊括了她之前创作的小说、散文和诗歌。

从传播学上看，冰心这一时期影响最大的作品还是《繁星》和《春水》。《繁星》短诗164节，《春水》182节，作为新诗的代表之一，它们在当时的中国文坛独树一帜，冰心也由此确定了自己的文学样貌与行文韵致，"随时随地的感想和回忆"，短小有力的文字形式，朴素而温婉的叙事风格，娓娓道来的优雅讲说,虽然她讲到曾受泰戈尔《飞鸟集》的启发,但其个人的文学印迹是极为鲜明的。从这些清新朴素的小诗中,我们读到的是一种像涟漪扩展开来的"爱",对自然的爱,对母亲的爱,对孩子的爱,可以说,《繁星》《春水》是冰心"爱的哲学"最早的两块基石。"着意的撒下你的种子去",这句诗就出自《繁星》,在诗的语境中它是对"文学家"提出的要求。如果说,茅盾注意到文学创作中"土壤"的重要——那个阔大的现实生活的存在是身为文学家必须关注并投身其中的,那么与此同时,冰心更关注到"种子"的重要,在这样广袤的田野中撒下什么样的种子,关系到文学的果实是酸涩的还是丰硕的。这一点,她以一位女性作家的敏锐警醒于作家主体人格之于文学创作的重要,这一认识在今天已经成为现实主义文学得到全面坚实发展的有力补充。

"着意的撒下你的种子去。"冰心如是说,也始终如是做。冰心说过,"我读书奉行九个字:读书好,好读书,读好书",如果只从劝学层面,我们还不能深刻把握它的原意,作为一位写作者、一个著书人,冰心知道,"书"的分量有多重,书写者下笔的责任就有多重。如果说,"爱在左,情在右,走在生命路的两旁,随时撒种,随时开花,将这一径长途,点缀得香花弥漫,使穿枝拂叶的行人,踏着荆棘,不觉得痛苦,有泪可挥,不觉悲凉",还是早期歌颂母爱与友情的浪漫的冰心,那么"一个人只要热爱自己的祖国,有一颗爱国之心,就什么事情都能解决。什么苦楚,什么冤屈都受得了"则标志着一位作家的心智成熟。冰心深爱着自己的祖国,经历了抗战期间于云南、重庆的流离,经历了1946年之后随吴文藻工作迁赴日本,她依然在收到美国耶鲁大学对其夫妇担任教授的邀请后毅然决然由东京经香港返回广州再回北京。《从"五四"到"四五"》一文中,她深情地回忆了这一历程,并端正而欣喜地写道,"一九五一年,我们终于辗转曲折地回到了朝气蓬勃的祖国"。

"种子"落进"土壤"之中,生根开花结果是应有之意。冰心不止一次慨叹,"一踏上了我挚爱的国土,我所看到的就都是新人新事","我们的祖国,真是可爱得不能以言语形容"。作为一位作家,冰心把对于新中国的爱都投入到自己的笔下纸上。她继早年《平绥沿线旅行记》所记旅途所见白塔、青山、田垄和坐立路旁荷锄带锸的工人外,一口气写下了《十三陵工地上的小五虎》等以新的人物新的故事构筑的名篇。她对新人的歌颂是不遗余力的,十三陵工地上的英雄民工、南口农场的农工、大连港务局的码头工人、三门峡工地上的劳动者。她笔下的今天是崭新而生机勃勃的,"一个光辉灿烂的新中国"在她的笔下诞生着,成长着。在《还乡杂记》中,她记述了回到阔别44年之后的故乡福州的感受,可敬的农民,威武的战士,"他们"的气质与面貌已与她昨日的书写绝不相同,前进的力量,成为她写作的新的动力,她说:"作家们是替人民说话的,是把人民的心思写出来给人民看的。"她在《归来以后》中感叹:"有的是健康活泼的儿童,有的是快乐光明的新事物,有的是光辉灿烂的远景,我的材料和文思,应当是取之不尽,用之不竭的。"

活泼而欢乐的孩子鼓舞着她,微风细雨,山巅水涯,明月星辰,欢声笑语,都叫她再次提笔,与孩子们对话,向孩子们倾诉,和孩子们问答。继1923年写下具有广泛影响的《寄小读者》29篇通讯和1944年写下《再寄小读者》4篇通讯之后,冰心于1958年再次提笔,写下了《再寄小读者》14篇通讯——这与《寄小读者》的写作已间隔35年之久。但这并不是终点,冰心在改革开放之后再度提笔,于1978年开始写《三寄小读者》10篇通讯,而这次书写与《再寄小读者》已相隔20年,距《寄小读者》写作时也55年过去了。捧读从1923年到1980年的冰心与"亲爱的小朋友"的通讯,我在想一位作家何以将这一"通讯体"前后贯穿半个多世纪,而且初心不改地从20岁一直写到80岁,且只对着一种言说的主人——不同时代的孩子呢?其意何在?

我想还是要回到冰心的"种子"说。她看重这些将要生成为大树的"种子",她要将良好的"种子"播种在他们单纯的心田，使他们长大成人后，能够保持对生命的咏叹之心，对友谊的称颂之心，对祖国文化的爱慕之心。这些美好的文字，恰如叶圣陶所言，是既有"柔细清丽"，也有"苍劲朴茂"的。冰心以与小读者的持续了半个多世纪的对话，成为杰出的中国现代儿童文学的开辟者。但如若我们仅从儿童文学的角度去理解那些美文则会看轻它的价值，如果仅从老一代作家童心不泯、老骥伏枥的角度来理解这样的写作也同样掩盖了它的价值，冰心于1980年10月29日郑重写下了《"生命从八十岁开始"》，但通读之下，我的理解是：有着"人类灵魂工程师"自觉的作家冰心，她的给"小读者"们的信，也可看作是写给更多的未来的读者的信，她之所以关注关切一个民族的少年的灵魂，是因为她明白这些少年有朝一日成为时代的言说者之后，他们的灵魂关切着再下一代人的灵魂。为了这个，她多次讲到儿童文学是一个民族的文学发展的"头等大事"，她在《儿童文学工作者的任务与儿童文学的特点》中讲有人把儿童文学当作"小儿科"。"小儿科"是医院里最难的一科，因为病人不会对你说他的感觉。儿童文学也是最难写的。她呼吁，搞儿童文学的人必须有一颗热爱儿童的心、慈母的心。她在全国儿童文学创作座谈会上的书面发言《我的热切的希望》中谦逊地写道："儿童的食物有多种多样，他们吃着富有营养的三餐，他们也爱吃些点心和零食，有时还需要吃点'药'！不论是点心,是零食,还是药,我愿贡献上我微薄的一切。"的确,为了祖国的希望和民族的未来,她在八十岁高龄时仍然笔耕不辍,身体力行,真是做到了"只拣儿童多处行",以自己能够做一个勤劳不倦的园丁而骄傲。

"世界便是这样的建造起来的!"

冰心是非常重视人文交流与文明互鉴的作家。她不妄自菲薄,更不自说自话。作为一个有着早年留学经历并归国后常作为中印友好协会访问团、中国文化代表团、中国作家代表团成员出访的作家,她的视野是开阔的,她深知不同文明间文化沟通的重要性,她深爱着人类所创造的璀璨而多彩的文化艺术。早在20多岁于美国求学时,她就将李清照的诗词翻译为英文,从她《寄小读者》《再寄小读者》《三寄小读者》中,我们即可看出冰心对这些定位为"孩子"的读者所寄寓的文化理想,她是多么渴望将自己在海外异域的见闻第一时间原汁原味地告诉孩子们,哪怕只是知识的扩展、见识的增长,她激动于旅途中打动她的人和事,她将这些不同风景中采撷来的内心感动迫不及待地要传达给她的读者,拓宽他们的眼界,丰富他们的心灵。

与此同时,冰心还是一位令人尊敬的翻译家。和"小朋友"的通讯持续了她人生的四个阶段，而对人类文明的关注、学习与对话，更是她个人创作之外非常重要的一项工作。这一点我们可以从《冰心全集》（第三版）感受得到，十卷《冰心全集》，译文就占了两卷。从20多岁写《繁星》，深受印度诗人泰戈尔的启示起，她就认识到文学间相互学习与借鉴的重要。与其他作家不同的是，她不满足于自己对原文的阅读，而要将自己喜欢的文字介绍给国内读者，希望这样的工作会给后来者的文学创作有所启迪和帮助。早年留学的扎实语言功底和个人的人文素养，练就了她的专业眼光。冰心是第一个将黎巴嫩作家纪伯伦的诗译为中文的翻译家。1930年3月开始直到1931年8月译完的纪伯伦《先知》由新月书店出版；1946年1月她翻译的泰戈尔《吉檀迦利》于1955年由人民文学出版社出版；同年，其译作《印度童话集》由中国青年出版社出版。此后，1961年译泰戈尔《园丁集》；1963年译纪伯伦散文诗《沙与沫》；1964年她在《世界文学》杂志发表了对朝鲜、尼泊尔等当代作家的诗歌译文；同年，她翻译了泰戈尔的《回忆录》；而到了1980年她八十岁高龄时还翻译了马耳他安东·布蒂吉格的诗集《燃灯者》。可以说，翻译家身份与作家身份一样，贯穿了冰心的一生。

我仍记得念大学时从新华书店购得冰心译的泰戈尔《吉檀迦利》《园丁集》时的阅读惊喜，优雅清逸的行文让我感受到文学的音乐之美，而在我之前，不知她的译本曾打动过多少像我这样的创作者。纪伯伦的《先知》《沙与沫》，我当时买到的版本也是合出的，淡雅的封面，没有多余的图案，干干净净的字，翻开来第一篇便是《船的到来》："那时我要站在你们中间，一个航海者群中的航海者。/还有你，这无边的大海，无眠的慈母，/只有你是江河和溪水的宁静与自由。"我想可能是其中航海者的意象让30多岁的冰心心有所动，其原因是否也包含着她作为海的女儿对于自己故乡那片大海的深深怀恋？而八十岁时译《燃灯者》，其开篇为"……我的力气/也每天在衰竭；/但是温柔的缪斯/每晚攀上她的小梯/在我心里点燃了/那盏减轻我的悲伤的小灯"。我猜测冰心老人一笔一画地译写下这些文字的时候，也一定是想到了小时候她去向父亲诉说烦恼和理想时，父亲说的那句话——"我知道你会登梯燃灯……"所以俘获我们的不仅是清丽、温蔼的文字，也是译者与作者经由不同时空不同文化而能在人类共同的经验之上的心息相通。

　　冰心的译文，东方文学占有极多数量，作为纪伯伦在中国的第一位译者，冰心在95岁高龄接受了黎巴嫩政府授予的黎巴嫩国家级雪松骑士勋章。冰心译文中对于诗人泰戈尔的翻译也占有很大比重。1953年年底到1954年年初，冰心曾作为中国作家代表团成员出访印度，回国后她写下了《印度之行》，记载印度的文化艺术和印度热情的人民给她的深深触动。她"深信这个东方的伟大民族的很好的人民，会和我们永远团结起来，为东方和全世界的持久和平，而奋斗到底的！"实际上，冰心与泰戈尔神交已久，她不足20岁便写下了《遥寄印度哲人泰戈尔》，20多岁出版受泰戈尔影响的《繁星》，人到中年译《吉檀迦利》《园丁集》等，也是这种文学上的敬慕之情的表达。在她《纪念印度伟大诗人泰戈尔》的文章中，还记述了1924年泰戈尔访华结束后对中国的留恋之情，当车子离开旅馆，送行的朋友问他，还有什么行李没有带走吗？他的回答是：没有，除了心之外。所以就文学的意义上言，她不仅是他的翻译者和文学知音，还是一个敬佩他思想视野与文化风度的传播者，在"Anything left？"与"Nothing but heart！"的答问之间，蕴藏着一位作家对于中国文化的深厚礼敬与无限尊重。理解了这一点，我们也许会更加理解泰戈尔作品中如农夫、村妇、石工、瓦匠那样生活中的劳动者，和神话、歌谣、民间故事氤氲的文化的本土性，以及对他国文化文明所投去的珍爱眼光。一位诗人之能做到"家弦户诵"，引人共鸣，其原因我想也在于此。

冰心的视野不独局限于东方，这个早年远渡重洋赴美国威尔斯利女子大学读书的作家，于改革开放之后写下的《中美友谊史上崭新的一页》值得一读。她以切身体会写出了两国人民之间的相惜："中美两国……对于亚洲—太平洋以及世界上其他地区的和平和稳定，都负有义不容辞的重大责任。我们一定要在我们日益增进的科学、教育、文化等的联系和交流上，努力做一支强大的创造世界历史的动力！"今天阅读冰心发表于40多年前的文字，不能不佩服她在对东西文化都有相当了解的基础上的宏阔视野与独到眼光。

冰心一生的创作，有大量与朋友们的书信，我也愿意将这些书信看作是她创作的一部分。书信中有与老友的叙旧倾谈，也有对新人的提携关爱，她与萧乾、臧克家、袁鹰、吴泰昌、周明等朋友友情深厚，对于张洁、刘心武、张抗抗、铁凝、王安忆、霍达、葛翠琳、赵丽宏、李辉等作家关心有加，并尽一切可能的力量去帮助，而在通信中最让我感动的是她与巴金两位老人间的世纪友情，他们好声相和，相惜相助，成就了20世纪中国文学史上最绵长也最深挚的友谊。《冰心全集》所辑的最后一封信是她写给巴金的，那年她已97岁，信的内容不多，只这样几个字——"巴金老弟：我想念你，多保重！"令人读之仍能嗅到它如兰的气息。寥寥数语，也从来是情文相生，纸短情长。

这就是冰心所赠予我们的"爱"。世界便是这样的建造起来的。温存地播种，欢乐地收刈，用你灵魂的气息去充满你所创造的——友爱、智慧、慈悲、忠诚、坚贞、真挚与温柔。"我足踏枯枝，我静听树叶微语。清风从林外吹来，带着松枝的香气"——这是冰心爱着的世界；藕荷色的小蝴蝶，背着圆壳的蜗牛，嗡嗡的蜜蜂，在花丛中闪烁的萤虫——这是世界对爱的呼应。今天，爱着雄伟壮丽的山川、悠久优秀的文化、天真烂漫的孩子、勤劳朴实的人民的作家冰心虽已远行，但她的精神又怎么会消逝？！"蓄道德能文章"，中华文化对作家的深层要求，冰心一生做到了极致。真、善、美，你以为只是被文学创造出来之后才存在的吗？其实，它们早已凝结在建造者完整的人格中。

行文结束之前，我想起冰心年轻时的一首诗：

> 假如我是个作家，
> 我只愿我的作品
> 入到他人脑中的时候，
> 平常的，不在意的，没有一句话说；
> 流水般过去了，
> 不值得赞扬，
> 更不屑得评驳；
> 然而在他的生活中
> 痛苦，或快乐临到时，
> 他便模糊的想起
> 好像这光景曾在谁的文字里描写过；
> 这时我便要流下快乐之泪了！

假如我是个作家,
我只愿我的作品
被一切友伴和同时有学问的人
轻蔑——讥笑;
然而在孩子,农夫,和愚拙的妇人,
他们听过之后,
慢慢的低头,
深深的思索,
我听得见"同情"在他们心中鼓荡;
这时我便要流下快乐之泪了!
……

  冰心曾寄语我们:"青年人,珍重的描写罢,时间正翻着书页,请你着笔!"她以一生郑重肃穆地践行了作为人类灵魂工程师的作家的理想,现在,轮到了作为后来者的我们。

2020年7月31日

相互馈赠的想象力

意大利理论物理学家卡洛·罗韦利在他的一部著作的开头回顾了20世纪之初的1905年，他的一位伟大同行向《物理学年鉴》投去的三篇论文：第一篇讨论原子的存在；第二篇奠定量子力学的基础；第三篇提出狭义相对论——三篇论文中的任何一篇都能使论者本人获得诺贝尔奖。在我说出论文作者的名字之前，在座诸位已经猜到。是的，爱因斯坦。《爱因斯坦文集》第一卷可以查到包括卡洛提及的4篇论文——1905年3月完成的《关于光的产生和转化的一个猜测性观点》，4月完成的《分子大小的新测定法》，5月完成的《热的分子运动论所要求的静液体中悬浮粒子的运动》，6月完成的关于狭义相对论的《论动体的电动力学》。且不说1905年的3月至6月间爱因斯坦可观的创造力，相比于此后他的研究而言，这些可观的创造力似乎都在为另一个理论的产生做着积淀，是的，十年之后的1915年11月，广义相对论破壳而出，以至同为物理学家的列夫·朗道称其为"最美的理论"。如果用最通俗的话来解释广义相对论,它大约由这样一些句子构成——

引力场不弥漫于空间,它本身就是空间。

空间不再是一种有别于物质的东西,而是构成世界的物质成分之一,一种可以波动、弯曲、变形的实体。

这些看似胡言乱语的思想,在距今100年前的1919年被一一证实。

世界由于一个科学家的发现而重新变得绚丽夺目。这个世界里有发生爆炸的宇宙,有坍塌成无底深洞的空间,有在某个行星附近放慢了速度的时间,还有如大海般无限延展的星际,它们都和一朵花的开放、一棵树的生长、一声婴儿的啼哭、你我之间愉快的交谈一样同在一个世界上。当我们出神于这些变幻莫测、惊喜无限的景象时,那变化着的宇宙也同时与我们心中的曼妙图景形成对称。相由心生,一切已变得全然不同。没有爱因斯坦,我们的文学,可能会是另一个样子,因为我们眼中的世界是另一个样子。当然,爱因斯坦没有改变世界——世界还是它本来的样子,爱因斯坦改变的,是我们看待世界的态度,简而言之,他改变的是我们长久以来对于世界的因循守旧的看法,他改变了我们的世界观。

世界,不再是僵化板结的,而是灵动莫测的,世界不再清晰可辨,它呈现给我们的是瑰丽多姿,甚至惊世骇俗的"容颜"。这是20世纪的科学所带来的大翻转。这个爱因斯坦式的翻转，重新引爆了文学的想象力。就此意义而言，如果没有20世纪的爱因斯坦，就不可能有21世纪中国的刘慈欣和他的《三体》，也不可能有科幻文学的今天。

当然，科学观念的进步，科幻小说并不是唯一的受益者。在苏联电影大师安德烈·塔科夫斯基的电影《安德烈·鲁勃廖夫》中，我们看到艺术对于空间的无穷性的探索。电影的可见部分是故事开端——一群人绑紧火堆上方的气球而企图飞起来，农民飞行家叶菲姆想望通过这种原始的办法脱离地面，却最终跌落在地。那是一个包括农民都生发着超拔的想象力的年代，重重地摔落在地的这种现实的失败并不能够阻拦艺术家的想象发挥。在电影《镜子》中我们看到了由梦境、照片、诗歌多种元素共同串联起来的对于母亲的回忆。这种将时间之镜通过空间图示翻转的做法，未尝不受到空间就是引力场的启示。而把这种启示发挥到极致的，是塔科夫斯基放在今天也同样极端前卫的电影《索拉里斯》。这部改编自斯坦尼斯拉夫·莱姆的小说之所以对塔科夫斯基产生吸引，并不在于它科幻小说的外衣，而在于世界的可知性这种深刻的哲学如何用精确的心理构想获得表达的不一般的路径。如他所言，"对我来说，科幻电影、历史电影和当代电影没有什么区别。如果它是由一位艺术家执导的，那么导演关心的问题是当下的，无论情节可能发生在什么时代。最现实主义的情节（总是编造的），总是空想的产物，而一个真正艺术家的思想与观念总是有关时事和潮流的，它们总是根于现实，无论这些思想可能采取怎样不可能或超自然的形式。毕竟，真正的现实主义不是复制任何特定的生活环境，而是现象的展开，是它们的心理或哲学性质的展开"。我想，这段话同样适用于物理学。物理学的指向性在我看来，从来不是落地为"物"的，而是物中之理，是在茫茫空间中指向的那个不断变化的永动的现象或规律。由此，我推荐诸位找来《索拉里斯》看一看，它写了一位宇航员在与世隔绝的巨大无比的空间中的自我迷失与亲情记忆。在塔科夫斯基拍摄它时，1968年的斯坦利·库布里克的《2001：太空漫游》已经发行，库布里克的这部电影今天已然进入电影史与教科书，但是我要说，塔科夫斯基的《索拉里斯》更值得一看，它探索的是人与空间的深层心理关系，而不只是提供了人所向往的空间的无垠。未知不在别处，就是此时此地，空间也不在远方，空间就在构成你我信仰、价值、情感的内宇宙里。

对于一颗星星的见解，哲学家齐泽克说："与索拉里斯星的交流……失败不是因为索拉里斯星太陌生，不是因为它是无限超越我们有限能力的智力的预兆，和我们玩一些反常的游戏，游戏的基本原理永远在我们的掌握之外，而是因为它使我们太接近我们自己内在必须保持距离的东西"而针对这一世界本质的发言者，一位叫鲁米的波斯诗人在《本质》一诗中

写道:

> 有一颗恒星在形式之外升起。
> 我迷失于那另一个世界。不看
> 两个世界,是甜蜜的,融化于意义之中,
> 就像蜂蜜融化于牛奶之中。

而在他的另一首诗中,有这样的句子:

> 这一刻,这份爱来到我心中休息,
> 许多生命,在一个生命之中。
> 一千捆麦垛,在一颗麦粒之中。
> 在针眼里,旋转着漫天的繁星。

诗人鲁米生活于13世纪。在距今700多年的这些诗句里,难道不包含着20世纪的物理学家的关于宇宙的认识?!

我现在似乎明白了为什么卡洛·罗韦利在《时间的秩序》一书中,在13个小节的叙述与论证前,都会首先引用古罗马诗人贺拉斯《颂歌集》中的诗。每章开头的诗之引用,或许在暗示着某种科学与人文之间古老的相通与默契。要知道,贺拉斯谈论时间的时候,鲁米还没有出生,而鲁米谈论星辰的时候,

爱因斯坦之于世界的关系也尚未建立，他们之间，大约都相隔有漫长的光阴，但是，世界就是这么微妙，仿佛冥冥之中，他们相互能够倾听并且听见。或者说，贺拉斯、鲁米、爱因斯坦，当然还有更多的人，他们在宇宙间的链条不仅从未中断，而且还会延绵无尽。繁星之下，你若仔细听的话，就会听到人类所有包含于创造与想象中的窃窃私语与秘密回音。

科学与人文的相互促进，我们能够举出许多例证，比如科学家告诉我们，我们身边的所有物体都由电子、夸克、光子和胶子组成，它们是粒子物理学中所讲的"基本粒子"。那么，夸克一词又来源于哪里？它的出处，当然是科学家默里·盖尔曼的取名，但"夸克"的灵感来源的确是文学的——詹姆斯·乔伊斯的小说《芬尼根守灵夜》中的一句人物对话中讲："给马斯特·马克来三夸克！"（"Give three quark to Marste Mark."）又有谁知道这位文学家对于现代物理学的词汇学上的贡献呢？1982年乔伊斯的诞辰百年，《纽约时报》书评专版文章纪念，把乔伊斯在西方现代文学中的地位与爱因斯坦在物理学中的地位相提并论，认为"现代文学如果没有他"，将如同现代物理学没有爱因斯坦一样不可思议。看来一切都渊源有自。

我们完全可以大胆假设，在今天成了天体物理学家的人，在几千年前的古代，他极有可能就是中国的老子或庄子。当然,这种假设也有待于证明它的"黑洞理论"。

随着科学的发展,我们越来越知道了人类自己在宇宙中的位置。比起以亿为量度的光年纪事,人类的纪事也只有几千年,而我们每一个个体的生命,据现代医学估算应有150年。在这样一个有限的生命长度中,人类——无论是科学家还是文学家,从来没有停止过对于时间的追问。知道这一点,我们就会明白,史蒂芬·霍金的《时间简史》虽然石破天惊,但并非毫无来源,它也是永动的时间中的思想的一环。时间在永动之中,没有终结,物理学中,没有任何物体对应"现在"这个概念。然而我们的细小而强韧的生命,却是由一个个如粒子般的"现在"构成的。那么,什么是"现在"?它的答案也许不应去物理学的著作中找,我认为普鲁斯特的《追忆逝水年华》提供了很不错的答案。"现在",它在文学中的停顿,也是虚妄的,但文学通过语言可以暂时将其锁定,当然,它仍在运动之中,文学中所固化的以小时或者天数计量的时间,只是物理意义的,而在这生生不息的时间长河中,哪怕就是"现在"这一瞬间,也包含着过去与未来,包含着人类的不可磨灭的记忆和面向。"现在"不可停留,一切时间中的事物无不如此。在《浮士德》的最后,浮士德博士喊出,"美啊,你停留一下",换来的是赴地而死。时间的停留就是中止和死亡,时间不可能中止,中止的只能是个体的生命,宇宙的生命仍在持续，或者说个体的生命归入宇宙的生命之中，仍在持续。

时间的非物理性的发现，也不是20世纪的专利。早在公元三四百年时，写《忏悔录》的奥古斯丁就说过："它在我头脑里，所以我才能测量时间。我千万不能让我的头脑坚信时间是什么客观的东西。当我测量时间的时候，我是在测量当下存在于头脑中的东西。要么这就是时间，要么我就对它一无所知。"的确，时间的延续性有着形而上学的一面，正如品尝玛德琳蛋糕的下午，它包含了这美味的蛋糕进入我们唇齿之前的漫长过程，同时也包含了普鲁斯特写下这一片段的那一瞬间到现在——我们阅读时所激起的所有个体的感受的不同。时间如大海的波澜，无休无止。那么，"现在""此刻"，就变得如此重要，我们的所言所为，无不在未来的面貌中呈现出来。如果我们承认时间的永动性，那么置于今天的我们无疑是手握未来钥匙的人。

哲人曾言："你给我一个苹果，我给你一个苹果，我们每人手中还是一个苹果。而你给我一个思想，我给你一个思想，我们每人所拥有的是两个或大于两个的思想。"想象力也是如此。你能断言《海底两万里》与当今海洋科学与地质科学的观测与发展毫无关联吗？你能判定《小王子》中有关另一个星球的故事与爱因斯坦的广义相对论绝对无关吗？你能肯定达利画中的弯曲的时钟真的与物理学中关于"时间"的观念毫无关系吗？你能确认或推断王蒙先生的小说《明年我将衰老》中主人公面对"崆峒"的瞭望与攀登，真的与天体物理学中的"黑洞理论"绝对无关吗？

中国古人讲："洞中方七日，世上已千年。"谁来告诉我，这是古人的发现还是今人对这曾是预言的过往的印证？！

科学和文学都还有巨大的空间，人类目前为止关于宇宙与生命的所有答案都不完全。

而科学与人文的恋歌，之所以能够在人类的历史长河中经久不衰，我想，其深层的原因即在于，科学与人文间的良性互动与无私相赠。而让我们自豪的是，此时此刻，在必将成为历史的未来里，我们正是彼此相敬并相互给予的人。

2019年10月19日

第三辑

碎 银

草 木

1973年，我们回城。

我们，指的是1970年前后随父母从城市下放到农村的孩子。

移民情结就此形成，虽然我的出生地就在那里。

首先，我有了一个如何才能被城市接纳的难题。在这个几乎可以说是非常漫长的过程里，我的口音成了最大的一个阻障。三年的乡村生活、两年的乡村小学经历，我的口音带有明显不过的南阳西峡调子，现在听它是婉转的，有些曲剧的调子，上扬与下抑都带有些微的上挑，不那么下沉，有些说着唱着的意思，但在当时，竟成为郑州话中的最显眼的土语。常常地，我的说话被院子里的孩子和小学校里的同学尝试着用我的口音重复，夸张着，连我听了，都觉着真是不自然。学我说话的人说完了，哈哈大笑，别的人听了那学说的方言也跟着笑，也分辨不出笑里的欢乐与嘲弄，可是我笑不出来，也不记着气哭过只是我打那时就养成了沉默的习惯，大人会说："哎，这孩子很文静呵！"我也越来越认同这个评价，总比说出来什么话让别人侧目强吧。现在回想，也许这"文静"倒帮了我，这是学我话的人绝不会想到的，他们只是图欢快，想不到这样也会使一个孩子三缄其口，从此沉默。而寡言也许更能成就内视，一个内向的人也许不会是一个活跃于肢体的人，但是他不可能不活跃于内心，更多的想法沉下去了，不被口语表达，便一定要经由其他渠道讲出来的。

这个重新进入城市的过程，是漫长的，也是快乐的。我已经上了两年的乡村小学，不到7岁，还没到城市小学入学的年龄，那段时光现在想起来仍然觉得很美好。

那几乎是只属一人的孩子式的日子。那段日子里，留下的是现在想着都觉奢极的东西。如果真有一条时间的线的话，那么，1973年，我常拿着喊号木牌等待小笼包子。一位大众食堂或人民饭店的大师傅从厨房与营业隔断的窗口叫上一声，身穿白大褂的女服务员又续一声，这样我们手中的木牌赶紧对号码，是自己的赶紧从占的座位上跑到窗口端回。有时候赶上女服务员心情好而人又确实不多的情形,她会给你端上来,小笼包子就在这人声与忙乱里呼呼地冒着健康的热气,它们确实带给了我儿时的好身体。我仍记得立在老城的回民居地,水煎包小摊前的我怎样饶有兴趣又沉静地注视着包有羊肉的新鲜面皮在水与油之间的热铁锅中次第展开又卷迤的样子。那是一条不知饱暖的线,线的这头是牵着诸多美不胜收事物的我。

这些回城的人因原单位没有容纳的地方,暂时被安置在一栋被叫作"工人第一新村"的教育仪器大楼里。这座三层的楼内住得满当当的,好像不止文联一个单位的人,有文化厅的、话剧团的、文联的,记忆中好像独独没有教育仪器社的,很奇怪。这是一座文化气质很特别的楼,它有一个后院,从一层的后门出去,我清楚地记得那些草木,它们肆意的形状在我的印象中清晰过它们的名字,实际上,至今我说不上它们中的两个以上的名字,但是闭上眼睛,我能看见它们当时的样子,大大咧咧不管不顾地疯一般地长,可能在某些部分与那个年纪的我们相类似。

三楼的最东头的大房子,住着两户,我们家和诗人青勃家,共用着一个大门,又各自有两个一大一小的里外间。厨房与卫生间是谈不上的,两家做饭就在那个大的走道里。两家小门的外面，还堆放着我小时候的推车，不知为何，到我七岁时，经历了那么多次的搬家，家里还不舍得丢弃它；还有一些别的盆盆罐罐，一家一个的煤炉子，还有堆放在旁边的煤，一摞摞的，都是一个家不能再少的东西。大小便只得下到一层，从一层的后门出去，穿过那个后院，穿过那些疯长的草木，那里因为走的人多，竟也踩出了一条硬实的土路来。有一些零碎的砖平躺在那里，雨天的时候，总用得着。顺着它走到最东头，是一间简易的厕所，分男、女，也是用红砖垒起来的，屋顶斜着搭下来的是一个呈45度角的油篷，毡子一样将小的雨滴挡在外面，但是青苔长在油篷四周、地上，暴露着潮湿和肥硕。一连多雨的秋季，是会怕走那条土路的，茂盛的、经了一个夏天的生长还未及衰败的灌木，会在经过时发出可疑的声响。好不容易，到了目的地，再从目的地出来，一眼望去，全是与自己差不多高的草木，耸立地挡住了那个一层的后门，这样的视线有些不妙，再斗胆地回去走一遍那路吗？不走，又如何回到家里呢？

也不知道是听说，还是做梦，还是亲见了，那些草木确实有一些动物进进出出。孩子们传说着有人亲眼见到了蛇，红色的，短而细，一见人来，便倏地不见了，据说它不是爬行，而是跳着走的；还有青蛙，到了夏天的时候，躺在床上能听到东头的窗子下面由一层后院传上三楼的"呱呱"声，有人说，蛇也吃它们的，也不知它们的叫声是不是一种求救。还有，那个东头的公共厕所后面，便是一面高墙，青色的砖规整而冷冽，更衬出它前面的红砖房的温暖。青墙的墙头高耸着更加威严的粗铁丝，再上面，有几扇好像从来没工夫擦、灰土积得很重的小块玻璃，我一直以为，那里面关着犯人。住了大半年，才好像从大人那里得知，那是一个动物实验室，专门用小老鼠做实验，直到现在我也不知道这个实验室的所属单位，医院？科学院？好像都不大像，现在以成人的智商推理一二，可能是医院所属，因为从我们这个仪器大楼出去，往右正对着人民路，过了马路就是中医院。小的时候，7到9岁间，我没少光顾那个医院，当然是生病，最多的病，是肠胃炎，每次都急性发生，吐得哇哇的，接着是脱水，爸背着已半昏迷的我去医院输液。那时的我，记得最深的就是葡萄糖一滴一滴地进入我的手背的情形，躺在家里的大床上，恢复了精神时会一滴一滴地数着它们来消磨时间，床头在这时总放着的是妈妈从商店里买回来专供我一人吃的糖水橘子罐头，玻璃罐子里面的黄色鲜艳地装点着我想快好起来的决心。

　　也许，我的一半疾病与那个想不明白的实验室有关，因为那个蒙尘的玻璃曾经破过，在厕所外面的砖地上，我也曾惊恐地躲过几只来历不明的老鼠的尸体,那个实验室的高度在三楼以下,大约比二层还矮一些,它常常勾起我打探的兴趣,但是好像什么也看不见。从东窗望过去,是有些距离却可以瞭望的小学操场,那个时而宁寂时而喧哗的地方,是我向往着又惧怕着的地方。后来,成为这所学校的一名学生的我,也时时在做完作业时,趴在窗台看着这个渐渐沉入暮色、一点点沉睡过去的操场,那里空无一人。教室的那排房子在淡漠的刚刚升起来的月光底下发着灰光,空无一人的教室落着铁锁,空无一人的操场寂寞地想着什么,而操场东边的两间房子中的一间,总是亮着昏黄的光,玻璃上糊了一层写信用的带红色批改痕迹的白纸,使得里面看不分明。那里,住的是我一二年级时的班主任孙老师。现在真的是想不通,那个很可能是什么病菌培养实验室的地方,为什么与居民楼只有一墙之隔,而且满是七八岁的小学生的学校竟会在它的隔壁。那时的许多事,是一个孩子无法细想的。她只是一派混沌地,在真正的友谊与同样真切到迫人的"歧视"中"打发"日子。有一些说不上什么因由的愁苦,有时会像雾霭一般,渐渐地在暮色中呈现出来,说不上是冷清,还是什么,把握不住,没有任何具体的缘由,只是感到有些落寞。抑郁的情绪里面包含着对城市的不适吗?山村里的擦肩而过的狼、野猪好像也通着什么灵性,不轻易动武,而且，它们的动武在那个时候也常常显出笨拙来。于记忆中，它们是笨拙的。而不是暴虐的，关键是，它们能够共生。可是后院草丛中的蛇与青蛙呈现的生态却是另一番光景，还有从实验室窗户破洞处逃出来的老鼠，它们都不是让人愉快的，它们之间形成的是一食物链的关系——这个知识当然来源于后来——有一种微妙但也明确的厮杀与伤害，而且，伤害也不是光明正大地出击，却是躲在暗处，伺机而动。这一点叫人想起来隐隐不快。没有了乡间那只狼大大咧咧地在爸爸躺着的院子床边一边转悠一边试探的傻气。

  日子是很具体的。三楼大阳台上原有着一个公用水管的，但是不知为什么水压总不够，三楼常年上不来水，打水的话，也要到一楼去。经常地，家里用两个大洗澡盆蓄水，放在外间，占据着大半个屋子，那里面的水或者是我和妈一起一桶一桶从一层抬到三层的，或者是爸一手一个水桶就提了两大桶水上来，再倒在盆里的，我们一家洗脸洗碗的外用水都是从盆里舀出来的。最后两桶水就放在桶里，那是我们做饭和饮用的水，上面，一个水桶上盖着一个包饺子用的盖帘，怕灰土进去。一次，我不小心一下子坐在了水盆里，将我们三个辛苦提上来的水全部破坏掉了，一地的水漫流，妈妈心疼爸一桶桶地提上来，一楼到三楼，好几趟上下，便打了我，是用扫床的扫帛，因为确实疼，便让我以后做事更加小心。

大　水

　　1975年，对于驻马店洪水的记忆，是由在我们住的大楼前面支起的一口口大锅组成的。家属楼里也不知谁发起的，家家户户摊大饼，支援灾区。面的香气是很诱人的，那些日子，一连多少天满街都是香味。孩子们在大人忙活的间隙里跑来跑去，穿裹着空气中的葱味，掩饰不住的兴奋，好像不是因人受灾而开展的救助活动，倒像过节似的兴致勃勃。那些垒摞起来的大饼烙了一张又一张，很快就山一样，到了一定高度，便被捧进一个个准备好的纸箱子里，封上封条，人多，不多工夫，就是几个布袋。每天都有宣传车那样大小的车子来收，据说要集中起来，空投到灾民手里。这次洪水一直持续了很长时间，或者是，它在一个孩子的记忆里持续了很长时间。

　　没有电视，不可能知道那场洪水的景况，但是不断有各式各样的消息传来，水库炸了，村庄淹了。已经是8月份了，现在算起来，是夏末秋初，从7月份起一直传来的消息刺激着人的神经，各式猜测中，人变得麻木又敏感。天气预报已变得不可缺少，我们家的大台式收音机放在桌子上，会定时拧开它，听它讲着未来几天的天气,还有有关的新闻。大水涌漫进我们的生活,虽然它远在千百里之外,但仍然是与我们关联紧密的。我所在的工人新村第一小学,大家发起了捐衣物捐被子的活动,爸妈的单位、大楼里的居民都在捐衣捐被。爸捐了皮衣,还有1950年在首都用稿费买的皮裤,妈捐了一床新被。大家的东西集中在大楼外摊大饼的地方,叠垒好,由那个宣传车在约定的时间统一收走,据说要与大饼一起先后空投下去,让灾民吃穿。学校同学们写了许多慰问信,向灾区小朋友送去问候,我们也捐了自己的课外书本、画书、空白作业本,交到小组长那里,由班委收齐,交到学校,集中起来,也是用布袋装好,据说它们也被带到了灾区,直接送到了小朋友手里。我的信的具体言辞已经不记得了,如果写只能是回想与想象的结合体,但是,那个情景是忘不掉的,我们的心第一次开始牵挂与我们素不相识的人,他们在远方受冷挨饿,而我们只能通过写一些什么、送一些什么这种简单的方式造就一些温暖。那时,也捐鞋子的,我将我的两双半新的布鞋包好,拿到学校,交到小组长手里,那个纸包上还写有我的名字。不知道哪个与我一样年纪、脚的大小也合适的人穿了我的鞋子,我也想象不出怎么将它们从飞着的直升机上投下去,要是投到水里怎么办?

这场大水夺走了我的班主任。本来,7月暑假孙老师不回老家的，后来洪水的消息传来，她的村庄淹了，担心着老父亲，她于洪水发生之后赶了回去。听大人讲，她赶了回去，见到整村的水，找不到路的，村子已埋在水下，水上面跑着船，有人见着她，劝怎么还来，还不走呵。船上的人们大都是朝一个方向走的，她却不知哪里弄了只筏子，往人们来的方向走，这样一路走一路找，竟找到了自己家。老父亲70多岁了，还没有走，家里的妹妹劝他走，可是父亲不走。要走你们走，我死也死在家里。他说。但是姐妹俩如何能让他一个人待在家里，况且家已不是家，齐腰的水，人只能上房了，她们劝说不动，便搀着父亲上房。草房呵，又如何结实？又有船来，解放军在船上喊，这时的天已经快黑了，她们将老父亲推上了船，船上已经坐满了人，只能有一个人的地方了，姐妹俩留在了房顶，想也许可以用筏子划出去的，房子却被泡塌了，浪打过来，抓什么都来不及了，两个人，不见了。

被水卷走的我的老师，连一声叫喊，都没有来得及。中学时候，曾有一篇命题作文，《我的老师》。我写的就是她，孙老师。

我七八岁时，她已是花白头发了，鬓发已经全白，向后梳过去，向耳后抿着，一边一个黑发卡。她衣着整齐，面目严肃，却对孩子慈祥得很。写下这一行字时，我仍能清晰看到她的因自我约束而形成的嘴角的皱纹。她是一个寡妇，有一个女儿，老家有一个父亲，一个妹妹和一栋简陋的草房子。她在城市中有两间房子，在学校的院子东端，里间是住的，外间是工作用的。我们的作业、考试卷子就摆在那个贴着信纸的窗户下的书桌上，一摞一摞的，像她性格中的整齐与自律。上到二年级，我的作业本总算有越来越多的"优"字了。

可是，她突然离去了。

不记得当时纪念活动的细节了，有一张她的照片挂在教室的墙上吗？有我们手扎的白花吗？她的女儿又去了哪里？她的活下来的父亲又哪里去了呢？一切的一切，都在时间中流逝成了疑问。我上三年级时，是在这个学校的另一个校区，这个小学因为地皮小而被分成了两部分，一二年级，十个班，在我窗子下面的校园，三至五年级在对街的另一个校园。因为走出了这个校园，便有些升学的意思，老师自然也是换了，竟是一个年轻于孙老师的老师，做班主任。尽管我还是常常趴在家里的窗台上张望，但是再也看不到孙老师在月光下甩手锻炼的身影了，那个房间的灯一度黑着，好长时间以后，才又亮起来，但坐在灯光下的已不是孙老师了。再后来，因为扩建什么的，那两间房子也被拆掉了。再后来，那两个年级也合并到对街的一个校园里了。

一个人活过的痕迹，抹掉也是可以这样轻易。

敌　人

我家窗子正对的操场东端的开学校大会的台子——现在的我竟已想不出它的专用名词了——在我小学一二年级时，那里曾开过表扬会、誓师会、捐款会，还有一次，竟开了关于几个被不知从哪里押来的罪犯在小学的批判会。台子本来就是砖土简易砌起来的，并不高，加之校园的逼仄，台上被押着手绑在后面、前胸挂着一个打了大红叉名字的罪犯离我们近得竟可以让我们听到他的喘息，有同学上去发言，与那些被绑的犯人一起站在台上。我已经记不起他说了些什么，只大概感受到这是一堂课外的社会教育。

课外教育仍是多的。一年级我入学的第二学期，便赶上了春游。那时的春游不是游山玩水，有着很重的分量。我们被安排到了一辆卡车上，带斗篷的那种军用卡车，挤在里面，去烈士陵园扫墓。到了以后，才看到陵园里已经有了那么多人，有我们学校的，有别的学校的，认识的人不认识的人，成群结队，在小学生中间还有许多比我们年纪大得多的人——由于我的记忆的混乱，一直以来我将他们当作是无关紧要的人，虽然他们的装扮比我们英武。就是在这次带有主题性的春游活动中，在这个烈士陵园，我第一次看到与我在乡村见到的不一样的墓。农村的坟是土的，往往潦草到没有什么碑，烈士的墓则是庄严的，由石头和水泥砌成。生前的不一样，会得到死后的不一样，如果生前只是在一堆草木中默默无闻地生活，那么死后他仍只能独处于一堆杂乱而无人料理的草木中吧，或者，记着他的只是亲人等少数的人，没有人跑远道而来，集中于他的墓前抄写他的生平，朗诵自己的诗文。但是，乡间的土坟中，多数的人活过了六七十岁，还有八十多岁的喜葬，而这里的墓碑上的年龄都很小，大多在青壮年。记得有一个才十九岁，恕我已记不起他的姓名事迹，但我清楚地记得许多十五六岁的学生们围在他的墓碑前在小本子上记着碑文，水泥碑上，有他头像的照片。陵园里，又是热闹的，好像门口已经有卖雪糕的，"冰棍，冰棍"，老太太叫着，时而对着她面前递出5分钱的孩子，打开白箱子，揭开一层被子一般厚的白棉盖，从那里取出一枚冰棍，给剥了纸，递过去。我清楚地记忆着拒绝吃雪糕的心情，我理性地认为在烈士陵园里吃雪糕是不对的——不道德的，他们牺牲了，我们却还在享受。所以有同学拿着冰棍一边吃一边走还一边看，我的心里是很看不起的。我的衣袋里也有妈妈给的零钱，但是，看到他们，我为烈士们感到难受。我的苦行的意识不知道是否已经有了雏形，只是不愿意轻浮地表现，在孩子们中间，我更落落寡合了。现在想，难道烈士愿意一个孩子在烈日下受炎热与口渴的苦吗？但是，他真的愿意看到一些奔赴而来的人在他沉睡的地方任意笑闹吗？那里，我很快注意到人们其实都是集中在几个墓碑前的，我们先是集体一起分组行动，后来，被通知说在某一雕像下集合，中间便有些自由的时间，跟着年纪大的人跑。就是在这个陵园里，我第一次看到了焦裕禄，他在碑上，许多人围着他的碑抄写着什么，许多纸花放在他的墓上——2002年春，我在兰考烈士陵园拜谒他的墓后，问纪念馆管理人员，是不是原墓，他说是迁移过来的，而迁移之前的所在正在我小时候去过的陵园，他仍在碑上，与1973年一样。

而碑外的人，走到这里，中间已隔了30年了。

30年前，从那个陵园回家，不记得写没写、布置没布置一次游记的感想，烈士躺在那里，那是距我们远的死；我们流泪，为他们，但终究不像大水生生夺去的我们的老师那样可触可感，那是距我们近的死，她的死只为了一个她自己的父亲。其实，那些碑上的人在我的记忆里是如此模糊，只是因为他们的不具体，他们被宣布定位为为了一个理想和许多人，这反而在某种程度上抹杀了他们，抹杀了他们在我们记忆中的清晰位置,使他们变得没有形象,没有故事,变成了我们无法认识的人。实际情况不是这样的,他们也是一个个人,他们的生与死的选择在一瞬时完成,他们救起了的、为了他去舍掉自己的生命的,也是一个具体的人。这个人,可能不是他的亲生父亲,他的身上没有这个人的骨血烙印,但是,这个肯让他以生命兑换的人,在他的心底,肯定是亲人。

比亲人还亲。这是我们受的教育。

谁不尊重烈士,谁就是我们的敌人。

从陵园回到家,我长了一身疙瘩,父亲带我去医院,涂了半个多月的药。

友　谊

没有一个传送带,把我们携带的行李——记忆——正好送到我们手里。那么,站在一场飞行过后的出口,我们用什么来证明自己不至孤立,仍会有些过去的印记提在手里呢?已经不可能是任何理论,只能是经验的、私人的东西,这些东西,从一个地点,经由我们,携带到另一个地点。空间上,我们是挪移它们的那个人,而它们,打着我们个人的标记,让行李签写上专属个人的名字。这个记忆的箱子,装的也只是个人的东西,虽然,许多时候,它顶着一个共名:友谊。

我已经记不清这个女孩子的名字了,也许叫胖墩,因为她确实是胖的,但是这一点我拿不准了,因为在南阳白河边下放时,村里也有一个叫胖墩的人,是我要好的朋友,比我小,因为胖,没有人与她玩,而我是外来的,最初也没有人跟我玩,所以我们很要好。孩子友谊的达成有着同盟的意味——在我一年级的时候,她不到上学的年纪,住在同一幢大楼。她随母亲住在二层,因为刚搬来和身体胖,常常成为楼中小孩嘲笑的对象,她的处境,很有些像满口乡音的我在学校的情状。我们成了好朋友,好到我把攒的糖纸夹在一大本没有封面也不知什么名字的厚书里,全部给了她——是在她于我上二年级时搬走的时候。那时候,有一种"撑胶"的游戏,在女孩子中很流行。一只橡皮筋,两人相对撑它,变换出不重样的花样,四只手变换下,或是"网"字,或是"二"字,平行与交叉,如果有一方变的样子与对方重复了,就输了,谁坚持到最后,就是赢的,然后重来。那时,我还有一只万花筒,纸的外壳,里面盛着彩色碎玻璃。妈给买的,和我好的人才能得到我的许可看,一只眼睛贴近小孔,一只手转动摇晃,便出现许多花的图案,好像没有重复,所以总也看不够的。我们两个在一起的时候,就是这两个项目,这个玩累了,便续上另一个,乐此不疲。有时，我也会妥协到去和别的孩子一起扔沙包——后来这个游戏被称为"跳房子"——但是一见到二楼的胖胖的她走过来，手里拿着橡皮筋站在一边看我玩，我就再也玩不下去了，扔了沙包找她去。她呢，也觉得我和她好，是真好，这种好使她常常带我到她二楼的家里，只是一间屋子，床、吃饭桌、案子、面缸、炉子等，与他们挤在一起。我们没有多少玩具的，记得她给我看她攒下的糖纸，不如我的好，但我还是极力表现出兴趣，怕伤了她。还有什么呢，真的是记不起来了。她的妈妈有时会留我吃饭，但是我也记不得吃了还是没吃了，就又跑回了楼上家里。我们的友谊似有若无，不知道我在学校时，她一个人是如何过的，因为她的口音也很特别，妈说她们家是南方调来的，也许是湖南，也许是四川，记不清了。她搬走的时候，我们都哭了，拉拉扯扯的，我不让她被家里带走，可是又没有留下她的具体办法，她也不知道是留下来还是走，她也哭，我们并不知道那时的分别是很长的分别——直到现在，30年过去，我再也没有见过她，也没有了她的一丝音讯——那时只是觉得不想离开，再没有了一个互相说得来的朋友了。她把她最喜欢的和我玩"撑胶"的橡皮筋送给了我作为这场友谊的纪念，而我送给了她我的一厚本比她的要更多更好的糖纸。但是，直到现在，我才隐隐觉得她期望作为留念的，是我手中的万花筒。

　　我没有能够给她。

　　还有一个同学朋友，我们大约同岁的，她有一个妹妹，比她小几岁，因为是回民，别的同学总是对她说出一些不该对那个民族说出的话，这时候，她会和人吵架，事后又会被气哭。大约是这个原因吧，她不太理会那些对她有敌意的女同学。她长得很好看，眉毛又黑又浓，我们两个常在一起，有时也吵架的，她的性子烈得很，可是吵过了我们又和好。她也在我们楼里住，在一楼。一次，她妈妈煮了一大锅羊骨头，她欢天喜地地跑到三楼叫我去吃，那可能是我这一辈子吃到的最好吃的羊肉。我还记得她的同样好看的母亲用一只大勺子从滚开的大锅里捞出羊骨的姿态，她把它们盛在另一个大锅里，端给我们。我们，三个孩子，一起围着大锅吃。我还记得用手直接抓起刚从锅里捞出的骨头的感觉，那种没有拘束、无所顾忌地开怀大吃，使我清晰地记得骨头上的肉和骨头里的骨髓的香味。她的妈妈，双眉是特别黑的，我的这位要好的朋友，双眉也是黑黑的，她的妹妹，眉毛更是漆黑如墨，一直地，我想有她们那样的黑眉，那样的不动声色却有些严厉峻冷的美。很小的时候我就知道我们不是一个民族，那样的眉目是她们民族的标志，是她们的民族给予她们的与生命一样长短的礼物，她们由此被辨认出来，她们的骨血，她们与我们不一样的东西，那是我心底羡慕的。她们的不一样还在于比眉目更浓的性情，她们刚烈，却无言，她们沉默，却从不屈服，她们没有像我其他同学一样的小气和嘀咕，她们好坏都流露于外表，不伪装喜欢，不说谎，她们活得直截了当。可能这就是刚从农村回来的我所热爱的，那种天然的性子，那种做人的朴素，使我们成了最好的朋友。常常地，因为成了她的朋友，我便更受同学的排挤，但是我赢得了最好的友谊。我们一起玩抓子，她妈妈送给我一副羊拐，我们还在一起玩"拍三角"，我们也踢毽子，从小到大我认识的孩子，没有人踢得比她好。我们扔沙包，跳房子，一起攀到三楼的屋顶，看国庆节晚上的焰火。我们也闹别扭，但是很快，两个人又都忘记了，我们和好，又手拉手地一起上学去。我怀念那个年代、那个年龄的真正纯洁的友谊。某种程度上，它已不可复现，成人的友谊尽管深切得多，却缺少那般没有算计的纯粹；它不会交换人情，没有人际，没有关系，没有事项，只是喜欢，能够得到这样的友谊该是多么可贵。她们民族的血性在于，仇与爱都一样强烈，但是对于真的朋友，她们从不拿外在的条件交换，"如果""那么"——在她们眼里是多么可怕的字眼。有了如果，那么，便再不是足金的友谊。在一切事情上，我抵挡着别的同学对她的——其实是针对她那一民族的——诋毁。孩子的诋毁只是那些流行的恶意玩笑,那些不容你讲道理的谩骂,这时我会拉开她,一边大声地回应那些追骂我们的人,这样的结果,是我被孤立。

但是我赢得了最好的友谊。

友谊!

这个词,我们两人那时却从未说出口。

后来,我搬家到了行政区,上了一所军区小学。我曾在小学三年级到五年级之间,有两到三次穿越杜岭街走到工人新村那座楼里找她,一次见到了她的妈妈,一次见到了她的妹妹。我还跑到那座也说不上是百草园的后院,对着仍然茂盛的植株,胡乱想着她没有我的生活是什么样子。她还玩抓子吗?还与别人肩并肩地一起扔沙包吗?和她面对面地踢毽子的另一个女孩子是谁呢?那时的我,是如此沉醉于友谊的情节中,想到或许已经有人代替了我成为她的新伙伴,心里竟有一些怅然。

我再也没有见过她。

她死后一两个月——也许更长时间,我才听说。她终于还是回到了水中。水,对于她们民族的意义是我后来知道的。与妹妹一起游泳,她救出了溺水的妹妹,自己的体力却不够了。

水,收容了她。

我们之间隔着一层薄弱,我再不可能有机会见到她了。

从那以后，我再没有回到过那座楼，那个后院也许荒芜了，也许被填平硬化成了另外的样子，可我觉得它们好像已经与我没有什么关系了。我曾经伫立在那些碎砖泥土与野草灌木组合成的童年幽暗的图景中，如今，我与它，它们，失去了手中唯一的一线联系。一个搬家，不知去向；一个已知去向，却永隔阴阳。

我放开了手，将那个她送我留念的一只羊拐丢在了时间中，它是再不可能找到配套的了。一次整理，我从一个纸箱里竟还发现了没有在后来三次搬家中丢失的万花筒，直到现在，它还保存在我的纸箱里，我相信终有一天会用到它的，既然它能到现在，那么它也一定有坚持到现在的道理。也许，它也是知道等待的吧。

地 震

1976年7月28日，唐山地震。

震后，传言非常多。从开始的窃窃议论，到家家已经有些备战的慌乱。学校、街道上都教了防范的具体对策，印象中我还记有课堂笔记，当然不是正堂课上的内容，大多数是老师在课外自习，或者两堂课之间下课时十分钟教的。大致可以回忆起来的，是如下内容：

1.桌子的作用

家用的四方桌，它的下面一定腾空，不堆杂物，可容纳下一至二人，备有一些吃的干粮为最好。

桌子上要放一倒立的玻璃瓶子，晚上如果有倒地碎裂的声音，则为地震。

2.床的功用

同上，下面腾空，不堆东西，可容纳一至二人，但必须是木板床，结实为要。

3.阳台的功用

可以跑到阳台上去，当然是一个楼的大阳台，取其空旷，可以避免碰撞砸伤。

4.操场的功用

同上。取其空旷，避砸伤。但以白昼发生地震时用最宜。夜间易挤撞踩伤，小儿不宜。

5.门的使用

门不要锁死。尤其夜睡眠时。以免锁因地震动而变形扭曲，而将自己反锁于室内。

……

第五项，现在看来，大致无法接受，但是当时那一些时日真是过了阵所谓"路不拾遗，夜不闭户"的生活。大家的门多是虚掩的，真的也没听说谁家丢了东西。

地震的"日常防范模拟化"带给人的是心理上缠绵的东西，因为总处于防范与未知之中，那种悄无声息的磨损可能是很大的，只是当时无法注意。

地震一直在我们心中发生，所以设计出的逃生方式也一次次于想象中发生。这样，那样，如彼，如此，好像电影的回放，一两个经典镜头，那个无奈又机智的主人公已经在片中显出了疲惫的样子。她是一个不足十岁的孩子，却熟知多种避难方式，忧心忡忡地，盯着晚饭后桌子上支好的倒立的瓶子出神，想着它有一天夜里会砰然倒下，在水泥的地板上发出碎裂的轰响，也许就在这个半夜，今夜。那时的担心是如果睡得熟怎么办，那响声只是一下提醒，如果没有足够的时间跑出去该怎么办？我对生命感到困惑，它有时脆弱得不如一只倒立的瓶子。

但是那瓶子始终没有倒下来，发出我想象中清脆的巨响。那些事先设计好的路线与方式都没有用到，单人木床板静静矗立着，它曾被设计一旦地震发生，爸顶着它保护着我们走。

我们还有两个洗澡的大铁盆,一人顶一个,也是可以派上用场的。

还有两条,绳索的作用和床单的作用。

  6.绳索的作用

可用来结系,它的正确打法有三步,两端头向相反方向打一环,再将已打了一个结的两端向另外相反方向打一结后拉至第二个环紧密为止。此结为最紧实。用以从窗台逃生。

  7.床单的作用

同上。

此类情节从来没有机会发生以致我每天早上起床,从里间到外间去,一眼见到那个吸铁石一般纹丝不动的倒立的瓶子,也说不出是失望还是庆幸,慢慢地,麻木了。

但是又有新的风声,那时的消息紧起来,说附近城市又有震感。一天晚上,街上的宣传车一遍遍播着注意事项。还据传,某个家属院有人从楼上半夜跳下来,尽管他事先将一床被子从窗口扔了出去,从二楼一跃而出仍然摔断了腿。事情进一步向前发展,我们也终于抱了被子,支起蚊帐,睡到了阳台上，又有人干脆从楼上搬到了学校操场。行军床就是那时流行开的，大家在操场空地上支起简易防震篷，一家一家挤在一起，又层第分明、疏落有致，像回到了原始共产社会的氏族时代。初看纷纷乱乱的样子，却有内部秩序，一点儿也不混乱。

始终于口口相传中的地震给予我的记忆是终身的，还不是心理的防范，而是更贴切于身体。1976年夏，我家由工人新村搬迁到军区，那个口口相传的消息并没有成为不被搬走的行李，它追随我们，虽然新家里再没有了桌上倒立瓶子的"游戏"，却不能不着意于夜间动静的有无。生的最好方法不是被教会的，完全是一种生之本能给予的。我习惯于一条腿露在被子外面，以备如果真有不测，能够轻捷起身，而不致被外物过分纠缠，当然后果是关节炎，虽然不治而愈，却在小学五年级前折磨了我许多时间。身体，第一次提出抗议，它的方式，是在腿关节处起了两个对称的包，里面像是贮水的样子。

这是从未发生的地震给予我的。

它要我以这样奇特的方式记忆着它。

那种隐在的疼痛。

陨 石

去林县的火车上,听到广播,朱德逝世。记得当时我们全家都坐在热气腾腾的火车上,大家摇晃着扇子,爸的手里的黑纸扇突然不动了,我们大家都听到了那个消息。有一阵子静,妈说了句:"朱德?"

那一年的林县之行,见到了正住在那里的华山《鸡毛信》作者。我已经想不起来他住在那里在写什么,只记得他带我们一起去了红旗渠,红旗渠现在被称为人工天河。那天下着雨,雨越下越大,沿着"河",沿水泥与石头砌成的路走,在山上,我见到了任羊成,那个将自己捆在绳索上身悬半空点炮炸山的英雄。在大雨滂沱中,他的身体裹在厚而沉的雨衣里,也不知道大雨中他在山上走是为什么,但是那个英雄的后背并不高大,还有些驼。山路行进中,华山伯伯的一只招待所里的拖鞋被吸进了泥里,要知道那是7月,雨下着,山就在头顶。我们4人一点儿也不知道有可能发生的山洪塌方,浑然不觉地在一个个洞里走着。那时的我不到十岁,见识着人工的力量,那是与大自然叫板的力量,现在想来,是一个梦境,好像是回到了愚公移山的时代,人的蛮力与野性也许就是恶劣的大自然给予的,但是被给予者将其运用到给予者身上,这种力量又是大自然无法想象的。

那一年，哀乐是多的。1月，我在工人新村小学里，扎了许多纸花，用在纪念周总理的花圈上。二七纪念塔四周已经摆满花圈，还有诗，写贴在可以露出的街墙上。记得那时的二七街，临街的店门是一扇扇的木板拼成的，打开店铺，当然是供销社，要一个木板一个木板地取下来，叠摆一边。现在想来，有些像拍摄的旧时电影；现在想来，那些木板或墙上也贴满了纪念。我们小学生也戴黑纱的，左臂上围着一块黑。到了学校，见到有些老师的袖上的黑纱有一块白布做成的白花，白花安静地缀在那里。

7月的暑假，我家正从工人新村搬到军区这边，我从工人新村一小转学至军区小学，三年级下学期正式到了这个多数学生是军人子女的学校。9月，毛主席逝世，家里找出黑袖纱给我，军区小学也是人人戴黑纱的。我们扎了许多花，放学后就留下来，女生围在一起做白纸花。追悼会遗体告别那天，全校集中到操场上静静地听着广播里播的哀乐，我们成队列地进入学校大礼堂设置的灵堂，灵堂正中挂着毛主席的标准像，四周是层层叠叠的花圈，花圈上有我们亲手扎的白纸花。我们流干了泪，没有不哭的，一队一队地，进去，出来。那天的哀乐那么长，反反复复，停停走走，我不知道是怎么结束的，好像永不会结束似的,那么久。

时间停顿了。

有人说,下石头了。

在东北。

地上给砸出个大窟窿。

是在夏天。

地震也是有预兆的。但是天下了石头,是要收大人物的。

2000年,6月,吉林。我随参会一行人被当地组织者送去参观,到了陨石馆的门口。下到地下,那些石头铁一样的颜色,等着我们,种种科学的解释与演示。

虽在室内,四周却是无边的空旷。

我走脱了人群,见到图片上它们落地的地点,它们在大地上留下的伤口。当大厅只剩下我一个人时,那颗巨大的石头仍然沉默,铁一样。它不发言,它的冷,是距我们太过渺远的时空造成的,它的远,在我们言辞到达不到的地方。它的语言,是这个空间莫解的,它以沉默相待,诉说不得,诉说不得,因为没有人听得懂它说什么,宛若那一年的不及消化的时光。

2004年

灵魂的翅膀

最初听腾格尔的歌,并不是在草原上。研一那年秋末,我在呼和浩特的一条街的一爿小店里发现了它。这之前,听的一直是在去过内蒙古的一个画家朋友那里翻制的带子,他曾一脸黝黑地指给我看他拍回的素材片上的湛蓝的天空,那天空上面落满了阳光,现在的我已记不清那是夏天还是春天,只记得那蓝色有一种不真实的感觉,幻梦一样,如他带回的歌,磁带封面上红色的蒙文,侧面的汉译分明是《蓝色的故乡》,纸上的歌手质朴地笑着,蒙古族人特征的脸庞上透着豪气,背后是积云的蓝天。还记得翻过来的一面有一行汉文小字"献给内蒙古青年一代",正是这行小字打动了我,心怦地一下子,我想听听这个大胡子借歌声会诉说些什么。录了一盘,便不忍放下,又录了一盘,为旅差路上听。直到研一的那个秋末。回忆这场重逢随着岁月流逝越来越具有一层不便言说的神秘,这是那种时刻常被我忽略的。从山西大同到呼和浩特,只为喘一口气,接下来是在公路交通图上标出的地名,榆林、米脂、绥德、延川、壶口瀑布不计，单内蒙古境内还有包头、达拉特旗、东胜、伊金霍洛旗到陕西赵长城穿起的足足"三厘米"的毛乌素大沙漠。我手执的这份地图的比例尺为1∶9500000，究竟还有多少路待走司机比谁都清楚，他把那辆客车停在呼和浩特市内一街道。加油站附近已是黄昏，已行驶了几千里的我们和车一样满身尘土，眼里带着一天行车的疲惫，走进那家小店是为了消磨时间——已有人去联系晚上的住处，一半是为好奇，这家店外放一音响，大喇叭里的流行音乐与它宽阔的街道、一路苍茫的感受都太不配，已连晕三天车、在颠簸中把胆汁都吐了出来的我至少还保持着一种清醒，那就是，流行音乐声嘶力竭或缠绵悱恻的基因之一是空间的狭窄，真正唱心灵的歌是绝不会流行的，它在人人传唱过程中必定要失掉了第一个歌者唱它时的初衷。我已不得已随车队放弃了东行乌珠穆沁计划之后，这种固执折磨着我。在没有丰腴水草甚至连水都难以找见的毛乌素沙漠，能有什么好听的歌，奇迹一样等着我呢？呼和浩特对于前路而言只是三分之一路程的中转站，那么对于我呢？它空旷笔直的大街有不多的身着大衣的人滑过去，风追赶着那人的背影，天低低地罩下来快盖着了不高的楼顶，站在这样的街上四顾茫然仿佛异乡，巴望着一匹漂亮英武的骏马在那条水泥街拐角处出现，长长的鬃发在风里跑成一阵风，这个梦，闭上眼，想一想都觉奢侈。

那大胡子歌手一脸爽朗地看着我，只一瞥，就把他和玻璃柜台下的其他花花绿绿区分开来，他一个人蓝色的沉默抵得过太多的叫卖，包括以歌为形式以现代机器为传媒的吆喝。他乡遇故知的惊喜如此不可预见又无从言说。再启程时多了两盘盒带，由那方民族商场购得的俄罗斯风格的印花丝巾包着。一路上我没有听那早已背得熟的旋律，也再没向人说起过他，甚至未在以后的闲暇里听从于人去找通蒙文的人翻译，直到今天《蓝色的故乡》里那张歌词表对我来说仍然是天书一样呈上走势的文字，有什么重要的呢，我也曾经愚蠢地向人打听内蒙古街道门楣上悬挂的一盏两盏红布条蓝布条围成的灯笼的意味，我不会再犯同类的错误，歌声已是现代所剩唯一不需求证的东西。在离别内蒙古最后一站拜谒成吉思汗陵时，我背的挎包里有他的歌，这就够了。给父母发的明信片没有提到这件事，呼和浩特以西、纵观毛乌素在榆林的某一条路标出的地名对我而言，有一种可触的暖意，虽然车连续两夜都结了冰。那一条路，是不可见的飞行。

　　回来后，我便将一盘磁带送给了一位曾在甘肃山坳学校里教过几年书的朋友，记得他讲起被蒙人拉至帐包醉酒时的陶醉，后来在他带回的照片上还见到过那个草场，张掖附近，祁连山北麓。半年后见到朋友母亲，一位雕塑家，她第一句就是，那盘蒙古歌真是太好了。她刚从新西兰回来，是去给路易·艾黎在家乡雕一个塑像，在那里，所有听过她带去的磁带的中国人都哭了。这些话让我想了很长时间，以弓、马为伴的日子已经相当遥远，横刀立马弯弓射雕的骁勇事迹也已成往事，长袍被风掀起，旗帜猎猎作响，马头琴裂帛样的声音，牧者明朗稍带伤感的游吟却留了下来，且搅人心扉。泪水是真实的，在人不知该到哪里去存放自己无涯命运的时候，音乐所带给我们的就不只是一种安慰。还记得面对甘德利敖包上的成陵时那一刹的感受，正是雨霁，车轮在泥泞里打着空转竟拔不出了，司机嘟哝着在那里折腾，大家想出各种办法，在车轮在一块砖头的作用下终于驶出疏松的沙质坑的瞬间，身后忽有人说，这就是那个故事，成吉思汗死后，他的后人们护送灵柩去寻一个安息的地方，走到这里，车轮陷进泥里拔不出，于是众人都跪下了，知道大王已选好了他的住址。为此我后来翻查了可以找见的内蒙古风物志和一些有关鄂尔多斯草原的资料，未找到确凿的史志，然而从中却找到了这一传说，灵车由六盘山回蒙经过伊金霍洛，车轮陷于泥泞，用了五个部落那样多的人驾马拉，车轮纹丝不动，人们想起他出征西夏时路过这里，马鞭落地，留恋不已，称之为适居之乡的一幕，于是有了达尔扈特人昼夜守着长明不熄的酥油灯。写下这段文字时已是心平气和，而面对"苏鲁锭"（矛）和与已相隔一层玻璃的马鞍、剑与箭镞，心中仍能卷起七百年前的滚滚狼烟。当然无意瞥见我们的车轮挣出水泊在沙土地旋出的清晰的辙印那一瞬所生出的类比的惊愕与心悸，不全在于我们共同面临着一部族内部语言无法进入的困窘，还有深藏于心激动着我们的英雄观念，如草原特有的"自由长调"，蒙古歌令人动容处就在于此，无论唱者是谁，无论听者居家还是在天涯。

　　对神迹的追踪是一桩辛苦的事，在这个需要水止渴的时代，对酒的拒斥和误读使我们持续着对某种超验精神的远离，与各个时代一样，旁视与亲证的区分划开了方阵和命运。这就是我看重那场会晤的原因。距去内蒙古那个秋天的五个月之前，公主坟地铁站东南出口左侧冷饮排档外的凉阴里，三瓶汽水，一叠文稿，一个以其作品介入或长成我们一部分生命的作家，阳光打在我们的手背，杨树的暗影斑驳地落在采访纸上，我把二十个问题缩成一个，问他关于英雄的看法，意料外的是"最老百姓的"这样的回答。我们从我的论文说起，谈到西海固，"血脖子教"——哲合忍耶，谈到前定，沙沟方式，谈到理想崇高的真挚纯洁和坚持的不易，谈到《黄土与金子》《历史与心史》，他说他正在写一部书。这部书后来取名为《心灵史》。那时我并未意识到他正接通着另一条血脉，虽然有《错开的花》预言在先。感受一个人"搭建英雄与平民之间的桥"的选择与体会这个人为实现个人内心中实体的永恒所付出的最大限度的热情，只有一点稍稍不同，那就是，它是在一个崇尚自我实现的个人主义时代提出的,"让自己写出的中文冲出方块字"的更深寓意恐怕就在这里,正大端然的人道气息使前者超越了琐屑的技艺和情感游戏以及个人表现的必要卖弄。这种抛弃不是牺牲,却是牺牲的前提。"所有时刻都在前定的事情里;所有事情都在前定的时刻里。"这句苏菲主义格言就这样躺在了我那本《金牧场》的扉页里。

张承志的《黑骏马》《黑山羊谣》《GRAFFITI——胡涂乱抹》《金牧场》等都写到了草原,更早还有《骑手为什么歌唱母亲》《绿夜》《晚潮》。我认为与其说他在寻找一种歌唱方式,不如说他一直在寻找着一个歌唱对象,先是额吉,后是与冈林信康对位的自己,再后是哲合忍耶兄弟。这也是一个歌手,以诗的形式,以Folk、Rock的拷问与狂躁,不间断地诉说,拥推着已被汉字不信的真理。与这样的声音遭遇,犹如不自觉地承递,不死与继承,正是那首未曾破译的歌曲。

我在情感上暗认内蒙古为己故乡的理由一半来源于此。

另一半是妈妈19岁上随东北野战军转战晋察热辽的经历。作为联大鲁艺一名学员,赤峰六道街、宁城那拉必流、锦州北大营以及地图上尚找不到的山村地名,她曾一步步跋涉过。塞外的风吹打着这个北平女大学生的年轻的面庞。我多次听她讲述的那一个个夜晚仿佛我所经历或亲见,日夜兼程的行军路程被歌声覆盖了。据载,1948年10月锦州解放,中共中央分局命令联大鲁艺组建文工团,奔赴锦州前线做宣传工作,从那拉必流至锦州每天80里地行军。我曾另文写过那次跋涉,那次急行军突破了日行130里的记录。后来我在《冀察热辽文艺兵——鲁艺战斗生活回忆》一书中又读到这段行程,合上封面,左下角是幅木刻,两个戎装青年向前走着,背着背包,打着绑腿,他们的身体因疾行而稍稍前倾。粗粗的刻纹显得相当有力。这帧木刻,让人能触到迎面寒风中的火药味。那是怎样的一个英雄的时代呵。44年后的一个夏天,我从辽东半岛回家途经锦州,只有不到1小时的转车时间,北大营联大旧址是去不了的,甚至因排队买票也未能去辽沈战役纪念馆看上一眼,在嘈嚷的候车室的木椅上匆匆写下给妈妈的明信片,投进墙上悬挂着的邮筒里,又跑到车站广场,将相机递给过路人,"锦州站"牌下,照片里的我25岁。

从锦州到山海关一段路上,能够望见渤海的蓝色,寂寂的旅人躺在座椅上打瞌睡。我坐在靠窗的位子上,泪水模糊了视线。妈妈四十多年前南下时走的就是这条路呵。高粱秆不断从眼前滑过,山海关在这么多年后悄悄地接纳了我。1947—1949年,只是一个人生命里的短暂年月,可是它改变了多少事情,它又在多少后人的心里化作了一个梦。在地图上我没找到那拉必流,而在《闪光的路——解放战争时期的冀察热辽联合大学》一书中它几乎被篇篇提到。我想或许它真改了名字,或许它实在太小,一个如许许多多承载过命运和历史的小山村,它根本不屑于被忙碌于市界的现代人知道。而我心里却另有一幅版图,该是下一次启程的路线。

沿着大青山脉走,月光可触。星空盖子一样罩在头顶,天似穹庐,我躲在妈妈年轻时的蓝布大衣里,与这夜隔一层封胶封紧的玻璃,不忍睡去。想游牧民族追踪神迹,歌咏者众,曾任联大鲁艺院长、中央音乐学院院长的著名音乐家安波那本未曾读到的、散发着松明子芳香的《内蒙古民歌集》,里面一定有不少道亲(歌手)和郝什切(说唱艺人)的民歌。据说蒙古族的史书也多是用歌曲记述的,后人一代代的传唱就是它特有的言传身教一体化的方式。

游牧民族古时选择了勒勒车式的迁徙,现今演化为沙蓬式的歌咏。沙蓬——草球被风吹到它能播下种子的任何区域;歌唱与游牧对位,延展了这一民族的家园向往;祭祀、怀乡、娶亲、饮宴各有歌子,在凄婉高亢的长调里浮沉,会产生这种印象,歌唱很可能是祈愿的某种宗教形式在个体的演化与定型方式,不然为什么颂歌那么多呢?从《嘎达梅林》《森吉德玛》到更早的十三四世纪的《成吉思汗的两匹青马》,有水的地方,就有歌声,有这样一个背景为底色,还求什么呢?只需行走,只需传唱。追踪神迹的辛苦或许就在于此,它的亲证性使歌手无一例外地要在自己身世和灵魂里找到印证,"翅膀"的修炼，使蒙古歌带有众曲难抵的神圣。

然而，在这个不断推出新歌的音乐创造的辉煌时代，歌与歌手都太容易成为往事。脍炙人口只是它的假象，昙花一现几乎就是规律。这也是每一民族音乐必临的难题，而如何跨越却又直接关涉每一个体。在我所知不多的内蒙古古谚中有一句："既然已说了好，就不要再说疼。"然而亲临无人喝彩的处境，真正能做到此的人会有吗？尤其是靠传唱而存在的人，他真的能容忍没有听众？

到一个叫内乡的地方开会，只因为这里保留着白垩纪的原始森林，足见组织者用心的良善。有趣的是，内乡距我父母70年代插队的地方不远，岂止不远，登上原始森林那座山，面朝某一方向即可望见。进山的路是落户时必走的，那时并无心情考究。河的流向仿佛记得，滩涂的大卵石能将吉普车震裂。席间，由牛肉粥谈到饮食习惯，由饮食习惯谈到了草原，桌对面一位小伙自称是蒙古族人，我便问他腾格尔，他说他已有腾的第二盘歌带《母亲》。饭后又聊到内蒙古，他讲了一些小时候的事情，他说他最爱看的是张承志，最爱听的是腾格尔。他的话让我想起了印在《蓝色的故乡》封底上"献给内蒙古青年一代"的那行小字。此后牛肉粥等家常便饭地端上来。我恍然记起曾在一报刊上见过一则新闻讲，河南省西南部西峡、淅川附近新发现了一支隐匿近千年之久的成吉思汗后裔，改为陈姓。

问当地接待同志，他们摇头说不清楚。回家后，我并不急于钻入故纸堆里查史志核对，雪霁，阳光投下淡淡的影子，我骑单车去那个蒙古族青年供职的报社，把《母亲》磁带借了回来。那青年说他也曾有一盘《蓝色的故乡》，可惜一次出差在火车上丢失了一个背包，那盘磁带正装在里面。

与宗教、自然一样，好的音乐常常使人获得出神的境界，获得使人惊异、敬畏的宁静。同一首歌，不同人唱是绝不相同的；同一首歌，同一个人不同阶段、不同心境唱也是绝不相同的。这就是我从来不抽象地说哪首歌好。这就是每一词曲作者的最深悖论。正如一种思想，必须找到能与之比肩的传播者，否则，走调就是必然的；否则，这思想本身就不免厄运。可是又不能强求每个传唱的人都说出原意，诉出初衷，诗不是训诂，歌者必定加入了他自己的音符。那么衡量它的标准是否存在呢？有的。同样不在词语，而看歌中飞翔着的灵魂，它的翅膀是不是未被折断；更多时候它是带伤飞翔的，令人心仪的正是这个，它飞翔着，蒙古歌里长调的美，也正是这优悠后面的一层伤感。

选择了以翅膀抚摸天空的方式，是以取缔休止符为前提的。常常理由不足就上了路，最后被死亡截断。那歌又到了别人口里心里，无穷无尽。

《母亲》的深情里藏着的正是这一种沧桑。

在理论化、娱乐化艺术都在寻求刺激性的时代,腾格尔暗诉了一种信仰。在不顾内容的试验与心声流动之间,它界限分明,其中的激情令人迷恋,尤其在才智之外使人心仪的灵性音乐被各种混乱和声淹没的今天。它使个性与民族灵魂的真实体现的路子在我眼前豁然开朗。每一民族都以这种方式严格拣选着它的传唱者与承递人,并以这种方式保存发展了它传统中优秀的部分。同时,一个人只有深入一部民族大书中领略理解它的本质时,才能唤起人们的热情,而与那些对这部民族大书的细枝末节都了如指掌却仅止于肤浅表象的人区分开。经院音乐的生命力多不如民间歌手随意吼出的山歌野曲,原因恐怕就在这里。那使人心动的初衷在运行中变异为职业的机械,对于包含艺术在内的任何事情,都是悲剧。

《母亲》中的宗教感,令我不止一次想起张承志所有写草原的篇章里额吉那种果敢、坚毅、瘦癯的面庞,她浮现在他长达十多年的作品里,以致最后连作者也不禁在作品中自问:"额吉我描述你讲述你,描述讲述得人们烦躁而轻蔑。以前我总是小孩打架般地狠狠骂人们。可是在今夜——在这个寒冷的北京之夜里,我也百思不得其解了:真的,为什么呢?……为什么我要年复一年地描写一个蒙古老太婆描写了那么久那么多页纸,手都写酸了,心都写累了,但是我还顽固地写着呢?"几年前看到父亲那本《〈人民文学〉创刊四十周年纪念

（1949—1989）》中的张承志那幅与额吉合影的照片上额吉那清癯的脸庞时，我骤然明白了一切，"也许最好的感激和报答，就是竭力使自己的作品真正属于人民、属于文学"，这是那答案吗？也是我当初不甚明了的关于英雄问题的"最老百姓的"那句回答的注解，只是这心境与话语都太过朴素，以致常常招致忽略，尤其当代中国文坛正处不断出新出奇的年代，"人民"这已被所谓的先锋视作用滥了的字眼自然当属淘汰之列。这就是我为什么一瞬间忽然读懂了《GRAFFITI——胡涂乱抹》中的张承志，他对那位试图将此情感归类于弗洛伊德式恋母情结的青年的鄙夷以及由此所受的玷污与伤害。

《母亲》一样，除了版权、盒带名，再也找不到一个汉字，呈上走势的蒙文规整、圣洁而神秘，在对一世界拒斥时又洋溢着对另一世界的呼唤；腾格尔面色严峻，倚着一把吉他，凝视着画外每一个听他歌的人，目光倨傲、怀疑，似在打量这个与他黑衣不相对称的年代。

技艺背后的精神，准确传达个性的力量，在那种沉默里，与内心固定的低音叠印，又不失其表现的狂风暴雨。每次听《母亲》，我都想，肯定不久就要有另一盘新带来冲决他自己歌中的某种压抑，而那积蕴也应该有一次喷发；像张承志，将他的哲理与诗，宗教情感和人道主义，虔诚与焦虑，浓缩在一部《心灵史》里。

《苍狼》是不是它呢?

在郑州一家不常去的唱片社无意中见到腾格尔这盘新带时的心境,好似置若几年前在呼市初遇《蓝色的故乡》的一样。依然是和流行歌曲并置在一起,标新立异的黑色竟也有了些"Jazz"的意思,腾格尔与其创建的苍狼乐队主力一起,全部黑皮夹克,封面上站成一组现代派的群雕。那脸上的不屑与蔑视更浓了。据店主说只进了五盘,销路尚可。买回家听,一律汉文,正正方方地排列着,歌词及演唱,竟找不出一句蒙文。虽从间隙里还可听到类似马头琴的调式节奏,但许多尾音修饰总易让人想起另一北京籍歌手,连狂躁都是相似的。

在磁带已走完的哗哗空转里,我不知该说什么,从何说起。

"看着你我装作更坚强/因为我爱你爱得特别累/虽然你明白我不怎么样/可是你也想和我走走试一试/看着你我就想闯红灯/虽然你对我不冷也不热/说不爱我又回头看一眼/可是说爱我你又摇头说'嗯嗯'……"鄂尔多斯草原的调子夹在北京市区的狂躁里,出了什么问题,是因为居住大都市后,掉进了那个害人的狭窄空间里了吗?还是四年前秋末至今就一直与他毗邻并存的嘶吼围成了一个圈子,而他也再不能满足于类似遗忘的被困,也以嘶吼的方式突围以证明自己呢?音乐所传达出的自由在物的挤压下不见了。倾诉变成了要求。在一个以市场承认为最高奖赏的时代,会有很多人因要博得掌声和流传(即便他藏有艺术的目的),却不得不受控于时下,而改弦易张,在赢得听众同时先失掉他不多的知音,再失掉他易变的听众。一个趣味的艺术时代真的就这样以主宰的面目到来了吗?

　　一瞬间,我理解了张承志对后期冈林信康的矛盾感受,无论是《金牧场》中的替身小林一雄,还是《骑上水流》中的真正主人公,"一种姿势不能保持顺畅之后,另一种姿势就如同排泄般的产生了"。然而,作为形式的姿势有时确不是投机赶潮或迎合,却往往仅是一步对听众的小小的退让,就足以让珍视其原有立场的人背转过身;那异国歌手还能以压眉低眼不视观众的姿态在拒斥着,使人相信他心中揣有一个故乡。从《母亲》到《苍狼》的封面上,腾格尔的神情亦越来越冷,豪爽退去之后只剩了严峻和坚硬。

　　难道歌唱草原、赞美骏马的长调牧歌,随风飘忽、断续如丝、如诉的"天籁"之音,之悲壮深沉意境中的献身与英雄精神的自发与朴素就这样不复现了吗?难道真应书中所言,草原牧歌的时代已真的结束?古代英雄史诗、叙事民歌中的心灵成分果真只被压成了纸型而仅存活于史料当中,而不是人充满敬意的嗓音中吗?吸引我的古朴苍劲、深沉凝重的曲调后面所藏有的金戈铁马的威武与豪气呵,被明代学者叶子奇称为"宏大雄厉"的胡乐真的就这样走入了历史走入了凝滞吗?"在民族艺术领域，从氏族部落时代直至今天，蒙古人竟没有使自己创造的任何一种艺术形式（包括英雄史诗、萨满教歌舞，以及各个时代产生的民歌）湮没和失传。应当说，这在我国北方游牧民族的历史上，也算是个伟大的创举"，乌兰杰《蒙古族古代音乐舞蹈初探》书中这段话，使读它时的心既湿润又痛楚。

他渴望能找到一个世界，找到一块水草丰美的新地寄居，然而不料遇到了到处是断刺的年代，永恒是易碎的玻璃，虽仍有长调思乡，仍有简短方整、夹以评述与道白的说唱，仍有五声音节与结构衬腔，却再不复听出"跑沙跑雪独嘶"的心境；几个世纪都不曾改变的飞翔，是太远的路程，况且在一个花纹、皱褶较质地兴盛的时代，少有人觉出人与理想的唇齿相依，更少有人敢于对惠特曼"为了让灵魂前进，一切都让开路……一切具体的东西，艺术、宗教、政府"这句话产生共鸣；音乐是一只加长的脚，穿越物象到达本体，是它逃脱不开的另一种迁徙。

闭上眼睛，毡帐中总悬挂着一把琥珀色的马头琴，可以看见，可以交谈。

那美如蒙文的音色。

伸手可触。

使语流成为生命，为一切以或文或歌的创作所梦寐；却从未有过于考证中如此动人的体味：内蒙古西部乌拉特部民歌竟和与它远隔万里的东部呼伦贝尔及科尔沁地区的民歌相近，比例约在十分之一，而且不全在流传简单的原因。还是乌兰杰，他把目光放在13世纪至17世纪蒙古民族的马背上：首先是成吉思汗到蒙哥汗忽必烈的征战，其次是清初蒙古各部的分封与驻牧。康熙年间的张穆在他的《蒙古游牧记》中对此曾做如下记载："元太祖弟哈布图哈萨尔十五世孙布尔海，游牧呼伦贝尔，号所部曰乌剌特"；"布尔海后分所部为三……牧地当河套北岸"。15世纪初，乌拉特部便与呼伦贝尔、科尔沁各失了联系，这段西迁的历史保留在了歌里，歌子随从他们辞别了故乡到异地聚居，歌子又时时唤起他们对遥远的一片水土的模糊难言的回忆。祖先就这样把身世交给了后人。附在《乌拉特民歌源流考》文中的那些民歌让人感念，在那幅如凌空羽翅形状的内蒙古地图上，在用铅笔标出的地名间，仿佛有一脉肉眼看不见的血流，三个世纪、五个世纪汩汩不止。骑马民族，正是以这种方式记忆了祖居，并在新落脚的每一地方，以随勒勒车轮一起转动的歌子自豪而轻便地报出他们身后温暖家乡的名字。

1993年9月，苍狼乐队在呼市、包头、东胜相继举办的"草原赤子情"募捐演唱会，可惜没能亲耳聆听。那个鄂托克族人的后代，那个在突厥族、哈萨克族、柯尔克孜族、蒙古族语言里都译为"天神"的名字的歌者，那个初衷要把歌子"献给内蒙古青年一代"的赤子,承继了"抄尔赤"居于时间之上的音色了吗?无论他对面是掌声还是静寂。

苍色狼是蒙古族传说中最美的狼,《秘史》中它每每与白色鹿并行,象征昼夜的更替。斡难河,不儿罕山。风吹草低。

追踪神迹的路,已经开始。

在乡村在都市在旅途没有月亮的晚上,戴上耳机或坐在书房,看那些歌子洒下的清辉,羽衣一样,将心里整块的草地轻轻盖上。记不清是谁的诗了:云雾中/翅膀的声音/在我心中响起/凡是我心中活着的/都不会死亡。

"阿尔泰杭盖是世界高地/英武的骏马是匹天驹/圣主的两匹青马啊/那匹小青马还在哟""冷嚼子没有含过的青马/汗屉子没有鞴过的青马/圣主的两匹青马啊/那匹小青马还在哟"。

今夜,仍然有一幅地图放在路前。

灵魂是有翅膀的。

只是别忘了飞翔;

不在飞翔时忘了,

也别在休憩时忘了,

好兄弟。

1993年9月

喀 什

　　大约十年前，与母亲在北戴河度假，认识了一位来自新疆的朋友。仍记得在那两棵丰硕的核桃树下，那些个夏夜或者炎热尚未褪尽的傍晚，我们坐在树下聊天，核桃树的巨大的叶子盖下来，在谈话人的脸上投下暗影，已不记得都聊了些什么了。好像有一次，母亲说到了泰戈尔，那位维吾尔族朋友惊叫了起来，他说他"喜欢极了"这位诗人的诗。十年前的那个说起遥远国度的诗歌的夏夜，好像并不远吧，可是，母亲已不在了。

　　那个夏天时隔一个月后，秋天，我们一行作家到新疆去，从甘肃敦煌出发坐车西行，一路戈壁沙漠地走过，在乌鲁木齐，我又见到了那位热爱泰戈尔的新疆朋友。他带我们去吃烤包子，从喀纳斯回来后，他又一路送我们到机场，几乎将他认为那个季节最好的瓜果都给我带上了。新疆十二天时间，北疆一天一个地方地跑，回到家，脸上的晒红还没褪去，就又收到了友人寄来的一个邮包。是什么？打开来，原来是由一个纸盒子装的许多音乐碟。怎么？打电话去感谢，对方在电话里讲："这次，你们去的是北疆，没有到南疆，而我们维吾尔族的文化主要在南疆，所以，你们并没有了解到我们的许多文化，只是了解了我们的风景。寄去的这些音乐，是我们的十二木卡姆。有助于你了解我们文化的新疆。"呵，原来！他还补充说："以后欢迎来南疆，你先听了这个音乐，你就会爱上新疆的。"我在电话线的这一端听着他的诉说，我知道，我早已爱上了新疆。新疆有这样的友人爱着自己民族的文化，是我爱它万千种理由的最主要的一种。

从新疆回来的一个多月后，母亲就生病住院了。在两年的治疗过程中，有时，我会拿出这些音乐，与母亲一起听，有时候，从医院回来取东西的间歇，我会把手头上的一个碟片放在家里的音响中，一边给母亲准备带的饭，一边听。后来，又收到了友人寄来的麦西来甫光碟。记得一次，从医院接母亲回家，在家里的电视上放给她看，母亲那么喜欢，那种生机勃勃、充满欢笑的歌舞，我们看着，看着，那次，母亲笑出了声。

我当然把我们的喜欢告诉了我们的朋友，他听了高兴极了。他在电话里说："要是全听下来，我们的十二木卡姆，要用一天一夜的时间呢。"但是他哪里知道当时的一天一夜对于我的宝贵，那是日日夜夜在病床前的时间。现在想来，就是真有一天一夜的时间，那时的我也不会有静下心来听它全本的心境呵。后来，他知道了我母亲的病后，竟从新疆专程跑来。在母亲的病床前，他伸过手去，握着母亲的手说："我也有一个母亲，她的岁数没有您大，您快好起来，我还想着在新疆接待您，安排两个妈妈见面。还有您喜欢的音乐给您听。"临走时，他还用小米给母亲做了一个枕头，说天热了，总躺在床上会出汗，小米可以吸汗。可不是，那一年，距上一年说着诗歌的夏夜，也只是不足一年的时间。维吾尔族人对于友谊的看重，只在这一个事情上，我已感受很深。想想看，他只在一个海边度假时认识了我们，我们也只在核桃树下谈诗，他陪我和母亲去看过一次海上的月出，我们几个人在沙滩上一边散步一边说着什么我都记不清了，但是一听说我母亲病了，他竟从遥远的地方跑过来。我曾侧面问他："你们都是这样待别人的吗？"他没有回答我，只是说："你的妈妈是一个好人。我们都爱她。"

母亲已走了7年了，但是每一年的清明节，我都会收到他的短信，读到他用汉语写下的对我母亲的思念，我好像又看到了那个去海边看月亮的夜晚。风有些凉了，我和另一位朋友走在海边，而他一直陪在母亲身边，远远的，我看见他和我母亲低声说话，远远的，我看见母亲的头发被风吹起来的样子，但是走在他身边的母亲，轻轻地笑着，显得是那么开心。

后来，我收到一位西安的朋友寄来的包裹，打开来，是十二木卡姆。这位朋友在新疆生活了近二十年，知道我喜欢新疆，他还寄来不少关于新疆的书，有些是影印的，因为图书馆也就这一本了。他说："上次寄你的木卡姆听了没有？要整个听下来，得一天一夜。"是呵，这是我收到的第二套十二木卡姆，他和他说的是一样的，一天一夜！我多少次打开它们，但终究还是没有去听个完整，我知道，只要一听，我就会想起一切，想起在我心里珍藏着的过往，但是不听，难道我会遗忘吗？那些过往，那些友情。不！我会难过，那个曾与我共度40年的母亲，我已经无法与她一起再共看海上明月了，我又如何对待我们两人都曾迷醉的音乐呢？我的心情和爱，都藏在那一旦响起便会深陷其中的声音里，我又如何一个人去听，去面对它们呢？一天一夜，我不是没有，只是我不敢打开那记忆之闸，所以宁肯它静静地躺在岁月里吗？如同，我如果深爱一个人、一件事，往往是静静地避开，静静地爱着，如果真的抓住，可能我会被那上升的火焰摧毁。所以，十二木卡姆，我从未完整地听过，它之于我，只是散于我生命的各个历程，而且常常是最重要的时刻。

一天，曾和我一起获过鲁迅文学奖的一位朋友，从新疆给我寄来了他写的一本《木卡姆》，上面的图片与文字一样让人过目难忘。我重又翻出我的新疆友人的书，他的一本用维吾尔语写成的关于木卡姆的传承与发掘的书，他告诉我他写的不是非物质文化遗产怎么怎么样，而是为了木卡姆，有一个人，这个人不惜一切地把它保存了下来。"我写的是这个人。"他强调着说。但是那些上升的舞蹈一般的文字，我一个也不认识，在他的书面前，我是一个文盲。我曾经多么想去认识它们，学习它们，但是，我不如他，他已能文学地翻译汉文作品，而且出版，我呢，连看他们的文字都是困难，又如何了解一个民族文化的精髓呢。我曾向他表述过我的难过，他却哈哈大笑了："我会再寄一些书给你，你看得明白的书。"我的书架上，多了西域乐器的书，就因为我说我对西域古乐感兴趣；而上海一位师兄也寄来了有关新疆的书，我那个时候，正在研究喀什的民歌，一本《喀什民歌选》，就这样来到了我手里。

　　到乌鲁木齐开会，新疆朋友听说了，高兴地开车带我去买唱片，他的车上正放着一个音乐碟，好听极了，我说："我听过这个碟，但不知道唱的什么。"他说："我来翻译一下，这个歌词嘛，是这样——地狱的火有一万倍热，我的爱比地狱的火还要热一千万倍。"后来，我在一本《十二木卡姆歌词选》中读到了这一节，书中的译文是——人说炼狱之火厉害，哪比得上爱火的力量，对你的思念，像座大山时时压在我心上。我觉得可能就是那段我听过的音乐了，但从译文来看，比我的朋友还差点力道。

喀什，就在这样的思念中，渐渐近了。所以听到朋友们说要去喀什，我毫不犹豫地放下手头上的事，直奔它去。在老街，走在后面的我，不知不觉地就来到了一个乐器铺子里，三个做乐器的人，一个在低着头做着，一个在调音，一个干脆取了墙上已做好的热瓦甫弹了起来。我站在门口听，弹琴的中年人竟唱了起来，他绝对不是一个专业歌手，但是他唱得是那样深情款款，让人心动。后来我的两位同行也来了，他们听着听着，也不愿意走了，我们就这样站在门口，听着一个做乐器的师傅在用他做好的乐器伴奏着即兴唱着歌，这样的时光是不是一度离开了我呢？我听着，听见生命中的一些什么又回到了身旁，心里有一种感激。对面这人，他不知道，他只是随便地唱他的心情，但是他的歌之于我们，却是一种肃穆的唤醒。仍然是听不懂的，却好像一种难得的重逢。

我宁愿它是：

没有你，我要这生命干什么？
没有你，要那天堂和天仙干什么？

苦恋于你我流了那么多的泪水，
又要那渐沥不断的春雨干什么？

入暮当作你撩起垂散于面的柔发，
我还要那皎洁的月光干什么？

你眼若天仙，面似玫瑰，身材如桧柏，
有你在的地方，还要那花园干什么？

倘若你想去江畔漫步游览，
就看我的泪眼吧，要那江上清波干什么？

请在你门槛边，赐我一席栖身处，
阿塔依还要那亭榭楼阁干什么？

　　从库木代尔瓦扎作坊出来，我们从喀什出发到莎车去，四个小时戈壁路，但想一想，我们几乎是沿叶尔羌河走，而目的地又是木卡姆的故乡，便安心下来。在庄子里的农家，我们再次与木卡姆相遇。一个简朴的院子，一面褪色的白墙，树叶的影子投在上面，来的人都是中年人、老年人了，但是乐器在手，不一样的场景便铺开了，我的干旱的心也立刻像浇了水，变得湿润起来。仍然是听不懂一个字，一句话，一行完整的歌词，但是我知道那些由弹拨尔、热瓦甫、都塔尔、沙塔尔等发出的乐声，和琴弦代人表达的爱意和忧伤，我知道唱歌的人，他心中的最深最深的由于爱情而来的悲凉与苦闷。我以为，只要是深深爱着的人，他的心中真的是一半喜欢，一半忧愁的，甚至，忧愁与悲凉多于喜欢，什么原因我不知道，不知道，爱到了深处，其实是对于凄楚的最为广阔的体验，这是与我曾经以为的爱情的快乐多于感伤完全不一样的感知。所以，听着听着，你会为那从深心里发出的呐喊感到震颤，那份悲情又在极热烈的氛围中消融了，或者冰凝了，你看不见，但是你却触得到，因为你也在爱着。深切地不悔地，爱着。所以，我听到的，大约是：

倘若片刻见不到你，我要这个世界有何用？
倘若心里不把你思念，我要这生命有何用？

你散开你如缃草般的秀发，纷披飘逸，
我成了流浪的乞丐，要居所有何用？

为一沾你樱唇间的蜜水我若一命归天，
赫孜尔那永生的圣水对我又有何用？

为了见到你，我把废墟当成了家园，
如今天堂里的花园绿洲对我又有何用？

我用泪水洒地，用睫毛清扫你走的路面，
你若去古丽巴合游玩，我待在这古涧有何用？

思念的隐痛使我的心成为盛满血泪的酒盏，
萨克，你若不斟酒我不饮干这血泪又怎么办？

求求你，别把麦赫尊从你的门前赶走，
我是你的守门犬，别的门槛对我有何用？

  我真的不知道阿塔依是谁，麦赫尊是谁，哪朝哪代，我只知道他们两个都是在爱中备受煎熬的人，他们是真的爱着另一个人的人。我尊重他们，他们的爱。正如我对新疆的爱，这种爱联系着母亲，接通着生命。虽然大多数时间，我和你，语言不通，表达不畅，但爱是真的，如歌里唱的：

大麦呀，小麦呀，
轻风可把它们与麦草分开来，
兄弟姐妹手足情深，
只有死亡才能将他们分开。

而有种爱，就是死亡也不能将我们分开。像那个漫步海堤看月亮的夜晚，在记忆中，它不一直从遥远的时光中不断地回来？！

在喀什机场，我望着外边的天空，拨响了我在乌鲁木齐的朋友的电话，告诉他这一次无法去看他了，因为只在乌鲁木齐转机不出机场。"那么你在哪儿？"电话那一头问。

我说："喀什。"

"啊，真的吗？"他的口气中又是高兴又是遗憾。

是呵，是真的。我回答说还要再来的。就是为了木卡姆，我也会毫不犹豫地提起行李，飞奔而去。

2013年5月22日

海风下

阳光直射到书桌上时，电话响了，友人在电话那端讲："写一写椰子树吧。"我答："椰子树哪能写得过你呢？！"我从文中知道椰子树之于友人，是与母亲一样的。三年自然灾害时出生的他，母亲没有足够的奶水，襁褓中的友人之所以能存活，全靠椰子汁的养育，所以椰子树之于他的意义非常，它根本不是外人眼中的观赏植物，而是他或者那一代人的救命恩人。放下电话，窗外便换了风景，那高大挺直的椰子树扑面而来，阔大灵动的叶子像是召唤呢。椰子树在等着我，世上任何等待都是不能慢待的，何况是一棵树。赶忙订了机票飞到海口，再辗转坐车到文昌。海风下的椰子树与我想象中的一模一样，朴素如它，才能长出丰满的果实啊，阔别多年又见面了的朋友。

与朋友相处的七月，外面火一样的热，但只要站到椰子树下，便有沁人心脾的清凉。而现在的我，已修炼到了无论走在哪些大街小巷，只要闭眼想一想它，都能得到这份天赐的清凉了吗？只要世上有人能够做到，我也会做到的吧。

从我七年前第一次来海南至今，我已经来海南不知道多少次了，但是到文昌椰林我记得很清楚，是第四次，每一次的感受都不一样的。第一次来是文化名家的采风，从东线兼顾中线，坐汽车一天一个地方地走，对于海南的地理有一个基础的了解，得益于这次十多天的行走，每天晚上到一个新的地点休息，于我又好似找到了10年前走黄河时的感觉。2010年的海南纵贯北南的行走，虽与2000年横跨八省的黄河之行相比，条件不知好到哪里去，有同行近20人，有组织和接应，但途中还是不断有人离队飞回北京，不是因为艰苦，而是大家手头都有要完成的事，而第一次到海南的我深受这里的不知什么力量的吸引，诸事放下，从海口一天不落地走到三亚。

最难忘的两个地方，一个是保亭，一个是文昌。保亭在深山，因温泉得名，那日大家去呀诺达，我身体不适回山中住地，在正对七仙岭的阳台上的温泉池中泡一小时出来，浑身是汗，将身体中的寒气逼出大半，感冒自愈。对于保亭的感激是在心里藏着的另一个原因，仍然来自身体。从保亭再到三亚，在亚龙湾已是夜晚，海滩已无游人，我仍记得散步时的心情，是爱着那个时刻的。而从三亚回京后的2月，我就有了身孕，心下一直觉得是海南温泉的赐予，我的孩子，或来源于那晚与七仙岭上的月亮对视时的秘密交流。是那温暖的水驱散了我身体中的冷寒，而允诺我此生做了母亲。文昌在海边，东郊椰林撒满海滩，据说邮票取景就在此地，而我们到时已是掌灯时分，穿过浓密的椰林长廊到达散落在细沙之上的小木屋时，能看到椰子树在夜风中起舞，初见的印象并不亲近，还觉得有些黑黢黢的。入睡前几位同行去海边散步，回头看岸上的椰子树，神秘庄重，给初来乍到的夜行人一种踏实可靠的安慰。一人一个木屋，晚上临睡还有些不安，也不敢关灯，想想不妥，又不敢开灯，门锁也检查了又检查，还把椅子桌子搬来放在门后，灯关掉之后，将自带的手电放在枕边，结果第二天醒来时手电光已变成了昏黄。第二天一大早，下木楼一看，原来我们就住在椰子树林里。对着自家的小气真的不知该说什么好，好在椰子树从来不计较的。但不计较不意味着它不知道啊。所以我的脸红红的，便跑到海滩上看涨潮，还是晚了，潮水已落，沙是湿的，一点点记录着我的脚印，好像忏悔一般。现在写下这些文字的我，还在脸红，觉得是愧对了朋友的护佑。

　　第二次到文昌是应邀讲课，住在一个临海的宾馆，推窗见海。这个宾馆好像就是为培训用的，主楼一座，前面还有散落的五栋别墅，上写"专家楼"，但不大住人，整个建筑群在乡村鹤立鸡群，也有点前不着村后不着店的意思，周边也没有其他宾馆，更无超市，出门也无摊贩和市场，因不是浴场，交通不便，游人也很少来住，一到晚上，从阳台望去四围一片黑暗，遇到停电，店里有自动发电的装备。一片黑暗中，躺在床上，安静到只有海水涨落的声音。讲课的间歇，一晚，组织者突然提出要晚饭后去散散步，我们一群人，十来个吧，跟着组织者走，出发时还有些天光，走出去天就全黑了，而四周更黑，乡村的路没有路灯，我在后面根本看不到前面的人，只听到组织者与来访者的问答，问答的间歇有长久的沉默，我的问题是何时返回，没有人答，因这问并未发声，头顶的椰子树仍在黑暗中沉默，没有风时的静默，有密布的沉闷，有人咳嗽了一声，仿佛是回的信号，我想要是这样走，在黑得连背影也看不见的密林中，是一定要迷路的。我以一个外乡人的思维想，这密不透风的椰林之夜，为什么它的静谧里有一种深在的不安呢？最终还是安全地看到了路的尽头宾馆门口的灯光，我们加快了步子朝它走去，几乎是扑进了那昏黄而宝贵的光之中。后来再来，在白天我多次坐车或步行穿过由两边椰子树搭建的"长廊"，在长廊中走，往两边看，都是遮天蔽日的椰林——有的长在水中；有的已被海风改变了形状；有的倒下了身躯，却在另一处空隙里又伸长了脖子，往高处长；有的被台风连根拔起，露出了根，但躺倒了还活着，树叶是绿的。

每次将目光投向那密如迷宫的椰林时，我有说不出的不安。我想这不安，来源于一种我不愿承认的恐惧，是一种对于野生的、自由的恐惧，那恣意失控的生长着的，或许是我渴望的，可能也正是我的前生。但已被知识、文明删改后的我，已被规训后的我，当看到自己的原初的本来时，难免有一种莫名的慌乱，它打乱了节奏，不按常理出牌，更关键的，它提示你，嗨，还有一种更真实的也更美好的存在。而这存在原本就是你，只是你变了。你变了，变得已不是你的本来，在你向他者的变化中，你遭遇到了原来的你，它像朋友一样站了出来，嗨，我在这里，你要往哪里去？

我要往哪里去？一直的，我不认为这是个问题。我要去的，不就是众人要去想去的吗？往往是，当你不觉是问题的时候，问题就来了。这次，是一棵树。果然，这次回去，身有小恙，现在想来，它已经提醒我了。不仅让我看到了黑暗，也给了我净化的可能，只是我没能及时停下来聆听调整。但是椰子树收取了我的心绪，比如我们不断抱怨的一件事，比如我们暗自喜欢的一个人，即便在黑夜里，即便只发生在心底，又哪里逃得过它的法眼。不说话并不意味着不觉察。树犹如此。我想从文昌回到海口的夜行路上我的心中所想一定是被椰神听到了，它在用它的方式提醒我身为人母的责任，就像它用它的"乳汁"养活了一代代人一样。它不言不语，等着我明心见性。收取我一刹心念的椰子树啊，你一定也能够看到我的转变，一定也能原谅一个人的迷失。讲课间歇，照例是围坐聊天，照例是友人讲得多。有一句话我还记得，是，"你的心不在心里"。这句话我不甚了了。心不在心里，又在哪里？心在心外。如此分心，长此以往，身体又怎能不受牵累？椰子树的洞察是如此犀利，但的确也是刀下留人，椰子树的善良我常听人讲起，说椰子从树上落下时从未砸到过人。在南山寺听一位居士说，椰子有两只眼睛和一个嘴巴，你知道不？我惊异于自己，从来没有观察到，相比于人类的粗枝大叶，椰子树可是纤敏心慈呢。它几乎是全部地献出，毫无保留。椰子汁可以营养我们的身体，可以清解身体的燥热火气；椰子肉可以入馔；椰子壳可以制碗和多种器皿，以满足人类日常所需；树棕还可以用来打藤床；而老椰子树木头甚至可以盖房子。椰子树的成长也非常泼皮，不用人操心，椰子掉下来，到树下，或者是被风带到另一个海岸，它仍能从那个硬如岩石的壳中挤出一束新绿，再过二十年又是一条好汉。我多次惊异于它的生命力，这种生命可以打倒但终摧毁不了的倔强，是我们人类应向它致敬和学习的。但我们人又为椰子树做过什么吗？我们将椰子砍下来，制成椰子水、椰子汁、椰子糖、椰子粉、椰子糕、椰子工艺品，凡此种种，椰子一树，成就了多少厂家品牌，养活了多少人口。我们吸了它的血，吃了它的肉，剥了它的皮，把它搬离了它本该在的地方，但它说过什么吗？不还是一个劲儿地长，一个劲儿地给出。椰子树给我们人类的，除了它身体的全部，还有给如我这样迟钝的人的心性的启悟。它简直像母亲一样地付出，只是付出，而不求回报。椰子树在海南是女性的，有村姑之称，是说她的朴实天性，但我觉得她更像人类中的母亲，无私地贡献着她的乳汁。

没做母亲时，我并不知生了孩子之后，母亲的乳汁是会自然分泌出来的，虽然我也是吃母亲的乳汁长大的，但如若我没有做母亲，我将永远错过对于人类的最伟大角色的认知，凡事必得亲证方可证悟真理，这也是一种实修。六年前，躺在协和医院国际医疗部的产床上，我惊喜于我的孩子的出生。一个如我这样在生活中算不得聪明的女人，能孕育自己的孩子真的是一件奇迹；而更惊喜的是三天之后乳汁的分泌，身体仿佛是天然知道这新发生的转变，身体知道有一个孩子要活下去，母亲的天职就是给出自己最好的东西。人说乳汁是最干净的"血"，它由为母的气血转化而来，它是天然的，和思想意识或后天训练都无关系，天生的。母亲怀着孩子时，是用脐带供养孩子，而生下孩子后，则是用乳房给出自己最好的营养。所以生孩子不是我们在书本故事中看的那样简单，当概念只是概念，它只是知识，当概念走下纸面而成为实际时，才是真的修行，而从修行得来的东西真的是终身受用。

这可能就是一个人的"心回到了心里"，心外无心，心不在知识里，不在意识里，当然就不在思想里，心在心里，不在大脑里，凡经大脑认定的必是后天成就，而人最可贵的当是天然，不经思想的天然的善，或者称作天真的真，该是世上多么可贵的东西。所以我们讲的养生之养，说到底是养身体中的原初之心。初心，是不受污染的，是洁净而良善的。但说到初心，往往又会导入到意识的我执中去，初心又不是初心了。说到这里，可能会有些绕。也许这样的一段话给予启发，在我们的身体里住着一个"神"，"它一直在爱我们，我们顺着它的意思，就会过得比较好；如果我们不顺着它的意思，它就会提醒我们，给我们一点麻烦，而这些小麻烦正是为了提醒我们从错误中归来"。人真的不能也不必掌握他人的命运，但可以掌握也必须掌握的是自己，从心出发，而不是从角色出发，其结果大为不同。成为一个真正的母亲，就意味着全方位地付出，不求回报地付出。而人类所继承的这种自然界的天性，也只有在母亲一职上体现得最为完整。

而不求回报的无私的品性，我们人类做得可远不如一棵树。椰子树有"嘴巴"，但它真的是少言寡语，不解说不意味着不懂得。在事功与功利的人群中待久了，真的是应该不断地返回椰子树林，看看它们的身姿，听听它们的细语，学到它们的精神，然后借那高高的树干不断提纯自己的文字，将之化作一壶慈悲，椰子汁一样地养人身心。

德国艺术家博伊斯从蜜蜂的工作中看到让人类认识到自己的神圣力量,从而谈到自然界与艺术家的创造的相似性。他说:"如果你拿一块蜂蜡,你拿的其实是血、肌肉和骨骼中间的产物。它内在地穿过人类这个蜡的阶段。蜡里所拥有的,其实就是力量里所具有的……工蜂从植物身上采集回来的花蜜,在自己身上转制成蜡,筑美妙的蜂窝。而人类头部的血液细胞做的也是同样的工作,从头到整个身体。如果你注视一根骨头,里面到处都是坚强的六角形细胞。在身体里循环的血液,做的就等于蜜蜂在蜂窝里的工作。"

生命脆弱,但支撑着生命传承下去的东西,也不复杂。自然恒久不变的秘密,或者正如英国诗人斯温伯恩《被遗弃的花园》诗中的一句:

只要有阳光与雨水,这些都将继续存在;
直到最后一丝海风在所有这些之上
翻动着海水。

也是在椰子树下,也是一次夜行的路上,友人开车,我和另一位朋友坐在车上,穿过暗夜中的椰子林,说着说着,那句话由友人先说了出来:"我就是一棵椰子树啊!"黑夜里这句话像一束光,突然照亮了我在故乡的老房子,在我和母亲住过的卧室里,在卧室的靠南窗的床头柜上,一直放着一个用椰子壳做的女孩头像。那时,我上大学一年级住校,第一次离开父母,虽在一城,但一周也只能见一面,妈妈一天买回来"她",搂着我指给我,说:"你看'她',多像你!"

我到现在——在这个穿越椰海的夜里,想起这句突如其来的话语,才真的明白母亲当年的意思。

2017年

第四辑

大禹的寂寞

时隔四千年之后，已经难见当年辕关的地貌了，只剩了讲说，在往事与神话间游走，还有"古辕关"这几个清人的字，刻在关隘立壁上，写着历史。夏禹，一半被压了纸型，叠藏在文典史籍里头，一半化作了口口相传的故事，散落在如空气无形却有时又凝聚成某种气候的民间里。给我们讲说的人年岁不大，顶多四十，却也因历史墨迹的浸润或者风物日日熏染而有了沧桑的口气，他说的历史也日日在这种肉身相传形式中变作了与外域布道、宗教迥然有异的己说。一个文本繁衍出不同版型，而不同版本间却有一样成分不变，正如禹化为熊托身不同却目标一致，他在骨子里是不变的。故事也有表里，它的根在演进迁徙的时光和波折动移的阐释之外，也禀性难移。

然而，真的跑了几十里地，到"萃两间之秀，居四方之中"的崇高之地，登封城北约2公里万岁峰下，面对高10米、周长43米的巨大"启母石"时，才真正知道那个英雄是彻底地寂寞的。

早年读《史记·夏本纪》，印象中叫禹的英雄与洪水斗了一辈子，是个九州之内东奔西跑的人。记得太史公用了几大自然段写他从这里到那里，好像走遍了天下河流，黄河、淮河不用说，连一些不知名的现在或许地图上都找不到的小河都布满他的足迹。他在我心中，是一个拿着木耒到处救急的人，哪里有水难，哪里就能看见他的身影，忙碌得不知道还有别的生活，唯一的生活内容就是治水。他，是一个活在路上的人，这样的人，是没有常人意义的家的。来前，重翻《史记》，"敏给克勤""劳身焦思"的句子扑进来，对应"开九州，通九道，陂九泽，度九山"的功劳，"陆行乘车，水行乘船，泥行乘橇，山行乘檋"的行动派式的做法更热人眼目。"东渐于海，西被于流沙，朔、南暨"，东西南北都跑遍了，对于今人而言尚属不易，何况那时只借助于简单到极点的交通工具。终于告功于天下，天下也终于因这个人的忙碌操劳而"太平治"，然而行为、功绩之外，仍有一句不能舍下，是"居外十三年，过家门不敢入"！较之，我倒更喜欢口传历史中那一句——"禹治水，三过家门而不入"，去了"敢"字，可能更见禹的风格。不是不敢，而是不能。司马迁的文人叙事中说的是责任，民间叙事中说的可是精神。二者叠加，仍不能抹去个寂寞吗？

禹治水前，还有一个人因治水建功，也因治水被杀，彼时此时,并不因其曾治好了水而获救,当那个叫鲧的人用堵的方法没有最终止住洪水而失败时,死的命运其实已等着他了。"九年而水不息",功用不成是小事,关键是民生之系,尧的耐心有限也罢,舜的诛杀也罢,倒是《史记》中那一句让人看了心悸——"天下皆以舜之诛为是",可见得一辈子做好事,心肠也罢能力也罢,老百姓是只认结果的,并不全是忘恩负义,从中可见当时的责任制之严明,失职便是要掉头的。而这个因水掉了头颅的人正是禹的父亲。史册中言:"舜举鲧子禹,而使续鲧之业。"这里面有种难以人情释解之的苦痛,前赴后继才不那么浪漫,舜此举之用意今人不好揣摩,然而也让人觉出搭了性命的压力,不知尚年轻气盛的禹怎么想?反正他是上路了,尽管有些被押上路的意思,所以那个司马迁的"敢"字用得也入情入理。一边是生父鲧的失败丧身,一边是部族王权精神之父——舜的委以重任,禹夹在中间,面对的是让生灵涂炭的洪水,这样情形,他是非要把自己的身家性命置之度外的了。

置之度外?就可以避开那许多人事的纠缠,譬如亲情,在失去了父亲之后,谁又是第二个要他付出的亲人呢?那代价?五层楼高的启母石就是另一场不幸的实证。"禹治洪水,通轘辕山,化为熊。谓涂山氏曰:'欲饷,闻鼓声乃来。'禹跳石,误中鼓。涂山氏往,见禹方作熊,惭而去。至嵩高山下,化为石。方生启,禹曰:'归我子。'石破北方而启生。"《淮南子》里这篇故事一波三折,熊身的禹,和无意中见了熊身禹的为妻的涂山氏的"惭而去"——写得太生动,也太涩苦,还有启之生,都神迹般,扑朔迷离。然而立于启母石前的这个下午,阳光是这么好,壁峭的石头破裂开来,一分为二,围着它走,有种本真的崇慕,因为它本身没有任何雕饰或者后天的人文附丽,就是一块巨石,风雨阳光都经过了,还是一块巨石,朴素、沉默,也没有任何文字的标明,令每一个不期遇上它的人只看到一块兀立的石头,一脉青峰的托衬下,它闪着白光,耀人眼目。爱石的我对此仍是意外的,没有见到过这么大一块完整的巨石;对于那不知神迹的过路人,它也会因没有文字与解说而沉默为一块真正的顽石。连石头都说话的,才是真的神话。大禹寂寞着,他的寂寞还不是后天的懵懂,而在当时,最亲密如妻子的人仍然会"惭而去",离开他,不解是深的,比水更深一些,所以他要跑着追那背他而去的人,要一个骨肉,叫着"归我子,归我子"。真是痛彻。神话里的哀伤散漫着却浸人心肺。大禹,枉有回天之力,能够劈山让洪水泄流改道,却不能够让一个心爱的女人回心转意,一任那自心流漫的大潮淹没自己。

启,他也不能让这个失母的孤儿享有更多父爱。纵然有涂山姚代姐育婴,却也不像传说的那么浪漫。先后,大禹娶了姐妹两人，却为了更多人的家庭而献出了自己的那一份，以致涂山氏化石的阴影多年挥之不去，路上的五指岭可以作证，这即是化为巨熊的他用手指疏水，又怕涂山姚见到会走其姐老路来不及变形而留下的，那一份唯己心知的苦，即使建都阳城当了帝王以及启立帝于其后的皇族名位也无法抵销。何况——

诸侯们叫叫嚷嚷，都聪明得很，一人一个主张，争相出着主意，到了实干，要提了木耜走向水泽大野时，便多缩进家门不愿出去。他们都是口头革命家，彻头彻尾的理论家，像鲁迅写的整日吃着奇肱国运粮，坐在文化山上清议的拿拄杖的冬烘学者们做着禹是一条虫的分析，却独对浸在水中的下民视而不见，还说，"他们都是以善于吃苦驰名世界的人们"，对于这帮人，大禹怎么不会冲他们把那双总是在走而长满老茧的大脚伸开呢？这个英雄，领着一批人实干，却还要承担背后的热嘲冷眼和唾沫星子。那也是一种水，堵或者导似已不是对付的方法，它汇聚着另一场洪水要淹没这个治水的人。

还有民众，他们的纪念在随时随处，大禹全身心地不要自己的一切也就为保住黎民百姓。他没了具体的家，失去了爱的妻子，顾不上当慈父，就是为了天下大治，然而民众的纪念也会时过境迁，也因随时随处而心境迁移，也会遗忘，也会人事颠转，也薄弱得很。他们忘了一个人的最好办法是将这个人打入历史。在历史的隧道里或可赢取一个空间、几行文字，然而内心呢？当洪水不再，阳光灿烂，歌舞升平，与幸福伴行之际，谁会想起、忆念、沉吟、较真，或者祭奠。

像这个下午，万岁峰下，启母石旁，游人无几，那个叫作禹的人，真正是藏在了启母西阙北面六层左图的戴进贤冠、着长衣、拱手侧立的二人中间。他是一头正在化身的熊，旋转着，风一样，让瞻仰他的人心中一阵疼痛，一阵战栗。

2000年

源

晋人成公绥在他所处时代曾有"览百川之洪壮兮，莫尚美于黄河"的感叹，那篇《大河赋》也确实写尽了百川之首的这条河的地理历史乃至人文迁变。到了一千七百年后的今天，人们仍然钦服于那个环境人文概括的大气，从首到尾，几乎找不出一丝瑕疵遗漏。"潜昆仑之峻极兮，出积石之嵯峨。登龙门而南游兮，拂华阴于曲阿。凌砥柱而激湍兮，逾洛汭而扬波。体委蛇于后土兮，配灵汉于穹苍。贯中夏之能甸兮，经朔狄之遐荒。历二周之北境兮，流三晋之南乡。秦自西而启壤兮，齐据东而画疆。殷徒涉而永固，卫迁济而遂疆。赵决流而却魏，嬴引沟而灭梁。思先哲之攸叹，何水德之难量……"

不仅如此，他还写出了黄河自发源到中原，再到近海口的地理风物、朝代更迭以及围绕这条巨河的幕幕历史。因河而兴，因河而废，一个"河"字，穿越经流的不单是可见的山河地理，昆仑、积石、龙门、华阴、砥柱，如今都还凿实在地图上，可以查找，或供跋涉，更有中夏、朔北、二周、三晋以至秦齐殷卫赵等的史的划界。这些已从现代版图中撤去的朝代在时间的湍流里打着漩，暗潜却也在河上留有它们炫目或辛酸的位置，这后一条河拉长延展着自然的水流，使人不止于昆仑积石或者华阴龙门，使人即便就是在龙门华阴乃至一块看似平常石头的砥柱石上也会不拘于具体的地质内容而刨根问底地探测出历史水流的波纹，这个意义上，"何水德之难量"一句，我是懂的。

"难量"的不仅在它的地理学或历史意上的源远流长，更在它作为地理历史的混合物对一个朝代经年更迭而骨核血质恒久不变的民族心理人文经脉，长期浸染，以致已无分河人你我的波长。"水德"的大义在此。难怪古书中黄河的别名为"德水"，载舟覆舟只言朝代更迭中民众的力量，而还原为一个受众角色，民众不也是一叶舟子，被水载养。驻足于已然成动脉的河的每一段，会有自己能否承受得起担负得动的感受，前者是说恩泽，祖先的血流在里头，又耸然竖立而成每一条站立的河流，这样的黄皮肤，千里万里的黄金水波一样黏稠，分散着，汇聚着，在另一个地理的方域里创生着另一种长度与厚度；后者是责任，作为这激流与厚脉的代言，能否使说出的话不致走调，能否在这一条站立的河里融汇凝聚数万亿条河流的声音，从而传承出那条巨流的动天声响，它的疼痛、欢欣、辛酸或澎湃，喜悦或悲苦？谁个又能将它的命运历史一一数来？

那寻访踏勘的力量又源自何处？这直立的水，被抛在长河中的任一滴黄颜色，该当如何才能描出一个完整的它呢？德水难量。咏吟里感叹多过疑问。成公绥只是代言。历朝历代，人事颠转，而已成定律的是：江河不废。

难怪唐人李白要以"天"喻之，"君不见，黄河之水天上来"，《将进酒》中，几乎是喊出的一句。在其后的"高堂明镜悲白发，朝如青丝暮成雪"的对映下，破题而出，把身世、时间、个体生命里具体的哀怨悲戚甩在了"奔流到海不复回"的后面。当然，"黄河如丝天际来"具体到《西岳云台歌送丹丘子》一地一事，正如金人段克己的一句"黄河一线天上来"所指在戊申四月的禹门，元人王思诚的"黄河滚滚自天来"在砥柱三门，明人朱凝真的"神河浩浩来天际"说的是汉渠春涨，同为清人的王士禛的"天上黄河万里来"、白衣保的"水从天上落"、姚椿的"报道银潢天上落"、魏源的"黄河竟是天上涛"各写秦中、金堤、汴州到徐州河段以及汴泗一带河在人心中的势态，足见"一条横贯九州流"的洋洋大河在不同世代不同地点人心中激起的擎天波澜。"天"在这里似乎又越出了定律，而只道出了它的出处与生身。黄河究竟所从何来，一直是历代史家刨根问底的，这一点，与诗人们将之归于"天上"的想象不同，然也正如另一清人何栻的喟然一叹，"九曲弯环行不尽，几人真个到昆仑"。中原的人文兴盛集结了大批文人诗客，他们包括生身西北甚至北至碎叶的李白，也将自己身世的周游与寄托放在长安附近，倒是唐代另两位叫高适与岑参的诗人在边塞留下了大量诗章，高适《塞上》里的"倚剑欲谁语，关河空郁纡"与《蓟中作》中的"惆怅孙吴事，归来独闭门"记述先后两次出塞的报国之心和安边之志，都留有不被重用的沉郁阴冷，然而他确也写出了"立马眺洪河，惊风吹白蒿。云屯寒色苦，雪合群山高"的气魄——从武威到临洮，陇右的"洪河"或可考证为黄河，何况更有"长歌达者杯中物，大笑前人身后名"的心高，"乍可狂歌草泽中，宁堪作吏风尘下"的自贤，以及《塞下曲》中"大笑向文士，一经何足穷"的狂傲。一个投笔而从戎，得建非常之功的高适一扫了前期的求遇不达的郁闷，而慷慨矫健，其诗中到了后来也不见了前期两次出塞于边地看到的"铁衣远戍辛勤久，玉箸应啼别离后。少妇城南欲断肠，征人蓟北空回首"的肃杀苦难，和"战士军前半死生，美人帐下犹歌舞"的等级不公。荒凉换作得志后，人的眼光总有不同，心境迁移，视界的事物也变了另种颜色，闭门的清旷秋夜也换作了秋高马肥，尽管那几声"大笑"与"狂歌"确实一扫即便唐代的文人也染了的自恋与病弱，即便有更精彩如"长驱大浪破，急击群山空"句，还有我喜爱的"将星独照耀，边色何溟蒙"的从景物人心刻透表里的功夫而得来的景物外文字下不易察觉的人的抒写。但是我仍然失望于他的那个中心,那个以放达与得志作为人生变量而围绕的那个世代文人孜孜以求的中心。正是这个中心,介入他的诗作前后,风格虽同,但态度随角色而稍变,致使那诗的味道大异了。也正因了这个中心,使他的边塞诗并不怎么"边缘",反而丝丝入扣,在更高的意义上没了与边地旷适野荒的那一种景色对仗的慷慨,不是吗?这只风筝,飞得可谓高远,却一直有些颤颤巍巍,辜负了高原干净明彻当然也寒肌彻骨的空气了。苛求于高适的原因在于,总想看到一个完整的自然,或者是一个公允于战事之上的地缘,不是镇守一方,或者公婆相争之理笼罩了的大地山川,而就是山川自己,或者也有一个人在走在看,但是他的心平稳清正,他的文字或者诗写下来也不掩盖,或者就是在距真实越来越远模糊不清的历史上踏行,也能在厚如帷幕的沉叠里寻出一线道路来。

岑参是不是他呢?

开元五年至天宝八年的这32年岁月,从润州到晋州再到嵩山,无论搬迁还是求学,江南文化、山西文化与中原文化交互作用,从江边到河岸,移转的不只风景,这里也有着人文地理的场景置换。文的底蕴,商的萌芽,还有中原经史传奇造就的外儒内道的文化,一个15岁的孩童竟对道士隐者所从来的老庄哲思兴味非常,当然道家的山水也会在同样重进取的儒家文化之重镇中原风土的磨砺与熏染中一点点变化的。天宝二年至天宝三年的河朔之游大大改变了他的气质，从诗中可以清晰见到太行山与恒山华北平原两座山峦的峻拔，清逸换作了豪壮，不能不说与他两度北渡黄河有关。不独唐人，整个一部皇皇历史，文人建功立业，多两条路径，文翰或者马上；不独当时，士人从军，也多两个方向，北至朔方、幽州，西去河西、陇右，更西还有安西北庭（在今新疆境内）。高适赴边，约活动于河西、陇右一带，前后还有唐诗"三王"（王昌龄、王维、王之涣），然而北庭与安西，唐诗人中，据我所知，到过两地的，只有两人，两人之一，便有岑参。安西高仙芝手下做掌书记的日子，好像岑参并不愉快，"陇水不可听，呜咽令人愁"，或者"十日过沙碛，终朝风不休。马走碎石中，四蹄皆血流"，好像总有什么绊着他向回拉似的，一边是"走马西来欲到天"的豪且壮，一边是"今夜不知何处宿"的落寞凄凉。天宝八年的岑参32岁，已经觉出了一种像命运的什么东西在向后拉他——那心绪不只是亢奋，而且还有一种底子的真实，那留给自己的怀乡，但是，不是的，倒不是那诗里流露出来的思乡情绪——岑参诗的格调篇篇如是，看出他不愉快的是史中查得这时期他几无一首写府主高氏出征的送诗。很有意味，一边是天宝九年高氏在战场的节节胜利，一边是做着掌书记的执笔人的沉默。这个原因，让人不能不从一位诗人对战争的态度去找。据说高氏征战极其残忍，老弱一律杀掉，这似乎已成入侵式战争的野蛮定律,然而诗人却沉默着,直到在那首《武威送刘单判官赴安西行营便呈高开府》长诗中,才发了言,却是写战场血腥过后的荒凉,"夜静天萧条,鬼哭夹道旁"的句子想高氏看得也不会高兴。所以那立功也变得可疑,以致"乡路"与"归期"多将起来,"悔向万里来,功名是何物!"几乎是他第一次出塞的总结了。754年,天宝十三年,三年的长安故园回到少时的隐居生活之后,北庭都护封常清邀作节度判官,第二次出塞造就了岑参的边塞诗名。天山北麓的庭州是现在新疆的吉木萨尔,属昌吉回族自治州,然而冰寒、迢遥与严酷,反而在封常清的友情与知遇里变作了恢宏,而不是乡愁。这一点很重要,于是自然的,那战争的酷冷也换作了将士的意志,岑参的对于战争的沉默终结了,相反,他最有名、流传广的诗都是写征战的。"君不见走马川,雪海边,平沙莽莽黄入天!……一川碎石大如斗,随风满地石乱走……"是年少时候常背诵的,后来知道了殷璠在《河岳英灵集》说的"语奇体峻",再看另首《白雪歌送武判官归京》中"北风卷地白草折,胡天八月即飞雪"引出的"忽如一夜春风来,千树万树梨花开"便有了并不轻松的感受,不是赏景,那里面的赏意与才情放在战争的大背景里怎么也让人不舒服,正如血戮的动作,硬要给它一个慢的写意镜头,硬要用了艺术滤掉根本与艺术无涉的真实,虽然也会一时看了好看,麻醉一般,却抹平了残忍在人心本应激起的公愤。诗确是好诗,如果不是那战事的背景放在后面,如果单纯去看诗!然而,这首诗,虽然也有"将军角弓不得控,都护铁衣冷难着",有"瀚海阑干百丈冰,愁云惨淡万里凝",有"纷纷暮雪下辕门,风掣红旗冻不翻"的边地艰辛,却已然化为了将士意志的表现托衬,心境是好过了在高氏府下,证明是高氏府下第一次出塞期间几无一首的送行诗。到了第二次出塞的这一阶段,出现了使诗学家认为将唐代边塞诗推至峰顶的正是以战事为背景的送封氏的大量出征诗。很有意思,封氏一个人的作为可以改变一个诗人对人事的看法,这个跳跃,又是如何在岑参心里完成的,值得探究。所以,"三军大呼阴山动"的气概压过了"战场白骨缠草根"的沉郁,岑参的调子一下子高亢起来,思乡之情在这里几找不见,反而是"誓将报主静边尘",对应于"剑河风急雪片阔,沙口石冻马蹄脱"的,却是"古来青史谁不见,今见功名胜古人"。这里,他最著名的诗几乎篇篇写给封氏,《轮台歌奉送封大夫出师西征》以及《献封大夫破播仙凯歌六章》,也篇篇如殷叹说的"语奇体峻",单"蒲海晓霜凝马尾,葱山夜雪扑旌竿"一句就足以够得上这个评价。边地天山,却一洗岑参来自乡园抑或更来自未有知遇的哀凉愁怨。这里,风情景物是无大别的,两次出塞所距不远,况且北庭在地理意义上还远过安西,然而,岑参的思乡却在更远的地理领域中无所表现,乃至让人觉着荡然无存了。这里，怕也不是长了6年的年龄阅历。那么，封常清这个人在岑参的诗格调里不能不说至为关键，感恩与知遇，是一个文人最易动情之处，表达的方式就是可以写下的文字。对于高氏，岑参没有这份恩和遇，则几无一诗送其出征；封则不同，岑参被以节度判官身份相邀，且相处和睦，骑马击剑，岑参已不只以书生身份投入边地，而俨然也能参与部分辅佐事务，所以那送封氏出征的诗也确发自内里，没有什么应酬和矫情成分。历史上对封的评议也高于对高仙芝，比如"每出征或乘驿，私马不过一两匹"的俭朴做派，贫孤出身的他似乎并不志在用流血去邀功，而只坚于守御的使命。当然无论史册如何，作为一个边地将军是不可能在他那一任里不流血的——征战，平定，这些安全的文字后面，其实却是白骨缠草的，当然战胜一方如何对于虏兵老幼是另一回事。也许封比高做得好，但是知遇在这里所占的大比重似乎使岑参获得了边地豪情的同时也陷入了对诗本源意义的盲视。诗与血又如何搅到一起，这里，个人，百姓，有了倾斜，所以每读边塞诗，每每感叹于它大气象的同时，也心里陡然一冷，对于那气象背后的东西有了警觉。

倒是元代一个不怎么有名的人写下的诗叫我观之震动。不怎么有名，是指此前在我不短的求学生涯各级语文课本、诗词大家集成或者历代文学史中从未见到过这个名字，或者也有介绍，因为言简而忽略了。这个人，名叫萨都剌，从名字看不是汉人。至今我看到他写黄河的诗有两首，其中一首还是写古黄河的，根据诗中"古来黄河流，而今作耕地"一句可以推断是写改道之后的古黄河，大约在汴梁一段也未可知。这位诗人看到如畴的田亩，想到的却是人——"堤长雁麦秀，不见筑堤人"，这节跳出景外让心怦然一动的诗句，不仅是沧海桑田的变迁之感——它在这里也嫌小了，而是，何以睹物思人，且又是那一个被诗情文心均遗忘得干干净净的底层群落呢？！萨都剌的另一首诗题为《早发黄河即事》，文辞朴素到刚识字的小学生都能读懂——在曙色、树林、村墟、茅屋、垄丘的景致里，却是"官租急征求"和"夜有盗贼忧"的生计不保。相对于此，他写了"长安里中儿"类的富家子弟——"朝驰五花马，暮脱千金裘。斗鸡五坊市，酣歌最高楼。绣被夜中酒，玉人坐更筹"，确是"生长不知愁"地衣食无忧着，然后笔锋一转，"岂知农家子，力穑望有秋"，他们着实也是褐不完整，粝食粗食都吃不饱，还有"上以充国税，下以祀松楸"，以致在修堤筑坝中"饥饿半欲死"——于此，诗人发出了"古人有善备，鄙夫无良谋"的哀叹，但还是要"我歌两河曲，庶达公与侯"，尽自己传达民苦的责任，虽然也知道更多时候，这样传达的结果大约也争不得谁人立听与动容，所以会有诗最后两句出来，写底层，更是写自己，"凄风振枯槁，短发凉飕飕"。这幅形容,可能距那一个征服者的团体有些远,真正凉的倒真不在短发,而是内心,站在那样一个风中岸上,解下的那样一些生计的疾苦,作为一个也许就是征服者蒙古族团体中的一员,他所看到的汉人,应就在黄河流域的中原地带。诗中一句"河源天上来,趋下性所由"至今并不能太读懂,但是整诗的旨意明确得很,甚至与他所处的时代阶级民族均不相容,萨都剌也说到了"天上来",放在诗里,却看不出居于事外的慷慨,倒是沉涩,也许更有反讽——这一点,是与唐代大诗人们言及"天上来"大不同的,与历代诗人的借河言志抒臆也有着划分——"天上来"里,主观的个人的少过河本身,那个沉默得多的对象,萨都剌竟做到了这一点。唐代边塞诗在文学史上确评价甚高,然而人看到的只是奇崛的意境与异域的风情,雪大如席也好,石大如斗也好,环境之外呢,人,真正能画下的就只有自己了;功名也好,怀乡也好,所围绕的大多是一个"我"字,环境之中的"我"这个真正的异乡人盖过了环境中的生于斯长于斯的本土人。唐代的"我"确是太过庞大了,以致对作为群体民众的"他们"有些视而不见了,以致"他们"没有面目,只成了被征服的对象。统治者因为疆土的争战要完成的,诗人也以诗助着力,以致功业之上,没有了诗应该坚持的另一项内容,不能不说,这是我失落于边地诗的地方。反而,萨都剌,一个元代的少数民族人,其诗中却充满了对他那一朝代民族的被征服者——汉人——的体恤同情，真是眼光大异！唐代的汉人大诗不绝，甚至高峰争雄，然而对于虏役却一律斥之诗外，没有感怀，所以也没有"他们"作为的主人公，这真让人不服气，从而对一个朝代的真正人文底蕴生出不那么自信的怀疑。视点的不一样，是主体的太过强大，从而对小民——当然不是所有地域，写于黄河中原流域的"三吏""三别"的杜甫便是一例——的视而不见，那么元代建立者不可谓不强，将个南宋皇帝追至南海直到大臣背了皇上跳海，将个版图扩张到历史中国前后都不曾有的最大范围，这样的民族从心态而言不可谓不强悍，但是它的文人却谨慎地与时代和统治思想划着区分，于是有了这样的情形：唐代的对异域的征服，其文人大多怀了与朝代一般轨迹的征服者心态，那功业的成与不成心所出的得志与忧愁围绕的无非是赏或不赏、用或不用，身置边地的中心心态使那诗也无从由"我"到"他们"；元代的对中原的征服，其文人中却有萨都剌者，与本时代征服者的胜利心态不一致的。他写被征服者的苦难，不是展览迎合，而是放着体恤之心进去，见到的是农家子无蔽体衣无果腹食，"凄风振枯槁，短发凉飕飕"。这两句诗，真是刺到了人心里去，我读之，是感到背有寒意的，继而心暖，知道站在风中的人，他的心与形容一样枯槁所为者何。这样句子，当然要比"慢脸娇娥纤复秾，轻罗金缕花葱茏"或者"灯前侍婢泻玉壶，金铛乱点野酡酥"的只看了表面的歌舞而作民俗语好得多。胡琴琵琶与羌笛，掩盖了太多心心相印的东西，使那真正的人"物化"着，写"我"作为人的真情与气度又哪里去了？

一边是"雨拂毡墙湿，风摇毳幕膻"的写景，一边是"裋褐常不完，粝食常不周"的纪实，岑参与萨都刺间相隔300余年，身为两族，处于异地，是身世不同吗？还是襟怀不同？这两个人的心理深层结构又如何通过了世代相传的文学史获得褒或抑的？起码对于我，认识萨都刺晚于熟读岑参20年之后，然而即便有凄风中的枯槁之躯，即便有凄风吹短发的冰凉无助之感，也还要"我歌两河曲，庶达公与侯"，这种气魄，又岂是"侧闻阴山胡儿语，西头热海水如煮"的岑参比得的。

"凄风振枯槁，短发凉飕飕"是近日常吟诵的，对于一个要用脚丈量大地要用心与大地相交换的人来说，它来得，不晚。

2000年10月

百姓黄河

很奇怪，现代耳熟能详的壶口在古诗中难觅影踪。全唐诗中几乎找不见关于它的一缕文辞，这在一个好山水的文化盛世显得不可思议，向以豪放任侠称、一生决不放过大气象的李白写的黄河诗中，壶口已然也是一个空白，这个原因大概真要从地质学上去找。与之相反，距之不远——下游六十五公里的河津龙门在唐诗里相当出名，但凡言及黄河而必称。更有意思的是，与之并称的同时还有位于更下游——距之200多公里的砥柱山。砥柱之名连带着驰名中外地理上的三门峡，此两处，于北纬35度与东经111度搭构"十字架"隔开着，形成北与南、西与东的相望之势，这一形胜至今仍然保持着。如果有一条线连接上这两个遥相对应的点，如果这条想象中的线再加上黄河在这一经纬度由南向转为东进的两条可见的边的话，位于这个三角的另一角则是著名的华山。"西岳峥嵘何壮哉，黄河如丝天际来"，这是李白与好友元丹丘游华山时在北峰即云台峰所见的黄河。作为河津龙门与三门砥柱的中界线式的华山，在地理位置的作用不仅于此,它在见证——更准确说是其山势逼得一条刚劲雄浑的大河不得不改向东流完成了它几近90度大转弯的同时,也将山西、河南与陕西奇绝地联系在了一起。使这一著名的秦晋通中州之地真正完成了对"河山"这两个字的全整注释。

"河山"这一浸润着文化的地理概念在这里仍然到处可见它素朴的含义。

壶口不说,孟门暂舍,黄河从内蒙古河口镇至河南桃花峪作为中游的话,龙门即现所称的禹门口则又是一个中界。河水由此分为上下两段,犹如一首词的两阕,上阕暂不作谈,下阕即山西禹门口至河南桃花峪一段491公里行程流过视野,龙门至潼关,黄河南下130公里,潼关即其北岸风陵渡至桃花峪360余公里的东进,其中三门峡、孟津好像是谁不怎经意地各以百公里左右距离放在潼关至桃花峪的路程中间。如果再有一架飞机能上升到俯瞰这一段黄河高度的话,临风可见终生难忘的肯定是几大支流的入黄景观。汾河于河津、渭河于潼关、伊洛河于巩义、沁河于武陟,不知道能在多高的高处领略这样的壮景。伊洛河入黄的景象却是在岸上看的,在拜谒了杜甫出生的窑洞之后,下了沿河道走了相当一阵子的吉普,举目望去,水天一色的前方两道一纤细一宽厚的河道,传说中的邙山近在眼前,山下接纳了洛河的伊河水决绝前流、向着远处黄河奔涌而去的背影真是让人过目不忘，水就是在那一刻给我以有情的强烈印象，虽在此前我多处在诗文中读到过别人如是的倾吐。然而一条水流追逐另一条大河的感动在那个岸上我方才读懂。如果飞机飞得再高一些，可以看见龙门山和华山的对称，当然一个是峡谷的出口，一个是另一峡谷的入口，一北一南，仿佛对偶。另一对偶则是两脉东西向山峦，北中条，南崤山，黄河水从两山形成的咽喉间流过。再提一下升降杆，会有一脉更葱茏绵长的山峦跨入眼目——秦岭，华山、崤山都收入其内，它就是长江与黄河流域即南北中国的重要地理分界线。没有飞机可以乘，虽然真的梦见过。手执的这一份地图，可以俯瞰到同样的水脉山峦，只要心里有。黄河中游的下段包含着南流折向东进的著名大转弯，由此作为放射，北至龙门东至桃花峪这一河流带恰正是民族文化地理之重心。

这首以河命名的词之中段下阕不仅仅于地理上是一致的，于文化上它也为同一概念，术语为同属一种文化类型——龙山文化与仰韶文化带。北纬35度——神秘的地中海文明也在同一纬度——似乎总是暗藏机密的地方。只是那机密由于过于遥迢的历史而显得玄机一般，不易破获。译它的密码似乎因了历史的无法测定的波长而迟迟不能为常人所解译。能够依据的大概只有偶尔可见的不甘于深土湮没的一些零星物证了。正如在灵宝函谷关古址，从附近土墙下捡到了一些残瓦，同行者会提醒说是汉代的一样，在渑池仰韶村一间正砌着展室里沿那被保护的土墙瞻仰，无人能确定说清5000年前谁人居住，那个母系部落神话一般夹在专家的发掘档案里，我们能看到的只是远处坐落在韶山脚下的一个三面环水一面背山的素朴村庄。

　　已经很难说清晋陕间黄河唯一南流一段在历史上的具体地貌了。沧海桑田，几乎是山河不变的规律，今日历历在目的风景不知已换了几遍，经此作为舞台场景的大幕也开开合合不知多少回了——"换了人间"，场次、人物、背景，将那关于地壳运动的东西断层的猜想或测定推得远了，近在眼前的龙门真就像书中所言，是黄河出晋陕峡谷的最后咽喉，流经龙门山与梁山相距仅100多米的左右蟹螯，在晋陕峡谷两山夹挟间压抑了700多公里的大河奔腾而出，一派开朗之势。"溯源侵蚀"现象在此不甚明显，地图上却可看出突决出晋陕峡谷的一线黄河（河在这里作了晋、陕两省的天然分界线）突地豁然平阔的河面，加之南行不远河津汾河入黄的进步渲染——据说汾河入黄的具体位置历史上亦多有改道，南北摇摆，河津至潼关的这段黄河在地图上呈现着水阔浩荡的蔚蓝色。龙门的三叠之景被叠在了纸型里，因了水势的变化，如今难见。据说7月汛期，河水暴涨时还可复现那种水由北至西受西岩之阻折而向东、又遇东壁之隔而叠浪数丈如此往复的急流壮景，那时古诗里的

"龙门三激浪，平地一声雷"的词句真的是身临其境的。据说汛期时乘车于数里外的公路上，都能听到黄河撞山断门的隆隆巨响，而车到跨越山陕两省的龙门公路大桥时，会有山崩地裂的感受。"黄河西来决昆仑，咆哮万里触龙门"的"触"字在这里形象而有声，李白言及"公无渡河苦渡之"的地方不知道是不是这里，然而我真是欣赏诗中不惜以身家性命去尝试可能性的那位披发之叟的"狂痴"。在多年的印象里，他"径流"的姿态和以篌篌咏吟他的诗人本人是身影相叠的，所以相对于历代的由"茫然风沙"的忧患于水害的解读，我倒愿相信它的另一层意思，在"旁人不惜妻止之"的境况与"欲奚为"的追问声里，那位白发老人面对湍流与悬挂于"长鲸白齿"的命运仍然毫无惧色，仍要"苦渡之"。真的是一幅大美的图画。也只有李白能描出一二，而后人竟已失掉了领略它神韵的心气。如箭急的龙门之水确有"天上来"之感，还有它奔流到海不复还的雄心——虽然那句诗不一定是真面对着这样一派气象写下的，而枯水季或断流的旱季是只能抚着史书想象那水波在三层高度不均的石上激起的巨浪了。《禹贡》《汉书·沟洫志》《水经》中言大禹"导河积石，疏决梁山"的"凿龙门"之处、颇具气魄的禹王庙建筑群在侵华日军的战火下变作了废墟；郦道元《水经注》载"龙门为禹所凿，广八十步，岩际镌迹尚存"的地方与"降龙锁蛟"的那块巨石一样，难以证实和确认；传说中的"鲤鱼之跃"与"点额之笔"比照北魏人的文字更显得无从考证。可见的石坝、电塔矗立着，还有《黄河梯级开发示意图》上计划中的水电站，单从欣赏的价值看无法与古诗中的意境相比，然而在这个传说中大禹留下足迹的地方，建设者并未放弃人改善自然造福于人的梦想。审美由此转而功利，只是这个功利并无道德的贬义，实用的观念当然也毁掉了些诗意的东西，不得两全情况下如何取舍，其间的得失恐怕仍要由是否真正对百姓有利作衡器，将意念中某些文人的诗句与造福一方百姓以利生存放在一个天平的做法本身就是几近残忍自私的。所以我肯定那位在"公无渡河"呼声中仍要一渡的老叟，那种知其不可而为的痴狂也许正是几千年来大禹精神的化身。听人讲，鲤鱼跃龙门的传说也并非无稽。3月间，桃花汛时，真有人见过这一带水面上波涛翻涌间鳞光闪耀的大批不知从何集聚而来的鲤鱼，专为此而来并有幸见此壮景的观者不知在岸上作何种想，"春鳞汲浪"至今仍列龙门八景之首。

真的是很难见到史书上的一个真实的地理了。

浸润于史册的日子久了，会有眼见的一切反而不真的感受。一切都被冠以"曾"字，龙门峡谷的河中曾有分河水为三的两座石岛，西门、东门、中门，古称"上三门"，与三门峡形成格式上的对偶。江山真是无独有偶，作为主流的中门下游，亦有一块巨石，立于河心，称"水面石舟"。据说上刻"龙门"二字，只是河床淤积常没入水。这块巨石的位置也与三门峡的"中流砥柱"相仿，传说中砥柱石上也有"照我来"的石刻。龙门、砥柱，古诗文中这两个不同地理之胜迹常常并提，不知是因与大禹"启龙门，凿砥柱"的功德联系，还是它们本身地貌的相似已极。当然，艄公在此航进，面对着的也是与三门峡同一个问题，狭窄险陡、水急浪猛的壁崖上一定也有于三门峡下游不远见到的栈道，在用以固定舟船的石壁上镂刻出的"牛鼻子"和纤绳拉出的深痕面前，晃动着的其实是三两个叠印了不同朝代的一群人的背脊，阳光烈烈地打在上面，给看它的人带来一阵晕眩。疑心那脊背是一座山的影子，疑心重叠几世的背脊已经变作了河西不远的吕梁山。正是那一个背负青天的姿势。吕梁山，古称真是就叫"骨脊山"的，因其峰峰相连如脊椎，山西境内，这段北起管涔南至龙门的脊梁骨，绵延800里长，与它左侧的黄河保持着一样的北南方向。

龙门一桥飞架，串联起的不仅是龙门山和梁山，两端携秦晋，河津、韩城隔河东西相望。出龙门后的河水已是一派苍茫。东岸河津汾河入黄造就了大片的滩地，西岸韩城以出产大量的煤闻于当世，想来也是地壳运动而造成的断层，将整个一座热带雨林都裹了进去。远古的这块地上原来走着的成群的大象,一眨眼便换了角色布景,隆起的黄土高原,将成万吨泥沙累年月似的注入河流,真正将视野染成了一片浑厚。在这样的景致前站定,会看到心底卷起的冲天波涛。物、事沧桑,西岸的韩城一派沉静,好像并不急于发言,乾隆《韩城县志》中写与它遥遥相望的龙门,"两岸皆断山绝壁,相对如门,惟神龙可越",这就是司马迁的故里,那洋洋50余万言的《太史公书》最后的《自序》中言"迁生龙门,耕牧河山之阳"指的就是这里。那时称夏阳。韩城城南的芝川镇仍存司马迁祠与墓,在人们称为司马岭的土山之上,辉映了"高山仰止"四个大字的,是松柏的苍葱,从岭上可以俯瞰到出龙门后豁然开阔一派苍茫的黄河,可以想见这样的景象对一个人幼年所产生的影响,和它作为贮存又如何在成年后发挥着能量。从这个意义上讲,"一方水土养一方人"的说法不可忽略,这种"养"不止于生存之维护,不止于地里长什么庄稼、人长什么皮肤,大多数时候它是看不见的,是一种气血之养,于此我是信地气与血脉的对应的,当然人必须同时具备能感应它的性灵,或者真就具备着与灵性河山作深层对话的可能。山水与人确有着某种冥冥不可言传的沟通,这是自己最终会感觉到的,不然无法解说自然界中的诸种现象。"迁生龙门"一句,由作者写出,并不仅是一种自我身世的白描,其口气间当然氤氲着因这个认识而产生的自豪。甚至我想,司马迁早年即20岁时那场出游,他选择了江南会稽山作为一站的动机里,也多少含着这种来自龙门的自豪。《自序》中言及20岁的出游他只谈到了两个人——大禹、孔子,所谓"探禹穴"和"观孔子之遗风",也正是这两个人代表着他日后某种精神向度的生成。平民的,历史的,为底层的,百姓的,在考虑以禹代表的"帝"和以孔子代表的"士"时,其与百姓关系这个维度是他一直坚持的平民视角。他们还有一个共通的特征,知其不可而为的决绝,以及知其可为而必为之坚执。"上会稽,探禹穴",也许当时只是对故里山河的一种单纯的超地理概念的人性追溯,《括地志》言,"禹陵在越州会稽县南十三里。庙在县东南十一里"。传说禹会诸侯死葬于此,对于大禹,这是一生辛苦治水盖棺论定的功德圆满之地,他是足可在他改观创造了的大地上安憩的;对于司马迁讲,它还有另一层意义,"迁生龙门"的家门自报里其实已经表述了自己所赖以生存的水土里有英雄大禹的影子。传说中龙门即是大禹治水时凿开的,别名禹门口即是对他的纪念。当是时禹王庙或已建成,河岸之上的矗立不可能不在一个血热却弱冠的少年心底立下标尺,所以对于这个刚刚成年的男子,站在他的墓前恰是为自己人生选择的一个开始。《史记》卷二《夏本纪》可为这一情结的例证。当然他果真为自己找到了类近的结局。只是当时这缅恋藏得很深,深到大禹所代表的英雄气质和底层意识混合长出的在他真正成人后具有了那时尚无可觉察的一种"史记"的方式,而且出于料想,这种方式的形成在他还是一种亲历的前提。

司马迁的故事无须复述,皇皇史书即可代言。然而那《报任安书》写得诚挚,其间除与《自序》及《汉书》是重复、选入课本中学时即会背诵的著名段落——盖文王拘而演《周易》;仲尼厄而作《春秋》;屈原放逐,乃赋《离骚》;左丘失明,厥有《国语》;孙子膑脚,《兵法》修列;不韦迁蜀,世传《吕览》;韩非囚秦,《说难》《孤愤》。《诗》三百篇,大底圣贤发愤之所为作也。此人皆意有所郁结,不得通其道,故述往事,思来者。如此沉痛之语当时是只作为言志来读,时隔经年,那同一封信中无谁语的抑郁却凝成了另两句话——"谚曰:'谁为为之?孰令听之?'";"悲夫!悲夫!事未易一二为俗人言也"是另一句。少时不知所谓死生,如此苦涩,于那样的选择后,受辱似的活着,近日耳畔总交替响着这样两句,知道那易接受的心志之外还有难理解的承担,为什么而死而活,重于泰山轻于鸿毛的价值区分,也许多数境遇其指向不是自我,而是大于自我的一个概念,犹如那本重于一己生命的史书。心志之外,从中我读到了苦涩,正是这个言说了选择,不仅是生,不仅是写作,不仅是有所不尽的私心,形式之外,内核也炼定了,因为有"欲以究天人之际,通古今之变，成一家之言"的支撑，所以能"就极刑而无愠色"。"为谁做呢？又让谁听呢？"这句问话大约也是自省。反正在这样思想的文字结果里我们看到了沟壑隔膜，正史的真正意义树了起来，民众的声音加强了。这真是一个大于一己生命的选择。所以相对天道是非他会喊出"余甚惑焉！"。所以他会在以史写帝王以求客观更以心写底层以求良知，《刺客列传》《游侠列传》是他最带感情的篇章，其"立意较然""已诺必诚""不欺其志"的内质在肯认同时也得以在史册中形成它延续一个民族内里精神的公正价值观。"其义或成或不成"再不是作为评定的标准，比照于事功结局，人的位置处于中心，这个人，不仅是历史的人，更多的也是人格之人，而标准中最基本的，则是这个人是否站在大多数民众一边，是不是正义的代言。而且，这是一个标准，无论谁，帝还是士，还是民，汉代的司马迁于身世与亲证中献出了这一个通览不同阶层而在道义上绝对平等的心史观念。"为谁做呢？又让谁听呢？"这个有关一切所为意义的追问，恰逢其时。很难说由此而生的观念与那在故里河上不顾个人——其父因治水不力见杀——命运一心只想着疏通河道免除河患以保百姓性命的禹无关。"山河"，这是百姓的概念，较之"江山"这一帝王气多了些的概念，和"山水"这太过闲适的文人化概念言，可能正是给养了史家正气的根本。

韩城回望，城西北苏武墓所在的苏山与司马岭给人以对称之感。苏武的故事大概问任何一个小学生都会说得绘声绘色，然而真未想到苏武为什么会选择这个不是他家乡（其故里在西安）的地方作为冥界的安居。曾有陪陵的猜测，然而这附近似乎也没有什么皇陵。同生于西汉盛世的汉武帝时代，司马迁发愤著书的19年，苏武正在北海——如今的贝加尔湖牧羊，啮雪吞毡，是不降的代价，落尽了节毛的使节执于手中，直到花甲之岁归汉时仍不松手。这也是一个19年。仍记得《汉书》中写他面对卫律劝降的"不动""不应"。"在汉苏武节"，南宋堪称得上最后一位汉子的文天祥将之赞作汉代最有气节的一个。"时穷节乃现"。司马迁官做到了中书令，典属国、关内侯是为苏武加封的头衔，然而生命中严格贯彻自己原则的那个19年才是最为看重和不朽的。在它面前，中郎将、关内侯也好，太史公、中书令也好，只是一个符号或身份，对于那颗苦涩而赤诚的心而言，那些符号并不值得区分。

一文一武的对应，这就是韩城。

说到此，不能不说到对这文武两人都有着不解关系的李陵，《汉书·李广苏建传》中他与苏武同传，并原是一对至交好友；《史记》著者司马迁还为其祖父汉名将李广做过《李将军列传》，并且司马迁本人即因为之辩护惹怒了汉武帝而惨遭腐刑——从给任安的信中可知这一屈辱差点要了司马迁比性命更看重的志向；李陵降匈奴的经过自不待言，除了汉帝即做出杀其家人之齿冷之事使其彻底心寒之外，亦真的无有可为之辩白的地方。然而《汉书》中确写他时寄着同情，三件事让人不能相忘，三件事均在降后，一是李陵面对劝其归汉的使者的"嘿不应"，以"吾已胡服矣"回复，之后最终剖白"丈夫不能再辱"，暗含对汉帝的不信任；二是李陵去北海看苏武，两人在帐篷里喝酒，在劝言无效感苏武之至诚"义士"的喟然一叹和泣下沾衿；三是送别苏武归汉前的起舞，"路穷绝""士众灭"与"名已聩""将安归"的自叹歌谣之后的"泣下数行，因与武决"都让人有说不出的滋味。近读一向被学界疑为拟作的李苏五言诗，心情也复杂得很，即使拟作，论者也承认其"有足悲"："请为游子吟，泠泠一何悲。丝竹厉清声，慷慨有余哀。长歌正激烈，中心怆以摧。欲展清商曲，念子不能归。"苏武的赠诗里看不到怨恨而只在惋惜。在未看过据说也被疑为后人托作的李陵《答苏武书》里，听说有这样横空一句——子归受荣，我留受辱——仍然是遗憾与决绝相掺杂的。

　　山河好像总有它天然的安排。韩城，这个对应着文武、生死、故里异乡的城市，每天由它至西安的公路上都有煤车疾驰，源源不断地向各地供应着它矿藏的能量。生命，连同它最珍视的自尊荣誉，于此，在一面浩浩汤汤的河水之滨，也被压折进历史的矿脉皱褶中，经历着淘洗、成形和最终的发掘。

　　川上多往事，唐人岑参"流血千万秋"的黄河形容里，当然有与黄河一样长短的历史。身带晚风，逝川日暮，这样一片山水里，蒲州、永济、解州仍藏着它们的秘密，1987年曾从风陵渡渡河进入山西境内，翻越当时给我极为峻险印象的中条山，司机一根根地抽烟，同行人讲说着几十年前的中条山大战，那次向运城的行程，一路跑过芮城永乐宫、永济普救寺、解州关帝庙。如今站在秦晋边界的黄河南流一段的终点处古潼关回望，一片叶子形的晋地图上面脉络纵横，西黄河、南中条的地势好像言说着它的优柔与刚劲，作为那片叶子底部的晋南，是一个去了就忘不掉的地方。单说永运沿线，再加上西北的夏县，就会遇到太不相同的人文和由此掀起的心理波澜。永济普救寺是《西厢记》故事原发地，这个故事里的三个主人公在处理自己命运时都相当不凡，唐代元稹、元代王实甫已写尽了女子飞蛾扑火的不惜与坦然应战的聪慧，当然那前提是遇上了比生命还贵重的爱的人。柔情与刚决而致的纯粹、机敏在此是经由两个女子完成的，红娘的称谓也正是自此后才被固定化为一种世俗尊语。寺经由明代重建，庭院错落有致，崔莺莺与张生早寻不见，但是爱情的美的愿望却仍在滋养着后人。再往北走，会看到运城解州镇西关坐落着的关帝庙。关帝庙的建筑散落于中国各地,几乎每到一处古地都能遇到。然而作为三国蜀汉大将关羽故里的解州,其关帝庙之古朴大气却是别处难以见到的。隋初修建,宋代重建,明代地震清代火患后,修复了10余年才回复了原貌。在正庙、两院、端门、午门、御书院、崇圣殿、石牌坊、钟鼓楼、碑亭之后,在清代帝王题写的"义炳乾坤""万世人极""神勇""气肃千秋"之后,在那把栏杆围起来约有两人高的大刀看了之后,面对面站在春秋楼里,面前台案放着一卷《春秋》的烛光下真人一般大小的关羽塑像前,有一种终于见到了朋友的感动。也许这正是各地百姓以供奉的方式表达爱戴的缘由。关羽这样一个叱咤风云的英雄,打胜仗的动机可能正是为结义桃园的挚友,所以出生入死、戎马生涯,只为那举剑血盟的承诺,也许并不复杂到非要一政权推翻另一政权而求帝姓正宗。从他单纯的一生看,政治政权之类我觉得离他的心态很远,这样一个勇武的红脸汉子,打理江山、朝宗正名一类哪会是他所感兴趣的事。他的战争其实只是为了应允曾给朋友的一个许诺——为了许诺,为了这个天平,他最后是连头颅都押了上去的。这是一个男子为友情的故事,它的诉说一点也不比哪位女子为爱情的付出逊色。1998年5月月中,去宜昌开会,所行一路三国胜迹,当阳为乘车来回之中,站名广播总不忘提示这是关公显圣的地方。所乘车次并不停车,走到两车厢交接处从窗门望去,可以看见一闪而过的红土。忠与义，关公实践了它，然而历代王朝统治只是偏重于宣传他的忠，友人被换作君臣，然而百姓记住的仍是桃园结义的关羽，一个视友情重于生命的男子汉。所以对于那"帝"的封号，民间仍习惯于"关公""关老爷"的称呼。四月初八和九月九，解州古庙会年年如是，已延续了千年。祭祀、朝拜的仪式变作了庙会这一通俗的纪念方式本身，其浓郁的人情味大概也是符合关老爷在他们心中的位置的。不仅解州，洛阳关林庙会也极盛。我曾亲眼见过成群的小脚老太太在据说埋着关公首级的冢前举香朝拜，之后在关林闹市里又看到头上顶着遮阳巾帕的她们。走过了摊贩的熙攘，你会知道关公的广泛民间性，你会亲切地感到一位英雄属于老百姓的愉快，想来它也是关羽本人的愉快。再往西北走到夏县，是司马光故里。水乡头小晁村有占地3公顷的司马光墓，这个宋代曾官至宰相的人却以文字而被人怀念着，皇皇巨著《资治通鉴》294卷占据了他生命里的19年——又是一个19年，为了写这部书，他曾辞退官职，居于洛阳独乐园终日孜孜不倦，所看重的除了"资治"之外，可能还有一个梳理——一个文人史家身份的对历史公正的朴素责任。一个时代总要有其优秀分子出来承负这样的"理"。晋南永运线近正是这样各以三个地点呈现着当时代均发挥到了极致的"情""义""理"，而且是情中有理，义中有情，理中有情义。巧合吗？风水之谜，真的是让人不能不信有情有义的河山。曾在一篇文章中读,"土地是有善恶刚柔的",这句话可以拿来说黄河绕了90度将之包裹其内的晋南。

在晋南,还发现这样一件有趣的事。我注意到这里有太多的亭台楼阁,几乎地地出名,好像这里的人特别喜欢搭建什么似的,他们似乎迷上了登高望远。庙、楼、墓、塔、寺、园池、祠堂与禅院,历朝代都有各自的机巧灵感。万荣汉武帝作赋《秋风辞》的秋风楼、纯木结构的飞云楼,芮城道教以壁画蜚声海外的永乐宫,稽山青龙寺的砖雕,永济普救寺能发出莺的叫声的莺莺塔,和只能在诗卷中领略"白日依山尽"的更上层楼的鹳雀楼。汉、唐、金,几乎每一朝代都有自己建筑方面的建树。这一现象引人遐思。汤汤大河之滨的山西人搭建构筑的愿望这般强烈,纯粹为观景的景观之外,是否也是一种心向高处的文化心理呢,这种心态以几乎历代不绝的建筑为外在形式的表现之集中,之奇峻,是我在其他地方未见的。

不仅如此,传说中的尧都平阳(现临汾)、舜都蒲坂(现蒲州)、禹都安邑(现运城附近)都在晋南,临汾南关的尧庙、尧陵至今还保存完好。加上龙门原有的禹王庙,如此,晋地当为中国历史上最早的三帝——初民之首领的活动区域,他们在此建功立业,为富一方。与之并行的,我还注意到同样的晋南,还有另一种景致与之对位着,万荣的后土祠、万荣东部的稷王山以及汾河北岸的稷山地名,前者是汉帝祭祀土地祈获丰收之地，后者地名中的"稷"字恰恰就是汉语中的"谷子""粮食"，当然也是后来引申到国家意义的"社稷"。并不只是说文解字的雅趣，从中更多感受到的是民众的底蕴。地灵方能人杰。这一方堪称"皇天后土"之地再次诉说出了这一简单的道理。

大概真要建立一门研究人、地关系的学问。秦地司马迁的执拗，晋地关羽的直正真的就与陕西黄土的憨厚固执或山西岩山石质的坚硬刚烈无关吗？地质与气质真就是泾渭分明的两个学科概念？长期以来，我怀疑"气质"一词是一地理学的词汇，不是说什么风土风水，而是应该有另外一种方法论，哪怕作为补缀。什么样的人能够与他生存的地貌相匹配，或是什么样的人养住了作为他气质外观、可感可见、付诸形的土地，如此水土衍生了人，人反过来亦成就了水土，在这样的互融互惠的关系里，水土、河山与人同是结果同是目的。当然说到此，就不再会是一种庙堂的学问，也不是那种硬要在地域里找出文学之因的时髦评论。它是一种时刻置河山于胸襟的抱负和冶炼。更多时候，它是一种身体力行的实践。

黄河由北而南，流至潼关一带，因有崛起的华山的阻挡，转而东进。五岳之首的华山像一头雄居秦地的狮子，"山高五千仞，削成有四方"，《山海经》中介绍它系花岗岩断层，最高峰海拔2100米，明人徐霞客38岁那年花了两天时间登游，其"山受啮,半剖为削崖"之句虽不是写河的,却也形象揭示了河流下切对其奇峻山势的影响,其北面的黄、渭平原大约可为其佐证。"自古华山一条路"极言其险,至今还未登临过,据说过十八盘即可看见天际来的黄河,当然隔百里外,只是隐见。而最出名的还是东峰壁崖上被称作"仙人掌"的大手印。《水经注》中"河神巨灵,手荡脚踏,开而为两"的山水注,经李白之笔则更添峥嵘——"巨灵咆哮擘两山,洪波喷流射东海"。这里的两山即指中条山与华山,传说两山原连为一山,是河神硬将之分开,让黄河从中间流过,归入东海的。有仙人掌为证。当然这样的传说不过是古人改造山河梦想的寄托,但让唐太宗惊讶异常的"千里黄河此一弯"确实也是事实。华山五峰犹如一只巨大的手掌,将奔流而下的黄河拨向东流。

西来一曲昆仑水,划断中条太华山——清人峻德《望潼关》里的句子极言潼关在黄河的这一转折中的重要。它依山傍河,东通河南函谷关,北相望于山西风陵渡,居陕东、晋南与豫西的一枚钉子的位置,地锁咽喉,黄河自龙门流出晋陕峡谷的开阔坦然之势在这里受到山势之阻而变得谷深水急。从地图上看,有两个潼关。听人说站在老城关址上,面向黄河方向,北可以瞭望横绝的中条山,南可以望见连绵的秦岭,左看是峻拔的华山,右看是崤山屏峰。古往今来,以其形胜赢得"关门扼九州"之喻的潼关,也是"大河落自天,奔腾东北走"境界的见证。潼关,还是黄河最大一条支流渭河的入黄处——这一点与接纳汾河的龙门河津也有相似处。这条源自甘肃的河流横贯关中,长达800多公里,习语称泾为南北渭为东西,便是由秦地的这两条水脉的路向而来。泾浊渭清,泾河注入渭河一段竟有一道清浊的界线,汉语成语中的"泾渭分明"正源于这一自然景观。渭河与汾河一样,也将黄土高原带给它的泥沙在潼关一股脑地带给了黄河。置于这样一个地理地位,难免不成为文人游子的心意寄托。相对唐人"满眼波涛终古事,年来惆怅与谁论"的沧桑之叹,金人"一水分南北,中原气自全"的气魄更大一些,近代谭嗣同《出潼关渡河》诗中更有"平原莽千里,到此忽嵯峨""崤函罗半壁,秦晋界长河"的概括。与龙门一样,潼关于黄河也起着锁匙作用,不同的是龙门是南北向晋陕峡谷的出口,而潼关则是东西走向的晋豫峡谷的入口。如晋豫峡谷间的黄河与那南流分晋陕的分界一样,这里作了晋豫的天然界线,习惯上人们叫它豫西峡谷,大约是预防与上一峡谷的串音。在此,"大山中开,峙立如屏"的说法绝不过分。而北中条南崤山夹挟着的河床正是黄河流程中的最后一道峡谷。

"滔滔东去谁能挽?赖有龙门砥柱山。"

与潼关的地理相近,中条崤山之间自然地理的三门峡是黄河上历代有名的关隘险峡。它坐落于三门峡市东北黄河谷底，相传为大禹治水时所凿，"大禹斧劈三门"在这个一眼望去的现代化城市已成神话，谁也说不清见没见过原鬼门岛上那对传说为大禹留下的马蹄印的巨大圆坑。河南岸崖壁上的那只脚趾向上的大脚印，《中国文化山水大观》书中讲它"长1尺余，深3寸余"，可惜我们无缘找到。找到的只是水电十一局提供的三门峡原址照片。40年前的底片在暗室里冲扩三遍，摄影师仍无法满意冲印的质量，毕竟半个世纪前的山水已离我们相当遥远。但从那大颗粒的成像上仍能领略三门之险。兀立河心的鬼门岛、神门岛将河水一辟为三，从左至右为人门、神门、鬼门三条河道——三门由此而来。距三门下游半里处，还有三座石岛竖立河中，自右向左分别为中流砥柱、张公岛和梳妆台。砥柱石枯水季高出水面7米，真正是"一柱定波心"。

3月，到达三门峡时，天正落雨。倒春寒的天气打乱了行程。但仍在陕县张湾乡白家岭一个叫蔡白的村子找到了世代为艄公的已年届七十的赵黑娃，他开始在太阳渡和北关渡摆渡时才十四岁。世家之外，也是为避免抓壮丁，他的父辈下过三门，和所有下三门的船工一样，在羊角山大王庙祭祀放炮烧了香后才敢一赌，真是押上性命的，因船无法回拉，所有不管是盐、粮的货船且无论杨木船还是柳木船到了三门以下多是平陆这样的商埠后一律卖掉，人回来，再重新购船。黑娃家原住的万锦滩之所以名震四邻,是因为那首歌谣——"道光二十三,黄河涨上天,淹了太阳渡,捎了万锦滩"。"修了大坝后,水患止住了",几平方米的屋子里坐满的村里的老人中的一位插言进来,原来我们来之前,他们正商议着另一件事——吃水。这个村是个移民村,从河边搬来39年了,打井总是打不出水,刚刚又有4个机井旱在那里。买水吧,一桶54加仑的水要9角钱;担水吧,十来里地呢,万锦新村270多口人家家只好挖池蓄水,不管是雨水还是雪水,在这里都是宝。靠天吃饭的结果是小麦收成、苹果挂果都大打折扣,他们正商量着找县里再想想办法,毕竟已经忍了这许多年,眼看着后代因为水找不着对象也是心焦的一件事。一边是洪水,一边是缺水,都是身家性命的事,饮水之患几世代来一直困扰着豫西群众,这件事惊动了国务院。中央于20世纪90年代兴起"吃水工程",拨专款打井,解决了一时之急,然而仍有更多地方尚因地质水层缘故情形得不到改善。比如从渑池县城出发去黄河边段村乡西柳窝村看道光二十三年涨水记录的那两块黄河洪水碑的长达4小时的路上,眼见许多村子在路边黄土崖上挖着一人高的洞,外面路边辟有一些连起来的人工土槽,还有架子车拉着什么进进出出的,下车去看,问正放学的一群念小学的孩子,他们异口同声讲是水窖。钻进去看,正在打窖的一农民用绳子提上来一桶挖出的土,半天我才明白是用来贮存从外面土槽流入的雨水或雪水的,怕它们浪费,人又没得吃了。再问,他除了"呵呵"之外好像什么也不想解释,那副已经惯了的无奈表情,和外面路边坐着歇脚的一排正念书的孩子的笑,让人酸楚地记得。从蔡白赵家出来,村里土路上果然摆着大排大排的封闭水桶,起先来时还以为是油罐,一位中年妇女拉着装着一只桶的架子车从我们身边走了过去。她一脸淡漠,我们彼此都无话可说。再回头时,几位老人仍站在赵家门口,那一刻我忽然想到萧红《黄河》里的艄公,他把兵士摆渡过了河后有句追问,那兵士在他"站住"的呼唤中也回过头,那问是:是不是中国这回打了胜仗,老百姓就得好日子过啦?那回答是:是的,……老百姓一定有好日子过。答话的人背影已模糊了,问话的人还站在沙中。记得他的两脚是深陷进沙滩里去的,任浸上来的河水打着小漩将它埋没。这篇文章写在1938年,那个艄公叫阎胡子,这件事发生在潼关附近,就距这里不远,很可能他就是这河岸边哪一村里人的长辈。60年前,就因为要守住那句回答他站了那么半天。

走三门峡大坝下游的公路桥进山西境,人门河北岸岩壁上凿有上下两排四方形的孔洞,绵延很长。据说有上千个,用来放上木桩作成栈道,间隔着还有一些牛鼻子样的石环,为逆水行船拉纤用的,正午阳光下那深嵌进石壁里的绳索印晃人眼目,说不清年代了,只知道是运粮。自秦至唐,三门峡漕运简直不逊色于现在时兴的任一种勇敢者的游戏,说那些吃到嘴里的粮食是拿别人的命换的一点也不过分。《水经·河水注》就讲过三门以下120里内仍有若干险滩。分布于黄河下游河南渑池与山西平陆间峡谷段的包括任家堆在内的阏流堆台被水利史专家确认为古代导航设施的遗迹。它用夯土筑成,经年风蚀已为柱状。即使有此导航,在急箭般的河上顺行凭的仍是勇气,逆行拉纤,则毅力之外别无所靠。陕人云:自古无门匠墓。门匠指的就是上三门的篙工。正是这条沉埋着无数航者骸骨的河岸滩地上,灿烂不觉得野油菜花依旧大片大片开着。

　　寻访史迹并不是件轻松的事,也许正是由于人要避开比不轻松更甚的苦难——不仅行船,更有洪水,50年代人民政府才下决心要改变它。矗立于此的三门峡大坝即是这一思想的结晶。在此之前,于砥柱河道,历史上多有改造山河的主意。据《陕县志》载,西汉鸿嘉年间的杨焉、隋代开皇年间、唐天宝年间、贞元年间,北宋乾德年间直至民国24年安立森提出建三门峡拦洪水库,都未能实施。其实从中华人民共和国成立到动工的1957年,中国人民政府一直都在积极地做着准备,其间还邀请了苏联专家的考察论证,终于于这年在全国最精英的水利工程各方人才会师于此后开工。坐在我面前刚办了退休的季老家在江苏淮安——他补充道当时许多人都是如此,哪里的口音都有，他只是当时以万为基数计的建设者的一个，他讲的那个41年前的故事好像正是昨天，又突然很远：那时候的人吃面条、除四害——太多的苍蝇蚊子，住土坯房，走沙土路，整个一个大工地，干活，出简报，露天跳舞，用不完的激情……"那时候的人"，我注意到他频繁用着这个定语，——只怕不进步，他说的这个定语里面的人我是熟悉的。在那部反映这一工程的新闻影片《黄河巨变》中我曾亲见他们的音容，如他说的真实，比他讲得生动。在波涛汹涌的随时可冲挟走人的激流中一位青年女子立身波涛只凭一线安全绳在焊着大坝构架，这个女子现在已长成了如季老一样身体并不朗健的老人。他们都有着这样那样的病痛，但是没有听到有人后悔。说到大坝，像说一个经由他们接生的孩子样，他们无一不眉飞色舞。那场青春就是这样被留了下来。对它的回忆里有着外人难以尽言的自豪。三门峡大坝有过两次改建，是因为黄河的淤泥造成河水倒灌，入侵渭河平原，这是50年代末潼关迁新址的原因。改造后的大坝因增加了泄洪洞和排沙系统而再无出现上述危情，真正实现了它拦洪、发电、防凌、灌溉、供水的功能。古话说"黄河清，圣人出"，怎么去评价这句话呢？历史并不都是直线的，但是劳动是另一种事，当人定胜天不仅仅是一句口号而果真地为富一方时，我想历史自会有它的公正。对于一石水六斗泥的母亲河，谁能说，"千年一清圣人出"不是一代代人依托于江河做的最动人的梦呢。

最漫长的文明史从来与最漫长的水利史同步。

从史前大禹斧劈三门到20世纪大坝像一把大锁锁住豫西峡谷的咽喉"蓄清排浑"，历史亦如一条长河横亘眼前。感叹的是，这里的土著或移民除了特能吃苦外，还有一种必胜的决心。仿佛这也成了一种水土。面对隔了一层玻璃放在蓝匣红绒里的依然寒光逼人的玉茎铜芯铁剑时，这种念头再次攫住了我。这是1990年发掘的一把西周晚期的剑，它不仅将中国人工冶铁史提前了一个多世纪，堪称华夏第一剑，而且让我们看到了战士的美感——那玉茎是以后如棠溪龙泉等名剑都不及的；在博物馆一出口角落里还找到了门口公布上的春秋大型兵器展，只是三块盾牌、藤皮涂漆，粘叠在一起，像是勇士的身体；在春秋路去看了虢国大夫的墓穴，车马亦是最主要的陪葬，"西有兵马俑，东的车马坑"即指的这里。崤函之固，此时会跳出来，注释这些个战争之外，还有捍卫或对峙的勇敢。陕州原为崇尚武勇的古虢国封地，天堑并无断送人的进取之性，而崇武尚勇的精神却可追溯到远古时代，比如补天的女娲、铸鼎的黄帝、逐日的夸父，史前这三个神话均发生在这里。灵宝阳平荆山黄帝陵的高坡上，可以望见延展狭长的夸父山，《山海经》中"……与日竞走，入日。渴欲得饮，饮于河渭，河渭不足，北饮大泽。未至，道渴而死，弃其杖，化为邓林"的文字仿佛活了起来，阳平原就叫桃林的，不仅这里，绵延于潼关东部一带，原都叫桃林塞，无论怎样，我宁肯相信这个在世人眼里痴愚做着不可能之事——追日，而死时还不忘造福于民将自己仅有的最后一点东西留给百姓的人物存在过。这个大男子，我信其有而胜于无。那些被称为神话的事物对于删繁就简业已枯干的史实而言，哪种更值得珍惜维护，我心里再无那一刻那么清楚。无论补天、铸鼎还是逐日，都相通于一种力的发挥，这种勇力，可能也是不怎么让人满意常常困厄于人的山水给的。所以，力是一种争，也是争战于生存环境改造的人的一种能量。这种能量，可以移山填海，持有这种能量的人，所为的恰恰不会是一己自身。所以我经常感慨古人某种今人望其项背的强大，从文字中即可反映出来，今人谁有这么大的气魄写一个人不明不白地硬要追上太阳，并还绝对是景仰的文笔。不调侃这样的人才怪呢。现代人不知怎么在失去了恢宏的想象力的同时还常常透着小气和狭隘。所以那种令人望其项背的强大里有别人，它的宽敞与健康放得下"富民"二字。

争的立意在百姓，而不在自己。这是多么的不同。与富民思想相连的百姓意识，大约应属棠荫下的召公了，因他通过与百姓在甘棠树下聊天而了解民情以资实政，百姓在他死后连甘棠树都不伐了，陕州因故才有"甘棠"之称吧。漫步

"楼压黄河山满座"的古陕州府所在地，不用讳饰我读到这个故事的感动。在陕县贺家庄那由青龙涧河冲削出的巨大台地上面，几世代生存着依黄土而生的人，在也被称为塬上的村子里，我见识到了天井式的窑洞，村人称它为地坑院，是在平地下挖二丈深大方坑，坑内四周再挖窑洞，院内总是种一棵梨树或苹果树。天井院式的土窑平均有百年历史，这样的村子几乎到处都是，有的地方还辟成景点作为一种黄土高原上独有的建筑形式或民俗风情供人参观。与有商业传统的晋地不同，豫西农民基本是以耕种为主，这一带人穷，没有搭建屋宇的材料，所能依赖的便只有黄土。不过现在已有很多家在旁边盖了新的砖瓦房。对于生活，他们不再只是适应，而是也想建构一些什么了。

　　这就是王安石也禁不住赞叹其生命力的"吹沙走浪几千里"的中原人。他们不用文字，只一形象就可囊括其全部精神。再次站在中流砥柱前，我这样想，"山见水中若柱然"，《水经注》里是这么说的，明人"峭壁雄流，鬼斧神工"八个字现存中国历史博物馆，然而在陕县展览馆我却找到了康有为写的"砥柱"二字，整个中州中国，没有比这再丰实的地气血脉了，黄土黄河不孕育这样的精神才怪呢。

　　黄河在中条山与崤山夹挟之下，在南村附近遇太行山系南脉王屋山的阻挡，稍稍向南弯曲了些，在旧孟津成形了它正东的流向。走读整个晋陕豫黄河南流折向东进一段，总会有这样的似曾相识，王屋山在此仿佛是给华山押了一韵似的，做着拔河的另副手掌。而隔河的孟津又有些像潼关，不仅在转折的作用，还有，它是黄河在上述两山之间豫西峡谷的最后一道出口。潼关至孟津一段，黄河走完了它的峻急之路。再往下，重现于人们眼界的脉流重新河阔水宽，出孟津而豁然开朗这一点，又可以在晋陕峡谷的最后之峡地龙门找到知音。山河常常有它的奇偶对称，而利用这一豫西峡谷出口之地利，经至少20年论证于1994年投入建设的小浪底水利枢纽工程，1997年10月与长江三峡大坝同时成功截流。这座迄今为止黄河干流上最大规模的水沙控制工程，屹立于《禹贡》"导河积石，……东至于砥柱，又东至于孟津"的大禹治水的地方，屹立于《易经》"河出图，洛出书"的龙马负图、伏羲创造文字的地方。1998年7月汛期它通过了来自中游龙门水文站测定7100立方米至三门峡库区出水5100立方米流量的黄河一号洪峰的自然考验——它的建设就是为消减黄河可能出现的特大洪峰的，中央台新闻报道这一消息时，我看到了那激流，和比那激流更顽强的建筑。13日至15日等待洪峰通过的两个昼夜与世界杯赛一样肯定熬红了不少人的眼睛。这是6月从小浪底库区岸上瞭望正紧张施工的大坝工地时的我该料想到的。虽与三门峡大坝有着地理上的对位，相距130公里小浪底还是接受了它兄弟的失误经验，建成后，不但可发挥传统大坝的多项功能，而且可使下游防洪能力从60年一遇洪灾提至千年一遇洪灾。能让黄河这条沉埋多少生命的不羁之河近50年未决口，单此一项就"功在禹上"，而治水人仍要将之更多地抚育这一土地上的生命。从岸上直起俯瞰的目光瞭望对岸王屋山的位置，那里原先也住过一个老叟，抱着移山的决心他不顾别人对自己"愚公"的取笑，让自己的儿子、孙子都参加了进来。他的精神在21世纪感动过一位领袖，他依此神话专写了一本册子，其中"愚公移山"四个大字和那篇文章被后人刻在王屋山下。1995年在王屋曾亲见那文字上面移山一家人的塑像。

认准了的，他们就非要干到底。

豫西、中原人的近乎蛮力的执拗还表现在一些难以想见的事情上且看夷齐祠所纪念的那两位弟兄。不继承王位以致弟兄俩互相推让而发生了避躲之事也罢了，到了路上相遇再结伴而行隐心求净事不关己也罢，可是偏不，他们偏要碰上周武王伐纣在此会盟的诸侯之师，而且偏要迎了前去抓住马缰绳不放，千军万马之前两位胡须斑白的老人偏要说服一个不以暴抗暴的道理。周武王当然不听，47只木船载了八百诸侯的近5万兵，士经三昼夜强渡黄河以日行70里之速师至牧野，一统天下，不仅创造了大兵团远征作战的首例，而且是周王朝近八百年统治的奠基。具体的战争中是不会有谁听得伯夷、叔齐的话的，在勇武代言正义的时代，伯夷、叔齐注定了寂寞。如果故事到此也不过是一失败者的结局，然而故事没有完，这两个劝阻无效的人为贯彻这一与那一时代格格不入然而却并非虚妄的思想，竟耻食周粟，上了首阳山。1998年6月中旬一个黄昏，终于攀上了偃师首阳山巅的我，突然觉得辞书里对首阳之地的冀、晋、豫的长久争论都没有意义，伯夷叔齐墓对我而言，只有祭奠和追怀。只是在面对那一眼可以俯瞰到的整个偃师城——如今它已高厦林立——的一刻，我再次想念那样一种坚持自己直至终极的思想，它同样是身体力行的。仍然长满荒草的山上连一条平坦的路径都不容易找到，更无从分辨哪种是被称为薇的蕨草。夕阳底下，二冢之前，那碑仍然直立着，仿佛风中挺身扣马的羸弱身躯。东邙山，西黄河，扣马村的得名（一写为叩马，同义）也5000年了。与淹没水里的会盟台不同，夷齐祠也被黄河淹没而先后搬迁三次，然而那方石碑还是留了下来，现在它正嵌在扣马小学临街教室的墙上。教室一面内墙上是整面的夷齐祠碑文，外墙临街一面是署名梅的人于嘉庆三月朔作的两首诗，"首阳山下古贤祠"的深夜接纳了这个驱马从首阳巅刚刚下来的人，"清风在高树"的句子里的景仰平添了诗文的清峻，在这个碑的上方，是"商夷齐叩马地"之匾。校园里有两位下象棋的老人，听说我是来看夷齐祠碑的，便停了"战役"，吕清阳老人84岁了，讲起夷齐之事，仍然有力地向前挥动着胳臂，"大王，你不能去！"伯夷拦着马就这么说的。自称先人是吕蒙正的老人这时的声音陡地一亮，那种骨直之感、那种高亢和凛然之气让人不能对这方水土小视。相比之下，武王会盟台自从没入河心之后，少见留下什么纪念，只是在老城的地名里会找到一个会盟镇，也许这是那段轰烈的历史唯一留下的遗迹。太史公如果知道这一点，大概会是另一种心绪——于《史记》中他那问是如此锐敏："或曰：'天道无亲，常与善人。'若伯夷、叔齐，可谓善人者非邪？积仁洁行如此而饿死。"以至对天道之公正坦言了怀疑。在老城里漫步，总会碰到一些读书人模样的人，焦老师带我到邢老师家去查资料，邢也已是73岁的老人了，他自豪地说从学校退下来后现担任着本地的政协委员，从他们的神情里我总能看到一种镇定自如、能够主宰局势的神清气闲。这是在远离河岸地方的人所不具备的。那位84岁的老人把他的字、号都说给了我，在他称吕蒙正后人的语气里，我听到的是引自己为读书人的豪气与自尊。

不仅夷齐，在偃师，武王伐纣后在此"息戎"表示再无战争的地方，仍然有一个人值得纪念。按图索骥，在赫田寨村南公路北侧却没有找到田横的墓碑，打听的多数人说法不一，约前两年或前几天还见到过，"就在路边草堆里"。然而身后的洛阳首阳山热电厂兀立的影子里，那墓碑的位置如今只剩了青草。秦末至汉的转折里，刘邦打败项羽后也扫平了齐地，建汉之后，田横将自己的寄身地选择在了山东临海的一座岛上，率500徒属东入海岛，刘邦仍不放过，派人讲要收服，并以赦罪名邀田横来洛阳一见。田横拒绝后，使者又以"不来，且举兵加诛焉"相威胁。为保住500人的生命，田横带两位随从踏上进京之路，行至距洛阳不远的偃师则拔剑自刎，并嘱二客捧其首级去见刘邦，所谓"……所以欲见我，不过欲一见吾面目耳……今斩吾头，驰三十里间，形容尚未能败，犹可观也"。足见他有极大的轻蔑。刘邦见头，大惊。故事到此并没有完，护送田横的二客在埋葬了田横之后也自刭以殉。刘邦又一大惊，真正领略了田横之客的贤德，派人招抚。哪知这样的故事仍没有写到结尾，那终章是500人听闻田横死讯后，全部自刭以殉。这就是史称"五百壮士"的故事。《史记·田儋列传》中，司马迁曾在文章最后解说自己将之列入传记的原因——"田横之高节，宾客慕义而从横死，岂非至贤！"之后，发出过一声喟叹——"不无善画者，莫能画，何哉？"也许正是听到了这声叹惋，徐悲鸿才在1928—1930年间创作了那幅巨幅油画《田横五百士》，它表现的正是田横与海岛五百士长相揖别的场面。无幸见到真品，然而就是俯对着这幅油画的印刷品凝视一会儿，也能体味到那种彼此间相互、完全、透明，却足以生死相托的感情。

不独黄河南岸有这种义士。北岸与孟津一河相望的济源，古轵城深井里，即是战国著名刺客聂政的故乡。《战国策》和《史记·刺客列传》中"聂政刺韩傀"的故事里让人动心的是"士为知己者死"，让人动情的却是聂政不想连累其姐在完成使命后"自皮面抉眼"，好让别人认不出他来，聂政姐聂荣则为扬其弟勇义之名抚尸而泣，终而自杀于尸下，将原本被男子独揽的侠之精神注入了新的内涵。郭沫若的历史剧《棠棣之花》就是写她的。曾问及轵城来人聂政墓的保护情况，来人一脸豪气，将军墓呵，有，还在着呢。听了这样的话，心里才安定了下来，毕竟人们还没有忘记，纵然有三千年的光阴隔在那里。仿佛是要与南岸形成对仗似的，北岸除了有已诺必成的侠士，在山阳一带（今焦作、辉县）还活动着一批其境界让人想到伯夷叔齐的隐士，时值魏晋，人们称其为竹林七贤。他们中的阮籍、嵇康一向以不羁闻于世，那种洒脱其实也是一种反抗当时强权暴政的形式。这形式里还加了酒、诗和一种称作独立于势的风度。如今，武陟县还保存着向秀和山涛的墓。说到山涛，学历史与文学的人都会知道嵇康那篇著名的《与山巨源绝交书》，正是这篇文字和作文字者与势的一贯不妥协态度，历史上才会上演那幕《广陵散》的绝唱。琴弦果然怦断，怦断也要发出磬响，这是这个早年在洛阳郊区打铁想逃避些什么也想锻造些什么的人的生命态度。

住在据那打铁地点不太远的平乐乡象庄村冯家院落里，可以遥望到城里看不到的星河。那也是一条河。而身边的这条河却是有生命的。在它的北、南两岸，我注意到侠士与隐士总是层出不穷。也许这是一条未被关注到的"士"之传统，那么，也是一条尚不被看见的河了。这些士，顶着隐或侠的身份，在他们最民间的位置上接近再接近着生命的极致，并在对生命极致的演绎中抵达着生命的朴素本质。如果尚有时日梳理的话，我认为那个本质或许也是人整个生活的实质，他们活着与死的选择，均不是针对个人的，在他们每一个人的个人单薄脆弱的生命里，总有一种强大丰满的生命力。这个生命力总在他们那一个体生命经历着关键选择的最后汇入进去，壮大了个体生命。这个于"他"而言的"生命"，是黄土呢？还是河流？还是那个造就于此的更生动鲜活富于生机的民间隐形结构？黄河穿过最后一道峡谷到达孟津之后，是基岩丘陵、黄土台塬和台地地貌，整体言仍是黄土高原的丘陵状延伸带，洛阳境内直至巩义的邙山地势仍然高峻，形如卧龙，走访邙山区域各县，才知"生于苏杭，葬于北邙"的说法绝非一句纸面语。虽未达到碑碣林立、石仪成群之境，但几乎路上的每片田里都有累累墓冢，有身为皇帝的，也有身为百姓的，他们都公平地享受着永久的宁馨。在称之为母亲河的巨型河岸上，那份宁馨，或许是一种再度获得生命的最好休整。

黄河总有它出其不意的对称，在这一段它接纳了南岸于巩义入黄的伊洛河、北岸于武陟入黄的沁河，两条河流一南一北的注入，很像黄河龙门之下南流一段汾河与渭河一西一东的汇总。地理风物，正因有这般对偶互衬，中原回望，才有"气自全"之势。在小浪底新村，我看到是矗立田边的成片楼房，因小浪底工程搬迁来的移民家水电俱全。更多这样的村庄分布在黄河两岸，一路上都能看到大片大片新建的楼房。工程附近两岸的窑洞已然成为历史，新安县西沃乡荒坡村的农民搬到了原阳县祝楼乡定居，成为库区的首批移民。在新安县狂口村，曾看到过第一批移民走后的村庄，砖瓦遍地，还有一些几代人经营的给他们曾带来富裕的硫黄炉和小煤窑，于这一片废墟前面是明人称为"天限狂澜"的黄河古渡口。在不远的时间里，这里的河水水位会抬高，直至淹没这块曾被称为家的地方。然而没有人发怨言，他们把黄河水装在瓶子里携带着搬家，在个人和国家之间，他们分得出哪头重，他们一向如此。在需要的时候，从不说个"不"字。问起他们还缺个甚的时候，大多数人摆摆手，或是像小浪底新村的人回答的：就是少地，不够种；离河远了。孟津平乐乡也有从岸滩上迁来的，把他们新居庭院门楣上的字抄在本子上，不独有"吉星高照""鹏程万里""紫气东来""天赐百福"这样的流行语，也有"惠风和畅""福种德收""钟灵毓秀""勤和家兴"这样的祈愿。追随着一条河走到这里,会与另一条河流不期相遇,像黄河经由了旱残的黄土地貌后,它也流经过沟壑断岩。但是也如黄河,它从来没有停止过奔流。站在这条河流养育的土地上,会强烈地感到公正,那种生生不息,那种顽强的再生力,和百折不挠永不回头的气质就这样"养"成了。

地气、河脉与血性的相融相黏,守住了山河的雄伟高拔、厚重绵连,也创造了一代代质直刚健、毫无媚骨的人物,他们仆仆于大河之滨,以短如一瞬的生命完善着"千重山色开新面,万里江河自古流"的大境界,虽然平日里,他们渺如烟波,芸芸众生里你都无法一一说全他们的名字,但水至中流,激峻的往往是他们。正是他们这种河流一般进取的存在,才让人知道先人"洋洋河水,朝宗于海,径自中州,龙图所在"的话在写地理之外,更在写人。

约100万年前,我们的祖先就已生活于山西芮城西侯度这片土地上,蓝田、丁村、仰韶各分布于大河两岸,中原作为中国之"中",是"华"族的发祥地,庙底沟发掘的陶器大多以花为图案,有人说那是中华民族的标志,黄河由此被称为中华民族的摇篮。在这个摇篮里,成长着英烈,也生活着百姓。而且,大多数情形里二者是叠一的。也许应该用一种"河流文化"来概括中原,河流的精神是从不回头地奔赴目的实现理想的精神,是永无休止地创造的精神。在晋陕,它如父亲,有着父性的峥嵘浩荡；在晋豫，它如母亲，有着母性的沉着顽强，融合着两种最优秀品质的黄河共同创造出了它坦荡爽朗的儿子——华北平原。

　　站在黄河进入华北平原的最后一座屏障——邙山之上，有一种望尽中原的感觉，黄河就是在这里——邙山脚下荥阳境的桃花峪进入下游，冲过了黄土地貌在南岸的最后一抹痕迹，奔腾在了广袤的华北平原上，它一泻千里、骤然开阔的气势，每一次都深深感动着站在这样一个中下游分界点上的人，走到这里，任谁也无法挡住它的勇敢，它亘古至今一直要彻底实现的东流到海的梦。

　　重浊坚毅的身影看了不知多少回了。

　　有河流在血脉中穿行的熟稔。

　　像水结晶为盐，像盐重回水中。

1998年6—7月

德之邻

在那静静的傍晚的河里
我看见他在继续旅行前临别时
曾一度照过自己面孔的地方。
风把那地方指给我看,
听命于他从水上刮走他的映像的悲风
至今还懊悔这样的做法。

风忧郁地给我讲述了他,
关于他的面孔,那被触摸过的面孔,
关于他在傍晚的河里的映像
在黑暗降临的夜晚之前
像现在一样。
他乘一只芦苇的筏子穿行而去。
为什么我仍坐在他很久以前离去的岸上?

不知怎的，我会想到帕尔·拉格克维斯特这首诗。多少年了，今天会无缘觉得这首诗写的是孔子，那个"他"。

  他乘一只芦苇的筏子穿行而去。
  为什么我仍坐在他很久以前离去的岸上？

对于山东，今天不可能写得比这更多更好。整个七月，我从济南出发，往西乘车走到豫鲁边缘，沿着黄河由西而东走了整整二十四天。经过的地点与人事已不及一一述及，孔子是一太大的背景，或者说"儒"这样一种只黄河才能蕴育成的文化是一太高的山峰，绕不过去。黄河在这里几乎不出现，隐形着，却无处不是真正的主人，从西至东走过的路线，还是中途在曲阜下了车。在一旅馆打过一个电话给一位朋友，他说走黄河你怎么走到曲阜了？而我知道，只要在山东看黄河，这个县城我绕不过。

首先是计划中的线路。从济南出发，向西经茌平、聊城、阳谷，经河南台前孙口过黄河南下，至梁山；看一眼郓城、鄄城，再东行，过大运河，过汶上、兖州，至邹城、曲阜；北上，看一眼大汶口遗址、泰安，北上济南，转而东行，过章丘、周村，至淄博考察淄川、临淄，再追东北向的黄河而去东营、利津、垦利、河口，一直到黄河入海口。这样一条路线，简化来看,即济南—聊城—梁山—邹城—曲阜—淄博—东营—垦利—入海口,再回到济南。

实际也这样走过。

如果把这些地图上标志的地点用直线串联起来,再加上北岸蓝色标志的黄河,正好像一张弓,而邹、曲两城至泰安、济南则好像是这张弓上的箭。那条东北进的黄河就是这弓的弦了。这样规划,目的在对齐鲁两种文化的识透,藏在行程里面的这个向往使那黄河之行向南移动,虽然邹城、曲阜地理上与黄河相隔迢遥,但内里质地却无一不浸染着河的文明,并反过来充实了另一脉与河并行的传统之流。这是我选择如此行程的原因。正好像一个胃口很好的人,在这方面有些挑食,曲阜的鲁国故城与淄博的齐国故城,重点看过,绕道而至,只为这一丝不苟。

只是这次曲阜,三孔之外,去了一个并不热闹甚至相当冷寂的旧县少昊陵——曲阜旧县村东北角高阜上的少昊陵,宋代修葺。1111年,一万块石头四面围砌,又称万石山。1748年,种柏树421棵,桧树4棵。现占地面积37亩。明清石碑22余。《史记》有黄帝娶西陵女嫘祖……生二子……其一曰玄嚣之记。玄嚣即少昊,是黄帝的二儿子。如今,门前可罗雀是一点不夸张的,加之去的时候又是黄昏,更是咳一声几进院都听得到。一些碑文嵌在墙上,一些碑躺卧在草丛,在少昊陵读碑文。与摩肩接踵的孔庙相比凭吊的人形单影只。"帝力到今良亦泯,独留遗迹镇山川。"于此寂冷之地,不知怎么会想到清人孔传铎诗中这一句。

走到最后,是万石山,以一万块石头垒起的陵墓,少昊——黄帝的二儿子安葬的地方,而那个大儿子——太昊伏羲墓则在河南淮阳,原也是古黄河河滨。

绕至墓后,才知万石山并不是最后,松、桧之间,还有一土坡,墓的形状,上面有踏得发白的小路。这样且行且住地走,想起的仍是邹城亚圣孟庙的寂寥,鹭鸟的遗矢将那明清巨碑上洒涂丝缕的白,也是几乎没人的,偌大空旷的院落,偶尔鹭鸟的叫声衬着,让人心安宁,又不免凄惶。途中生病的我走在里面,有一种丝将被抽尽的感受,不时得坐下来,喘息休整。因为旅游业的发展,曲阜的鲁国故城差点被导游混迹为新建鲁城了,而真正的故城标志竖在路边,路过的人是不看的,它立于曲阜与旧县之间公路旁,蒙着尘土。这一点,正像孔庙与孔府之间夹道间那个并不引人注目的孔子故宅门里,故井东面的孤立一壁,它寂寞地受着阳光投下的影,而以一方宅门将个热闹熙攘拒在外面。"鲁壁"注释,是一面用来藏鲁文化的墙,或者是鲁国用来藏文化的墙?秦焚书坑儒之时,孔子九代孙孔鲋到嵩山隐居之前将经典藏于孔子故宅墙壁内,到死也没有把它们取出,"……吾将藏之,以待其求"的思想终使"竹简不随秦火冷"，而使《尚书》《礼》《论语》《孝经》等文化保存了下来，据说鲁恭王刘馀扩建王宫拆孔子故宅时，天上有金石丝竹之声。明宣德九年、弘治十三年均有重建，后者是原址，就是这面刻了"鲁壁"碑后面兀立的墙了。宋人王禹偁感慨系之，在《鲁壁铭并序》中言："文籍不可以久废，亦受之以兴，……其废也，赖斯壁而藏之，其兴也，自斯壁而发之。"山东奇地，一面墙昭示出的一种文化复兴的可能。在那样一个下午，立于孑然兀立的鲁壁前，瞻仰，有种热潮慢慢涌上，尽管非凡的热闹、摊市的喧嚣在宅门之外，尽管孔林大门外络绎不绝的朝圣客走的甬道两侧是揽生意卖礼品的大呼小叫——可能也是儒文化重生轻死的一面，把个墓园外面都让人气笼罩着，充盈着此世信息而不让那死者太过寂寥了——但是仍然有这一面默然笃实朴素安然的墙，站立着，就足够了。

这是我第二次来看了，1997年冬是站在雨里，这一天看见的是覆在上面的淡淡的阳光。

鲁文化在这一刻已经不再拘于一地，鲁壁藏书使另一条河不至断流这一点决心，让后来人有说不出的感动。这大约是我绕行远路南下至此的原因。薪尽火传，有时候所借助的是一个物，更多时候，当物无法凭借之时，它所借助的往往就是人本身。

在淄博打听，又到淄川去。淄博北面，广饶与寿光西，临淄即是齐国故城，那里面现在有齐景公墓东、北、西三面环绕的埋有600多匹马世界上迄今发现的最大的殉马坑，霸业、实力、"千乘之国"，这就是史册上言"地方二千里，带甲数十万，粟如丘山。齐车之良，五家之兵，疾如锥矢，战如雷电"的泱泱齐国的今天的语言，站在那四野全不起眼的麦田、村庄环绕的墓馆里，106匹发掘清理出的殉马让人无话可讲，一面是600匹马可装备150乘，相当于一个小诸侯国全部军力的计算，一面是眼下5至7岁的壮年马，迷醉后分行排列，前后叠压，却均昂首侧卧，四足蜷曲，形若奔跑，其井然有致威武壮观的临战之姿所誉的国盛王威确让人无话可讲。推开好意递过来的留言簿，走出那个来者称奇但却让我心中有了一丝不快的展厅，极目而望，纵横的渠陌、错落的村落间，千年荒冢不胜其数，据说已探明的古墓葬有150座之多，管仲墓、晏婴墓、三士冢、齐王冢、四王冢一一看过，知道齐国之盛当是时不是虚名。在后来见到的1990年中国友谊出版公司《临淄文物志》上面对其中"古墓一览表"中从齐都镇到永流乡那串长长单子中的"无名冢"时，那一页——在临淄乡间跋涉的心事会熟悉地泛上来。阡阡陌陌，不及整合，昔者以"二桃杀三士"计得逞的晏婴与被晏婴以此计除掉的公孙捷、田开疆、古冶子三勇士，他们的墓城北城南竟不过方圆几里；还有齐桓公、齐景公建立的庞大基业——历经西周、春秋和战国主要历史阶段的齐国都城临淄——当时世界上最大、最繁华的城市之一,据史书记人口达40万人,而公元前3世纪至1世纪的雅典、罗马城中均不足20万人——以致史书上言"临淄之途,车击毂,人肩摩,连袂成帷,举袂成幕,挥汗成雨,家敦而富,志高而扬"的都城,如今虽有郊野百余座墓冢印证着曾经的繁华,却已是现今临淄区所属辛店北7公里的一个齐都镇,在它的苍陌与田野里走,问稍远一点的路人却是连个《齐记》中"齐城有十三门"的现存城墙的大小之辨都讲不清楚了。

也只能是在600匹殉了的马骨骸前叹嗟一二,那精力全花在了摆阔气上了。

宫殿遗迹、墓冢落布、青铜礼器、齐人文章,均说着一个"大"字,说着齐、夷东方的海阔之心;荒野夕照,心事丝缕,人事隔膜,如今仍能点滴捡起。

但是这些都不是我今天要说的。昔日的城郭,墓里的人。今天我执拗着要去寻的——尽管淄博至淄川近在咫尺,淄川在今行政区划上只是淄博的一个区,仍在途上折转迷了路——是另一座城,另一个人。

淄川城东七里,满井这个地名已经换作了蒲家庄。般阳古城几无痕迹,知道是又一册过去叠进了史书里。蒲家庄的砖门、巷道却让人犹如穿过时间隧道回到明清之际,只是装束衣着变了。迎面不复从前的，还有那从西门快走到东头的一个院子，那家居的主人再不能立身走出，近了细看，门楣上挂着一个"故"字，是来前知晓的，可是心里仍然重重一击。写鬼写妖，刺贪刺虐，这个人叫了"聊斋"的书房如今只剩下了笔砚与画像。74岁，身穿公服，手捻胡须，端然正坐，看那蹉跎前来的人，对视、凝思，那郁结未尽的话、一生失意却志向不移的话在桌、椅、床、几、笔砚间游丝一样动着，画像上的亲笔题字是：尔貌则寝，尔躯则修，行年七十有四，此两万五千余日，所成何事？而忽已白头，奕世对尔子孙，亦孔之羞。——这是那贡生的袍褂，在画师与儿子的撺掇下穿上，画像完成后便后悔别扭，"为余绘此像作世俗装，实非本意，恐为去世后所怪笑也！"真情流露处，无人在此自嘲前哂笑，只是敬意悲凉杂在一起，叫来瞻仰的心情有些乱了。我知道那桌、椅、床、几的来历，这些旧物背后的另一个人——不是主人，而是那经历曲折磨难将它们一一收集聚齐的人。他也与这桌椅的主人几无亲戚血缘关系，顶多只是一乡里罢了，却是一个读书人。正因为同是读书人，虽然相隔百年之多，也仍然变卖家产从各流失地将之一一买回放在这书房里；虽然斯人已去，也还想在这样一个书房不过十平方米的空间放下一颗读书人的心。一个单纯的愿望，让后来者能够祭奠，能够自勉。斯人已去，如今连这个收集的人也已去近三十年了。只是他的"聊斋"二字悬在墙上,默然无语。人们穿梭而进,而出,他们是来看聊斋堂主蒲松龄的,竟没有人知道这一切井然有序之物的后面还站着的另外一位叫路大荒的人。

这一点,倒是暗合着蒲松龄生前的命运。

那也是一个生时未享受到任何荣宠,却穷尽心血著书的一介布衣。较之与同代文学家王士禛比,他既无"有台阁之望"之高官地位,又无"神韵派"一代诗坛盟主的社会影响,真正是糙纸贱墨、敝衣褴褛、寄人篱下、一生潦倒的。

清贫生活,耿直个性,读书人那里,总也互为反正,几乎是布衣书生避逃不开的宿命。

但是,忧愤为文,命蹇而不遁世,让"健忘已足征老困,病骨可以卜阴晴"的衰弱身躯也能在文字里透炎凉显温度,却也是那不为事功拼尽全生的一份佐证。

"原只有这三间房,西院是扩建的,蒲松龄生前家传并不富足。"

只想在这样屋中多待一会儿,一个人。待那熙攘走失、散尽,看着他出生和"临窗危坐而卒"的地方,除了33岁至71岁之间的在王村西铺石隐园毕家的设馆教书,这间房子见证了他的生与死。

那生、死也是如此之近,尺平方内。蒲氏的墓在村东南一里地外,古柏素砖,距这居所的距离并没有他生前长达30年在明代户郭尚书毕自严家设馆教书"往返百余里"赴王村镇西铺村的路途远。他不是那颠沛流离、从外部看去历经坎坷的文人，然而内里的熬煎磨折却丝毫不逊，甚至有过而无不及，倒不在眼见表面的科举不进、仕途不升的世事浮落，而在内心对此体验中化作的灵肉之苦——那自知不容于世而对世的怀疑焦虑的一份忧心。至死方休，确乎如此，被这样责任纠缠！《梦狼》《续黄粱》里有官虎吏狼的不放过，《三朝元老》《张氏妇》有人格、尊严的辩驳，《乔女》《荷花三娘子》有爱、敏感的想见，《田七郎》有济贫扶危的义女侠男，在史实笔录已无法记个现实社会时，他转而在鬼魅世界里辩污理序，以这个非理性世界的衬托来作这更非理性貌合秩序的世界的镜子。公道不彰，愤气填胸，郁结成文。这样选择，他是知道后果的："独是子夜荧荧，灯昏欲蕊；萧斋瑟瑟，案冷凝冰。集腋为裘，妄续幽冥之录浮白载笔，仅成孤愤之书：寄托如此，亦足悲矣！嗟乎！惊霜寒雀，抱树无温；吊月秋虫，偎阑自热。知我者，其在清林黑塞间乎！"这最末一句，已是大觉；比较在济南院试时《蚤起》题下写的"君子逐逐于朝，小人逐逐于野，为富贵也。至于身不富贵，则又汲汲焉伺候于富贵之门，而又犹恐其相见之晚"的试卷中对富与贵、君子与小人的书写划分——那也一针见血——有了更壮的气息；比较他在江南高邮幕宾短暂生活记录的《感愤》诗——"漫向风尘试壮游，天涯浪迹一孤舟。新闻总入'夷坚志'，斗酒难消磊块愁。尚有孙阳怜瘦骨，欲从元石葬荒丘。北邙芳草年年绿，碧血青磷恨不休。"句意也有所进——就是：更不信了，不再对现实抱以天真，更多的力量由外向内，敛入心斋，孤愤、狷介并不在形容表面、行为艺术，而是切嵌入字里行间，然忽而一夜，披衣振起，抚凝冰案，对暗昏灯，续幽冥录，也会暗中自惊：寄托如此之悲，还在于不能与人常人语。故而抱树没个温度，依阑只能自暖，这样人间，大失望，在知己未见、同调难寻，所以才会发出"知我者，其在清林黑塞间乎！"那是对身在其中的现世的大拒绝了。

凉意沁心。不幸言中。

松龄墓前曾有清雍正年间1725年张元撰写的《柳泉蒲先生墓表》石碑一方，1966年秋此碑被毁，砸碑不算，还掘墓，以为其中必定有金银玉器等陪葬物，却惊讶于几无甚物。据传有一个烟袋嘴、砚章什么的，无从查证。掘墓人哪里会读过他《蚤起》试卷中的富贵之论，而对《柳泉公行述》中"放怀诗歌，足迹不践公门，因而高情逸致，厌见长官"之述与对仰其文名的淄川知县的亲履斋庭"不得已延而后见"之行有所见闻呢？不读书年代时的狂躁与无知又如何能够解释"天性忼直"孤介之士的不折腰事权贵——他们眼里，是混而同论的。又怎么要求他们知道？！知我者，其在清林黑塞间乎！——一百多年前已经说下了。言说这话人所经的心碎,比这酷烈。

现在这碑,由1980年据原拓片重刻而立。

……肆力于古文,奋发砥淬……孤介峭直,尤不能与时相俯仰……陁穷困顿,终老明经,独其文章意气……

是那碑上的字。

然而无论耀当时还是垂后世,似都不是墓主生前所求,评点定论也不为他所关切,我倒喜欢他决然舍去地一甩袖子的决裂,有些割席之意,那边是污浊吏治,这边是满井清林。"而其生平之佗傺失志,濩落郁塞,俯仰时事,悲愤感慨,又有以激发其志气,故其文章颖发苕坚,诡恢奇垒,用能绝去町畦,自成一家。而蕴结未尽,则又搜抉奇怪,著有志异一书。虽事涉荒幻,而断制谨严,要归于警发薄俗,而扶树道教,则犹是其所以为古文者而已,非漫作也。"

因为有大失望,就将那知己寄寓清林黑塞间的狐了。只她们,还有着世上无有的真、美,世上不解的贞、烈;内质里与作者有着缘结。但是要只解为志异荒幻、谈狐说鬼之书,确是对《聊斋志异》的委屈,后人品评,恰也多为此看,将之作了六朝志怪、唐传奇的历史飞跃与文学发展,包括"短篇小说之王"这样的称谓也有意无意遮盖了蒲氏耿直孤行、愤世嫉俗、寄意异史的更深层的一面。那可不是文辞华艳、叙述婉转或者灵虚出尘又人情可亲所能概言。

鲁迅"出于幻域,顿入人间"语这部文言小说的压卷,文人小说的天鹅歌,我理解的只是那柳泉路边瓷罂中的苦茗,那不以幽居自恋而昭示清高,反而深入俚俗而结构反叛。

易宗夔说他:"每临晨,携一大瓷罂,中贮苦茗,又具淡巴菰一包,置行人大道旁;下陈芦席,坐于上,烟茗置身畔。见行者过,必强执与语,搜奇说异,随人所知,渴则饮以茗,或奉以烟,必令畅谈乃已。偶闻一事,归而润色之。如是二十余年,此书方告成……"

如今,这样的事情,二十年如一日,谁还去做?这样的场景,也已久违。不独志异一书,1704年,65岁时,淄川遇旱、蝗、蜚灾,岁歉,而他有文《记灾前篇》《记灾后篇》记录,并写《上布政司救荒急赈书》《流民》《饭肆》等诗,并完成了《日用俗字》书。1705年,66岁,《农桑经》书成。两书可作民俗志读,前者分庄农、养蚕、菜蔬、杂货、裁缝、争讼等31章,主写民俗事象;后者分农经、桑经,又分上粪、喂牛、耕时、种谷、锄麦、沤麻及择种、浴连、蚕室、择叶、上蔟等。在此之前,有《小学节要》,此后有《药祟书》(今不传),另有《墙头记》等通俗俚曲十多种相传。其心可鉴。较之酸腐文人,乡夫野民恰是蒲氏作文之始终。

柳泉风景,已经新建。满井寺也已重修。还有那个采风亭。松林之间。坐下,可以听涛。然而蒲翁雅志不再,那个煮水烹茶与路人友、居穷村陋舍也不弃社稷之忧的心怀又到哪里去找?

知我者,其在清林黑塞间乎!

蒲氏只说对了一半。

就在不远,另一个甘坐冷板凳的穷书生出现了。他,是我此行的目的,是我前面说过绕行淄川要找的那一座城中的人。

走进菜园村路士湘老人的院落时,引领我的在路上打听正打听到了他在砖厂工作的孙子敲着门窗,我看了下表,两点不到,怕是在休息,有些犹豫,要不等会儿再来,说话间他的孙子竟拉响了墙上的一个线绳,铃声大作,里屋有了响声,于我愧疚间一位老人开了门。

就是我要找的路大荒的二儿子、82岁的路士湘。

在那两间加在一起约有30平方米的乡下平房里,路士湘老人为我摊开《蒲松龄集》《蒲松龄年谱》以及收集的聊斋遗文——那手稿与印刷物混在一起,床上堆不下,便摊在贮米缸的盖板上——像摊开一个我已无缘见到的生命,那个生命结束在1972年,那一年我六岁。

故事从19世纪末20世纪初展开。路大荒早年上儒学四载，启蒙人正是蒲留仙（松龄）后裔蒲国政，那关于一个人的逸事先是听得，后是读来，由人至文，再后是执迷到搜集，研究，有流落于民间的聊斋文稿无论存何人之手必前往谋求，以致变卖不厚的家产也要得到。1936年，上海世界书局出版其《聊斋全集》，是蒲氏逝世200年后首次大规模作品问世的大事，文坛的目光第一次被吸引到这样一个村庄里的民间人物身上。如今已无法细述那样一个以蒲学为宿命的线头了，只据说先是加入同盟会，后任教员与警佐的他，一次与邓恩铭二叔淄川县长邓国瑾曾有这样一番对话，大意是：人生行为如黄河流水奔泻千里，决之东则东流，决之西则西流；若受制约可流入大海。希望对事业有所选择，好自为之。从他20年代偃武修文而到民众教育馆一心沉入蒲氏著作中，可见此话分量。从此，生命打开。

然而劫难也随着岁月来。

1937年，日军侵华。次年路大荒家被焚烧，书画尽失，他隐居历下柳园街15号，设课教徒以维生计，仍不忘对蒲文搜集整理。1939年赴京归济，曾有《游燕歌》自况：年年株守书卷如蠹鱼……老妻劝我置田宅，弱女索我买绢丝，一见古玩都不顾，数年书买文钞，积得满屋尽废纸。去年三月一劫火，……

心如刀割奈若何?……嗜性不改今已老,细思量还是读书好。深山结成一草庐,一灯一砚度晚岁,且读人间未见书。

……坐愁城……困如我,朝朝抚古三摩挲,……半生贫贱,清苦自守。

是在《聊斋全集》出版之后。

1954年参与修建蒲氏故居,正是前面我说桌椅床几等旧物历尽艰苦一一搜罗了来,亲写隶书"聊斋"二字悬于书屋。这年编订蒲氏全部遗作的任务开始,寒暑无间,时经六年,文四百五十余篇分十三卷,诗一千零二十二首按年编作五卷、续录一卷,词一百二十余阕作一卷;杂著二种,戏三出,俗俚曲十三种,终成123万8千字巨著,1962年由中华书局出版。为《蒲松龄集》,它比1936年《聊斋全集》多60万字。20多年,60万字,我知道其中辗转,正像蒲翁当年,并不只在书斋中的,那校勘的根据首先也在乡里野间,跋涉、收集、辩真,如果一一计入的话,多出来的不止是60万字。何况这20年之战乱流亡,劫火焚心,无可言述。

此前的1952年,此后的1966年,竟将他上述收集的包括聊斋文集手稿在内的文物查抄处理。后来,重新收集的聊斋佚文,元史底稿被抄走,那时是连蒲翁的坟都敢掘的,何况民间乡里的一个研究书生路翁呢——这一年,他已71岁。

后来，我在结束黄河之行后读到《中华读书报》上《背着蒲松龄手稿逃亡》，它记述了路大荒一生与聊斋的缘结，其中有这样的文字写到这段历史：……房子从前满满当当……而今……四壁萧然；地面的砖头都因检查而被起掉了。房间的墙角上还有一块小石头，那是一枚印章，上面写着"历劫不灭"，那是50年代由王献唐先生撰文、由名篆刻家刻的……而今却什么都没有了。前来为路大荒看病的医生惊奇地问："你们家不是文人吗？怎么连一张纸也没有了？"

猝然心痛。我不知道当年路翁如何答对，可是却能看到他默然淡漠的神情，那是比痉挛还要悲凉的，一个70多岁的老人的心再无法复原到完整，他也再没有可能从生命那里商榷到更多的时间去完成那个夙愿了。

——聊斋文稿远不止120万字。

这就是如今我待在的这间"未版书屋"名称的来历，书屋主人路大荒的次子路士湘现也已是82岁的老人了。书屋的墙上挂着他父亲的遗像；他递给我关于他父亲的资料上写："平生无长物，唯'著述辑柳泉身后遗篇'有痴情"；他在我面前摊开在盛米缸盖案板上的已经整理有20余万字的一部分聊斋遗文，"集外集"注，一律毛笔小楷书写；这就是他们父子间的约定，那未完成的《蒲松龄年谱补遗》由父亲转到了儿子手里,成为他的生命支撑。环顾四壁,现代家具无有一件。米缸上、桌、椅、床上铺满了纸,床下面也是纸箱叠摞。天气酷热,主人递给我一把扇子,家中唯一电器就是那个墙上的叫醒电铃,路士湘老人的耳朵已经听不到普通的叩门声了。

由历城郎帽山至菜园村孝妇河大桥北河与岸村设的公墓,我最终没有去,据说梁漱溟亲题墓表。路大荒的墓志铭是:盛德不显,有功不矜;高风亮节,报效国恩。得时则驾,日月胸襟;半生贫贱,一代闻人。留仙知记,永垂竹帛。

睡在墓里的人,也76岁,和他终生追寻研究的蒲氏卒龄同岁。

路士湘老人给我的一份资料上引用了《齐鲁周刊》上《路大荒与聊斋》的一段评价:路大荒第一个考证出蒲松龄是蒙古人;第一个准确推算出了蒲松龄的生卒年月;第一个纠正了胡适之把《醒世姻缘》列为蒲松龄著作的糊涂考证。当然最值得一提的,他是蒲松龄身后第一个满怀深情为之出"全集"的文章知己。

打动我的正是这段话的最后四字:文章知己。我知道太难。遇上不易,幸运者无几。然而蒲翁有幸,卒后200年仍能有一个人为他的文不惜历尽劫灰,在战乱年岁竟背着他的手稿逃亡，这是怎样知己！路翁亦有幸，尽管蒲学研究让他苦头吃尽，家徒四壁以致除"补遗"之嘱作为遗产留于后人外再无别物，但他从蒲翁那里找到了将这尘世一一穿越的不朽精神，使那生命不致终老乡野而焕发出一个个体融入到真正文化中去的光亮。两个人，在200年的两端，无缘已见，却灵息交换。此中神韵，谁又能比？再者，一代完成不了，将那文嘱托付于再一代，路家与蒲家之间原无有任何亲缘血脉，却是文化做着他们两家的递进，这种肉身相传的方式，又有谁能比？

"历劫不灭"，那枚墙角落里的小印章上写着的，这个文人之家，连一张纸都没有了的时候，仍能薪尽火传，父子相递，这样精神，又有谁能谁比！

淄川城，东有鬼谷洞，鬼谷子曾隐居之地，黉山有汉大儒、经学家郑康成教授弟子门人的书院，东北有乐毅墓，西有苏秦、庞涓墓；淄水从城边过，入小清河，再入黄河、再入海。这样一个人文地理，不应忘记的是一向被认为齐文化的文化里也流淌着这样一种血，它浓浓的，往知识树干中注入着。而那棵大树之所以枝繁叶茂，全靠了一代代相识或不相识的人往里面自觉输入的他们的血。

子曰：德不孤，必有邻。

菜园村与满井庄（现蒲家庄）只6里地，然而路大荒用了一辈子走，不够，再搭上接续他往前走的儿子。

出路士湘家，绕到土巷里，才看见面前白白的太阳光照彻的道路，我知道其实是文化中的我在接受着一次输血。

仿佛看得到那面孤傲兀立的"鲁壁"，那个下午不断地回放，叠画与重写。

路、蒲两人墓也不过6里之遥，写一个人，真正地将生命叠印进去，甚至在76岁卒年上都不差分毫。一介书生，儒之布衣。

那火在走。

尽管已没有了泪，但我知道那真正打动我的东西。

它在底层。它一直在那里。它没有变。

早年读论语，《述而》中有一句："子在齐闻韶，三月不知肉味。"抚读之时，心中总生出一丝疑问与好奇，怎么音乐与吃肉可以相比？有些可笑，有些天真。后来知道韶乐的可歌可舞可奏，其陈容、规模、气魄都大，是从远古虞舜时期即传下来的，又称萧韶。分九章，又称"九韶"。其声高雅、盛大，"尽美，尽善"是孔子的又一评价。再后来，七月月中在齐国故城大城东南韶院村一学校外墙侧院中终于找到了"孔子闻韶处"的石碑。门上落锁，来人才开，看我风尘仆仆的样子，管理员打开了锁。这样进去，这样一个人,在那样院落,树叶生长的声音都听得到呵。再后,在《临淄县志》中辗转查到——"相传嘉庆年间(1796—1820),于城东枣园村,掘地得古碑,上书'孔子闻韶处'。后又于地下得石磬数枚,遂易村名为韶院。至宣统年间(1909—1911),古碑已无下落。本村父老恐古迹淹没失传,故另立石碑,仍刻'孔子闻韶处'"。

在那个后人考证就是教坊之地的院子里,背着行李远道前来的我一脸肃穆,我知道的,有一种音乐如丝如缕,虽不再盛装上演,却从未断裂。即便琴摔,即便弦断,那琴师用自己身体生命交接一代几代数代也要奏成音乐。

这样音乐!谁能拒绝。

2000年11月

后记

我为什么写作

2020年9月，我休年假在上海待了20天，收到中国海洋大学温奉桥教授微信时，我正坐在奉贤姐姐家的院子里的一方桌子旁，在打开的手提电脑上写《"新人"变奏曲》评论，评论的副题是——"王蒙《组织部来了个年轻人》《布礼》人物形象解读"①。当时院子里的两树桂花刚刚开放，在金桂初绽的香气中，远离尘嚣，写一篇题为"新人"的评论，是一件惬意而舒适的工作，同时也有一种富于激情的宁静。在对林震、钟亦成的重读中，我遭遇了某种创造性的写作喷发。桂花的香气若有若无，秋天的阳光时隐时现，我的感觉一下子打开了，一天10000字，完稿。正是在这样愉快的写作中，温教授在微信中问："何老师，请问您讲演的题目是？"那方桌子上的茶

---

① 何向阳：《"新人"变奏曲——王蒙〈组织部来了个年轻人〉〈布礼〉人物形象解读》，参见何向阳总主编"百年中篇小说名家经典"，王蒙《布礼》，河南文艺出版社2021年4月版，第235—253页。

杯里，正好有刚刚沏好的竹叶青，茶叶针针竖立，有我特意摘的庭院里初开的桂花撒进去，稍稍离开电脑中一行行文字的片刻，望着水中漂浮的黄色的小小的花，我不假思索地在手机上回复：我为什么写作？

之所以说不假思索，因为直到现在我都有些怀疑自己。几乎所有的对微信、短信的回复我都有拖延的习惯，而能够在收到微信几秒钟内回复，而且是有关一次需要认真准备的讲演的题目的，在我是第一次。回到北京家中，我和我爱人讲到此事，当然也包括这个题目。事实是，这个题目到我来青岛的当天还只是一个题目，没有任何前期的文字准备，有的只是以往的写作经验。我爱人提醒："你在其他地方的讲座都有了那么多现成的稿子，为什么不从中选一个？这样讲述起来会容易一些。"我也在想，为什么我不那样做？为什么当时会不假思索、脱口而出？这个题目里面到底有什么东西打动我，吸引我，使我有讲述它的愿望和勇气呢？

选这个题目演讲，其实也是在深问自己这一个问题：我为什么写作？

但是，我为什么写作？——作为一个问题而言，是没有标准答案的。它确定的答案就是完全不确定，而且，作为一个真理而言，它真正是因人而异。

或许冥冥之中就有这么一问的。我想到了28年前——1992

年，王蒙先生曾写过的一篇文章——《你为什么写作》[①]。也许是这篇谈为什么写作的文章，在我在姐姐的院子里与桂树相对时，不自觉地跑到了我的脑海里，使我灵光一现、神差一般地在手机上按下了"我为什么写作"这几个字，发送给了温教授？

我也不得而知。

或者是，我为什么写作——这样一个问题，也是从十多岁写下第一首诗时就开始冥冥之中要我一个答案的问题，而这40多年来持续不断的写作，我写下的所有文字其实都是在向自己求证——我为什么写作？较之结论而言，它更像一个过程。的确，我从未直接回答过，也不曾在文字中设问，更避免着向自己发问。为什么？

回答这个问题之前，我想回顾一下与此关联的我的一篇文字，题目是《文学的功德》[②]。在这篇2010年——整整10年过去了——的文章中，我援引了伏尔泰的一句话——他那句话字面上似乎无关文学。伏尔泰说："工作可以免除三大害处——贫困、罪恶和烦恼。"我理解它是说工作的结果使我们产生了物质的产品，物质的产品使我们解决了生存意义上的诸多贫困，

[①] 王蒙：《你为什么写作》，参见《王蒙文存·你为什么写作（创作谈文艺杂谈）》，人民文学出版社2004年1月版，第396—399页。

[②] 何向阳：《文学的功德》，见《作品》2010年第7期。

工作的过程使我们避免了罪恶，专注的工作带来了与烦恼不同的愉悦。但是文学创作、文学作品，如果把我们写出来的文字也作为一种产品的话——它当然是一种精神产品，那么这种工作是否使人类免除了伏尔泰所说的三大害处——贫困、罪恶和烦恼呢？

就这点来看，答案好像并不乐观。首先，贫困没有因为文学的存在而消失。从《诗经》开始算，文学在中国存在两千多年了，但是贫困仍然不曾消失。我们小说、诗歌这样一些精神产品的存在，我们一代代作家的努力，并没有消除贫困。而且文学，也不能直接消除罪恶，不是说有文学存在或者是每个人阅读了文学作品我们的社会就太平了，事实并不如此，这个世界上仍然还有监狱和劳役。人类的烦恼，非但没有因为文学的存在、文学的兴盛而消减，反而会随着精神的丰富而增长。我们的烦恼其实并没有因为文学的存在而减少，反而随着精神越来越丰富，情感越来越细腻，与日俱增。我们对生活的思虑，对情感的焦灼，对欲望的渴求，对人性的敏感，给我们带来了种种烦恼，而文学阅读所培养的纤敏的感受力，正是发现这些烦恼的工具。

那么伏尔泰所说的这句话，它的意义在哪里？文学家工作的意趣在哪里？或者直白地讲，文学的功德在哪里？文学的作用与作家工作的理由在哪里呢？文学工作的确不能给我们带来可以兑现的金钱，可以享用的奢华，可以支配他人的权力，当然文学从来不拒绝这些人性的需求，它不是绝对地去批评一个东西，金钱、奢华、权力，这些存在当然有其合理性，它是我们人性需求的一部分；但是文学的存在，对金钱、权力、奢华，使人们保有一定的距离和必要的警惕。文学的精神之塔，它在搭建中，诉说的是来自心灵的对于真实的渴望，表达了作者对于现实的认知，对于善恶的认识，对于潜伏于善恶中的价值选择，对于附加于具体人世之上的人类精神取向的把握，当然，更有对于人心中最幽暗部分，甚至最痛苦部分的剖析，对于事实真相的不加掩饰地揭示，让它所认为的不良行为远离心灵，这就是文学的工作。它要去承受、担当、升华，首先必要做到揭示。这些使我们避免了心灵的贫困。

　　文学的工作还源于一种信任，如果有志于文学，无论是诗歌、小说，还是评论，写作本身其实源自一种信任，一种要打消某种顾虑与怀疑的信任。它是一种信念。我们写下文字，其实是在写我们生而为人还能做到的更好的梦，写我自己对将要诞生的世界的一种确信，我相信有某种事物存在，相信在现实的存在之上，还有一种理想的存在，就是相信在现实所呈现的第一世界之外，还有一个世界。这个世界，或者第二世界——精神世界，相对于现实的第一王国而言的精神——第二王国，它必得由你亲手创造。你提笔而行，纸上造屋，长年累月，就是相信人心正直的力量必将大于外界的力量，就是相信这个第二王国，必将通过一代代人的不倦书写，而以集聚的能量，从优良的方面改写第一世界和创造第二世界。你相信有一种力量，从心愿出发，以文字为形，必将战胜或取代外界的任一种不良，必将拯救或阻拦内心的任一种堕落。作家在写作的时候，是抱着一个敏感的内心，去承受现实生活中存在的贫困、仇恨、疾病、不公、罪恶，并以文学的书写加以呈现，他呈现它们不是为了证明它们合理，他书写不公，打抱不平，揭开这种现实存在的真实，不是为了证实现实是合理的，而是证明还有一种大于现实们的力量存在，这就是信任，是一种信任，支撑着他这样写，而不是那样写；是不同的信任，构成了不同的文学面貌；是一代代作家的信念，而这信念下产生的语言，构成了我们对于自我与世界的认知。我们的书写，建立一个文学的国度，文学的王国。这个王国的存在，不是为证明第一王国是合理的，而是说这个理想的王国必将代替第一王国。起码作家自己是相信这样一个理想的存在，这样一个王国的存在的。我再说一遍，作家写作不是为了证明第一世界是合理的，而是证明第二世界有一种力量，能最终取代第一世界，是为了证明人类有一种力量、一种信仰将被开采出来。这种更广阔、更宏伟的信仰的力量，这种使人类不致下滑、不致坠毁的力量，使我们保持着对罪恶的认知、警觉和远离。

文学是一种不懈地发掘、不屈从于第一世界的一种强大力量，它致力表达无情的力量之上还有一种有信仰的抵抗，这种真善美交互作用的力量，通过文学表现出来。无论你从事什么体裁的作品的创作，无论你触及的是什么领域的创作，书写者都要有一颗正直的心去印证这种力量、这种信仰的存在。文学说到底是一种信仰的工作和有情的工作。我们可以通过阅读感知到一位文学家在他的作品当中所展现的愤怒、烦恼时，这是他对第一世界的不满，是烦恼和愤怒的自然表现。随着写作的深入，他会自觉于此。当一位文学家揭示不公，谴责罪恶，绝不容忍不平等和无情时，恰恰意味着这个文学家心中有所期待，他还怀有某种理想、某种信仰，他对第一世界存在这样一些背离真善美的东西还有一种不容忍，他要建立高于第一世界的一个王国，他向往一种大于事实的精神力量。他的内心有另外一种关于生活的事实的图景，这个被创造出来的第二世界，这个人类理应获得的真实的图景而不只是人类已经获得的事实的图景，支持了作家的诉说，而作家诉说这种理想力量的存在是想寻出一条将深陷烦恼的人们——同时也包括他自己，从不公的现实的力量中解脱的道路。

这样说来，文学家虽然不像哲学家那样创造思想，像政治家那样建立制度，像经济学家那样提出规划创造财富，但文学家在文学作品中提出或暗示的有关人类发展的宗旨和目标，有关社会的使命和理念,以及他对人类心灵的潜移默化的作用,是任何学说或思想都无法取代的。

　　如果说思想、制度、财富的存在,可以使人们减少贫困、罪恶和烦恼——第一世界有其合理性,它确实在现实的层面部分解决了人类进步所面临的诸多问题,使人们能够减少贫困,让人们可以规避许多烦恼,这些政治家、经济学家所做的工作是文学家不能取代的。但是文学的功德在于通过立言,创建了一种人们对抗贫困、罪恶和烦恼的信念。这种信念是文学家对于人类的贡献,他们贡献出人类的进步更需要也更重要的东西。文学家的贡献是,他通过看似虚妄的纸上的创造而完成一种实有的传递,他传递出人类有目的地建造一种相对于现实世界的更加崭新的理想世界的信念。这是文学的功德。这是不是作家"为什么写作?"这个问题的答案呢?

　　让我们再回到上海奉贤那个我于桂树下写作的间歇收到温教授微信的下午,对他的问题的答复,其实仍是一个问题。这个问题,曾在28年前的1992年,王蒙先生的一个问句式的文章题目("你为什么写作")里。在这篇标题同样是疑问句的文章里,王蒙首先回顾了1985年由法国巴黎图书沙龙向世界各地作家提出的问题及其答复,而在上海文化出版社选编的中译本《世界一百位作家谈创作》中,关于"为什么写作"的答案也是莫衷一是,五花八门。下面我将王蒙文中提炼的答复与各位交流一下。法国玛格丽特·杜拉斯的回答是"对此我一无所知"。智利何塞·多诺索的回答"我写作是为了弄清为什么要写作"代表了一部分人的回答。另有三分之一将写作解释为个人的精神需要。而英国女作家，后来获得了诺贝尔文学奖的多丽丝·莱辛的答案是"因为我是个写作的动物"。另有几位作家讲到，写作是为了创造一个更永恒的自我。另有十多人的答案——写作是为了与人交流。写出《百年孤独》的加西亚·马尔克斯的回答是："我写作，为了使我的朋友们更爱我。"而加拿大的安东尼·马耶则说："我写作是为了完善世界，完成创世的第八天的工作。"巴金的回答则是为了"扫除我们心灵中的垃圾"；丁玲的回答是"为人生"而写作；巴尔扎克的回答是"我为了出名和富有"。格拉斯的回答好像是没有回答，他说："我不能做其他的事。"总之，自嘲有之，认真有之。我阅读时一直期望着王蒙先生有一个回答，但是他在这一篇文章中没有讲出自己的答案。

也许是对于"你为什么写作？"这句以疑问的文章之题作为书名的《王蒙文存》第二十一卷所收录的这篇文艺杂谈有某种过目不忘的顽固记忆，使得我在几秒钟内下意识地提交了对温教授提问的答复。那么今天的交流也许可以看作对王蒙先生"你为什么写作？"这句提问的回答。所以从这个角度看，所有你关注的问题，其实就是自己的问题，你想向自己要一个答案的问题。

　　从中国现当代文学，甚至更大的世界文学观来看，关于"我为什么写作？"这个问题的回答是隐性的，大致有两种，我们熟悉的答案是"为人生而艺术"和"为艺术而艺术"。在这两种不同的写作观下，聚集了不同的写作者，但随着阅读的深入，我越来越觉得他们之间并不存在一种鸿沟，比如在鲁迅的"为人生"里，我们同样见证了艺术的至高无上的原则和趣味；而在王尔德的"艺术至上"的品位里，我们同样看得见在哪怕现在少儿都能读懂的《快乐王子》这样的作品中也包含着他深沉的现实关切。写作到了一定的高度，两者几无界限，而为它们人工设限，往往一方面是评论家归纳的癖好，另一方面也源于作品本身还没能达到某种标高。就后者而言，它们所造成的人生与艺术的分裂，给了评论家的分离性话题以可乘之机。

　　虽然正如《世界一百位作家谈创作》那部书中多数作家所言，作为读者的我们对于他们的写作动机之剖白，大多不足以采信。比如说那位对为什么写作的回答是"对此我一无所知"，并调侃道"也许到2027年，写作将会终止"的玛格丽特·杜拉斯，我就读过她出版的一部命名为《写作》①的书。

---

① [法]玛格丽特·杜拉斯：《写作》，桂裕芳译，上海译文出版社2005年7月版。本文所引杜拉斯谈写作的文字均来源于此书。

她以大量的札记般的写作,论证着写作这一命题对她个人的意义,或者是她一次颇为集中的对于"写作"的阐释。在这部书中,她写道:

> 我可以说想说的话,我永远也不会知道为什么写作又怎能不写作。

但同时,她还写:

> 我写书时,书已经成了我的生存目的,……

> 身在洞里,在洞底,处于几乎绝对的孤独中而发现只有写作能救你。……无边的空白。可能的书。面对空无。……我相信写作中的人没有对书的思路,他两手空空,头脑空空,而对于写书这种冒险,他只知道枯燥而赤裸的文字,它没有前途,没有回响,十分遥远,只有它的基本的黄金规则:拼写,含义。

> 怀疑就是写作。

> 如果我没有写作,我早已成了难以医治的酒徒。

这实际上是一种无法继续写作的迷失状态……。既然迷失了，再没有任何东西可写，可丢失，于是你写了起来。一旦书在那里，呼喊着要求结尾，你就写下去。你必须与它具有同等地位。在一本书没有完全结束以前——也就是说在它独立地摆脱你这位作者之前——你不可能永远丢弃它。

我在屋子里写作时，一切都在写作。处处都是文字。

……书是未知物，是黑暗，是封闭的，就是这样。书在前进，在成长，朝着你认为探索过的方向前进，朝着它自己的命运和作者的命运前进，而作者此时被书的出版击倒了：他与梦想之书的分离就像是未胎婴儿的诞生，这婴儿永远是最爱。

书一旦完成并散发以后，它就不会发生任何事情了。它回归到初生时懵懂的纯洁之中。

人们身上负载的是未知数，写作就是触知。或是写作或是什么都没有。

写作是未知数。

写作就是试图知道如果先写会写什么——其实只有在事后才知道——这是人们可能对自己提出的最危险的问题。但也是最通常的问题。

写作……它和生活中其他东西不一样，……

与其说杜拉斯在说写作的动机，不如说她更在意写作的状态，那种天马行空，写了这一行不知下一行在哪里，下一行会跳出来什么样的句子的冒险状态。也许，写作的这种精神探索的对未知的自己的全然托付，才是最诱人的。但我还是更愿意与各位分享一下英国作家乔治·奥威尔的一个观点。这个观点发表于1946年《流浪汉》第4期夏季号，文章题目就是《我为什么要写作》。董乐山翻译的乔治·奥威尔的多篇创作谈所辑的一部书由上海译文出版社2007年6月出版，《我为什么要写作》，这篇文章的题目被提炼出来，用作了这部书的书名。奥威尔在这篇文章中从他5岁写第一首诗到30岁写第一部完整的小说的感性经历说起，直说到他显然是经过理性梳理而总结出的写作的"四大动机"：一，纯粹的自我中心；二，审美方面的热情；三，历史方面的冲动；四，政治方面的目的——这里所用"政治"一词是指它的最大限度的泛义而言。希望把世界推向一定方向或者是通过文字改变社会的想法。于此，他认为不同的动机必然相互排斥，而且在不同人身上和不同时候的表现必然不同。我倒认为，动机虽起初是唯一的，但写作的过程中有一种奇特的平衡作用，它可以兼顾其余，当你专注于一种时，其实你会意识到另一种东西也在你专注的东西里找到了存在的合理性。所以，我们不难理解这样一段话："所有的作家……在他们的动机的深处，埋藏着的是一个谜。写一本书是一桩消耗精力的苦差事，就像生一场痛苦的大病一样。你如果不是由于那个无法抗拒或者无法明白的恶魔的驱使，你是绝不会从事这样的事的。你只知道这个恶魔就是令婴儿哭闹引人注意的先天本能。然而，同样确定的是，除非你不断努力把自己的个性磨灭掉，你是无法写出什么可读的东西来的。好的文章就像一块玻璃窗。我说不好自己的哪种动机最强烈，但是我知道哪个动机值得遵从。"①

"我知道哪个动机值得遵从。"事实是，如果从评论家的理性上去分析，而不只是一个作家的角度去看，我的动机分法

---

① [英]乔治·奥威尔：《我为什么要写作》，董乐山译，上海译文出版社2007年6月版。

是三分法，具体讲，世上大约有三种写作。第一种，让人知道"我"的写作。写作是为了突出"我"作为作者也同时作为人物的主人公的主体，这是以"人"为主体的写作，这个"人"大多时候不是众人或他人，而只是"我"，比如海明威的写作、张贤亮的作品。第二种，让人认知世界的写作。写作是为了以"我"这个叙述者为"通过体"或者"思想的工具"而找到通往外部世界的途径，它集中探讨客体对象，了解社会的法则，何以如此，或者已然如此，英国作家可以举出许多这样的例证，比如毛姆，比如奥威尔，比如哈代，当然也包括写作《围城》的中国作家钱锺书。第三种，让人了解"我"与"你"（也许可用"世界"一词指代）存在着一种怎样的关系的写作。这种写作在意的既不完全是"我"，也不完全是"你"，它是一种主客体之间的关系的融合，或主客一体关系的建立。我将之称为一种理智的爱的写作。在爱的关系中，单一的主体或单一的客体都无法完成、实现作为"关系"的存在，在"关系"中，"我"与"你"必得同时出现并摆在同等重要的位置上才可能成立。这种写作的代表性作家我们可以举出一些，比如王蒙，比如冯骥才。

于此，我推荐各位重视这样一篇文章，《当你拿起笔……》①。在这部长文里,王蒙先生将《你为什么写作》中避而不答的问题,用一种比喻的方式会回答了出来。"……你进入了一个最关键、最微妙、最困难和最美好的阶段,在这个阶段,你从现实生活的记忆里,飞跃到想象的艺术的世界里。这就叫作创造,因为,原本并没有这么一个现成的世界,是你的想象力创造了它。这就叫作构思,你要用精神的经纬织一幅画卷,用精神的梁柱搭一座大厦,用精神的奔突来打开一个广阔的天地,用精神的犀利来挖掘深山的宝藏。这又叫作虚构,因为它是假的。如果只是现实的分文不差的摹写,又要文艺干什么呢?再美好的生活,也总会有一些重复的、单调的东西,有一些无意义的琐事,有一些本来是很有价值、很美好的东西在被忽视、被淡漠、被时间的长河所湮没,被庸俗的势力所消磨。所以,单纯的记录,简单的照相,并不会成为文学。"②那么文学究竟是什么?我们又为什么以文学为业?

写作这篇文章的人解释了他执笔的动机。"你在进行类似上帝的工作。你要创造一个完整的世界"③,"一经创造好了这个世界,一旦进入了这个世界,这个世界是这样清清楚楚、

---

①王蒙:《当你拿起笔》,参见《王蒙文存·你为什么写作(创作谈文艺杂谈)》,人民文学出版社2004年1月版,第157—182页。
②同上,第167—168页。
③同上,第175页。

无可置疑，是这样生机盎然、鲜明凸出，以至于你根本不相信它是你的产品，你觉得它根本就是那个样子的，从来就是那样存在的，它成了不以人们的意志、包括你这个'上帝'的意志为转移的客观存在。你觉得你不过是像一个航海者、一个探险家、一个旅行家一样不无偶然地发现了它罢了，你觉得一切的情节、一切的发展、一切戏剧性的场面和惊天地泣鬼神的事件、结局都不过是这个世界、这世界里的人和事自己发展的结果，你并不能影响它。你觉得一切细致入微、丝丝入扣的情节、细节、背景、道具……都是它本身所具有的，你不过是如实地予以描摹和记录罢了；你觉得一切安排，一切结构，开头和结尾、波澜和反复，一切惊人之笔、感人之笔，都是本来就注定如此的；你觉得一切语言，一切精辟的、幽微的、动人心弦而又别出心裁的句子，都不过是那个原有的世界的人与物自身所具有的特征，是那个世界自己提示出来的，或是那些人物自己说出来的，你不过是个忠实的速记员罢了。

这就是说，创造的结果全无创造的痕迹，创造者完全不相信、完全忘记了自己是创造者，'上帝'变成了这个世界的一个奴仆、一个文书、一个速记员，精心制作的结果变成了捡拾现成，踏破铁鞋无觅处的结果变成了得来全不费功夫，斧凿的结果变成了自然而然，反复斟酌的结果变成了无可更动和无法更动。最后，创作变成了摹写和叙述，写在纸上的文字变成了活生生的人和事。"①

这篇文章完成于1980年,但显然,它是1992年《你为什么写作》的那篇文章的先期答案。这个答案,我于2020年,也就是它完成的40年后看到。而我10多年前所想所言的"第二世界"的构筑理论竟也与它不谋而合。

终于说到了"我"。如果说,以上我讲的都是"为什么写作"这个主题的考证的话,那么,"我为什么写作"该是今天我必须给自己一个答案的问题。

也许我以前的文字已经有了答案。

如果还要说"我何以写作",那么以下这篇自己的陈述可以参见:

《一边是灵魂,一边是肉身》。

1.朝夕

20世纪一位中国诗人在他的诗句中这样写道:"一万年太久,只争朝夕。"而这句诗在21世纪被许多阅读者改写为"一年太久,只争朝夕"。我说的改写不是字面上的,而是人的心

---

① 王蒙:《当你拿起笔》,参见《王蒙文存·你为什么写作(创作谈文艺杂谈)》,人民文学出版社2004年1月版,第175—176页。

态变了,这种改写在更深的层面展开,人生加速度地要去完成一项任务,人们的生活节奏,已似乎等不了"一万年"那么久,甚至还觉得"一年"都有些长了。速度,成为现代人追逐的目标,而那个在远方的真正的目的地,却是离人们越来越远,也在速度的挤压下,变得越来越模糊了。

"一万年"也好,"一年"也好,对于一个诗人而言,又有什么不同?或者,换种思路,诗句中的"一万年"也好,人生的"一百年"也好,生命中的"一年"也好,只不过是个时间的概念,当这个空洞的时间并没有被注入"诗意"的内容的时候,它仍是不需诗人关切的,从时间上来看,只是长短,在质地上并无不同,那么,它至多是历史学家考证的事;如此看来,诗中的"只争",应是经济学家兴味的事情;那么,诗人关注什么,什么应该是诗人关心的事物,我想,就是诗句中的那两个被我们一再忽略的字——"朝夕"。

朝夕,太普通了,是不是?是的,它就是我们的日常。它很短,具体可说只是一天的时间,从太阳初升到暮色苍茫,谁不天天与它擦肩而过?比起"一万年",甚至"一年",它都是一个小概念,从历史学家的时间上计算,它更是小数点的后面可以忽略不计的那一部分。但一万年与一年,是时间概念,朝夕不是。朝夕,是什么?它实在就是你我心中的一方幽深、微妙的天地。

2015年深秋在琼海，一个下午，朋友来短信，问要不要下楼去外面看看，我回信，"去看看太阳落山？"便下楼去。一辆车就等在那里，朋友，还有朋友的朋友，我们坐车去追落日，一直追到东屿岛的山上，而太阳早已入海。朋友指着天上的一道东西横贯的青光，讲必是有贵人到了；仰望天空的我，心里想，这是太阳走过的足迹。生日那天清晨，拉开窗帘，初升的太阳在云层里，但它的光芒已照亮了整个大海，我站在阳台上等它的出现，海水和我一起，被它的不同的光线映出不同的颜色，那时心中的感动真是难言。我想，这就是朝夕吧。朝与夕，不过就是太阳落山，明朝升起。但是比起一万年而言，又谁更恒久？

朝夕，是如何在时间之外，在心内活着，面对着这同一个景象，已有多少人如我发出感叹，但朝夕仍然在。在我之前，在我之后。正如一位作家的小说中所言，你我之后还有你我。

不知道还能有什么时间，能比"朝夕"更久远？

2.一切刚开始时的样子

某种意义上说，《青衿》这部诗集是一次对自己30年来诗歌创作的拣拾或回眸。或者叫它"出土"也好。一切都是原来的样子，一切刚开始时的样子。一字未动。就是想让时光重现，看看以前。20年前，曾经有一机会出版这部诗集，后因因缘未到，就搁置了下来。21世纪轰然而至也已十又五年，有高校学术机构已将新世纪文学十五年作为选题研究了，可见时光的迅疾和无情。某天，因准备搬家，我整理抽屉，发现有那么一个牛皮纸袋子，在最里层，落满了灰，灰尘下面的牛皮纸上写着：诗集。两个字也褪了色。抽出来，是300字的稿纸——那种80年代最常见的带有浅绿方格子的稿纸，稿纸正中，手写两字：苍白。这个书名，一看就是当年的英雄蓝黑墨水钢笔写的，而不是今天随处可见的水笔。说实话，我对着这叠诗稿有些不知所措，岁月里，这些诗，沉睡的时间真的太久。也许到了唤醒它的时候了。所以诗集的序，和诗，一切都保留着原来的样子。1993年写的序言，我只字未动，我知道，这些文字距今已经22年——想一想都觉得时光流逝的凶猛可怕。但心里坦然的是，对于这些好似"冬眠"的文字而言，不管它是天真的、单纯的，还是简洁的、晦涩的，除了当年的"苍白"书题，这次出版前我改为"青衿"之外，对于全书中的诗题及诗句，我绝不修改，正是在这个意义上讲，诗集自序中第一句，便是:"诗歌犹如我的编年,我是把诗作为日记写的。"[①]日记无法涂改,正因无法涂改,它才可能是原先真实的自我的样子。

3.诗是深水火焰,诗是春光乍现

诗,是置于深水还能燃烧的一种蓝色火焰。写作于我,无论诗、文或其他,都无法违背当时的这种初心。这种初心,正如诗集的名字——《青衿》。也如诗集中的《蓝色变奏》式的间奏,是青涩的,也是忧郁的,像蓝调一般,覆盖着20世纪80年代时的青春。约瑟夫·布罗茨基在《文明的孩子》中曾说:"任何一首诗,无论其主题如何——本身就是一个爱的举动,这与其说是作者对其主题的爱,不如说是语言对现实的爱。如果说这常常带有哀歌的意味,带有怜悯的音调,那也是因为,这是一种伟大对弱小、永恒对短暂的爱。"这部诗集当然出于爱,写的也是爱,但更像是一种弱小的、短暂的、易逝的爱,像青春的转瞬间。把握不住,但又偏要去抓住的感觉。这种"哀歌"的意味,也使我的诗无可挽回地走入内心,走向

[①] 何向阳:《青衿·自序》,引自何向阳《青衿》,上海人民出版社2015年8月版,第1页。

封闭。一些好心也好奇的朋友在谈论我的诗时总是不解,拿它来与我的尖锐、激烈,甚至有些老辣、泼皮的评论对比,我想这不解已经有了几分不屑在里面。然而,我还是较为看重我的诗,它免除了几分职业的关系,与我的心靠得很近。

诗是深水火焰,诗是春光乍现。什么意思?是说在所有以语言为载体的表达里,诗的表达最不可思议,也最转瞬即逝。这种特点是由诗的性质决定的。正如我说过的,把诗作为心灵成长的一面镜子,而不是其他别种镜子,是难的。难在,在一个陌生的氛围里不恐惧地解剖自己,而且要假以时日。刀便变成了锉,再以后,是打磨灵魂的锯齿。

然而,理性的切断,又常常使我不能彻底。这一点,友人们是对的。在我的诗里,固然难以找到近年诗潮的形式或观念滑过的痕迹,同时也因了性格,而变成一种自语,或自娱。历史就是这样不可修订,本色地保留下来,当然也源于与诗同样重要的诚实。

单纯是另一种苍白。

今天,我不想掩盖。

春光乍现。还有一层,就是青春再无可能在人生中第二次浮现,而留住青春的唯一的方式就是经由文字,将终将逝去的它牢牢地铭刻下来。别无他法。"青青子衿,悠悠我心",两千年前到今天,都是如此。如果不是这些诗的存在,我们可能根本不知晓古人与我们一样，也有着与我们相像的青春的感悟吧。"青衿"字面意思为汉族传统服饰，《诗经·郑风·子衿》中，原诗第一章的四句是："青青子衿，悠悠我心。纵我不往，子宁不嗣音？"译成现代诗就是，你那青青的衣领，深深萦绕在我的心间。虽然我不能去找你，你为什么不主动给我音信？也有解释说，把"青衿"作为春天颜色的象征，诗是用呼唤的口吻表达少女盼望春神来临的心情。从诗中看，我认为是写少女的爱情的，是少女在思念着如春天般青春挺拔的恋人。

或者可以这么看，两千年前的那位男子在吟着"青青子衿，悠悠我心"的诗句，表达着对他爱着的少女的思念，而这诗句穿透了两千年的光阴，来到一个出生于古郑国的少女的心底，她的回答是《青衿》。我与你虽然时隔千年，但万山无阻的却是这样一种心心相印。"纵我不往，子宁不嗣音？"哪里会不回答？哪里会不给你答案？哪里会让你的"音"断掉而从此消逝！诗之回应也正如朝夕。爱情虽和青春一样，是深水火焰，是春光乍现，可遇而不可求，诗也正是在这层面上与之对位，与之谐音，但一切美好的心愿，终会在遥迢的时光中找得到那个应答的人。

4.大约总有些水,溅在水渠以外

谈《青衿》这部诗集,话题自然离不开20世纪80年代,这几乎是我们谈论同时也正是新时期文学的真正起点。80年代,构筑了新时期文学的基石,许多对于今天文学发展影响深广的理论与观念都始自80年代,所以,80年代能够看作是新时期文学的主体部分——注意,它不是萌芽,或者幼儿部分,80年代的文学一出手就是青壮年的,它在六七十年代时就已完成了精神的婴幼儿期,到了80年代,那些作家一上来的面目就是成熟的,甚至有些少年老成的样子。就是今天看,我们的文学能够有今天的模样,直接得益于80年代,可以断言,如果没有80年代的小说、诗歌和理论,今天的文学的整体面貌将是另外一番景象。打个比喻,如果没有80年代的青年的王安忆、韩少功、莫言、铁凝、路遥、张炜、张承志、史铁生,就不可能有今天的这个在世界文学格局中日益强大的中国文学阵容。

诗歌,在20世纪80年代同样是功不可没的。这个结论,已有文学史定评,我不在此赘言。但是有一点,我想在这里说一下。文学的有意思之处,除了它是人在一定历史阶段中对"我们"的发现之外——新时期文学的立意和贡献我认为就是对于这个"我们"的再发现基础上的,对于"人"的发现基础上的对于"我"——"个人"的发现,在这之外,还有意义吗?有,文学史只是记录了当时的"共识",这共识在历史阶段中凝结、固化而为"知识"。这"知识"就是我们现在普遍认同的文学史。但实际上,总会有一些,甚至是更多的漏项,不只新时期,文学自有"史"以来,都避免不了。这一点我们必须承认,不然不会有今天,我们不会有对食指的认识,对木心的解读,也不会有"地下诗歌"或者"抽屉文学""潜在写作"的概念和研究,时间中总会有"漏下"的部分,我们每一代都不能够说我们的文学史已臻完善,如果完善达成的话,我们就没有去重写文学史的必要了。但事实上,文学是一直在"被"重写着,这个道理已是理论界的共识。这可能就是当代文学的特点,或者魅力所在。它有不确定性。它是变动不居的。其实,不仅是当代文学,现代文学也是如此,甚至,我认为,古典文学也存在着这种可能。

我说这些,并不是想说被遗漏的文字有多重要,但是被遗漏的文字的存在构成了文学的丰富性,同时也说明了文学史的复杂性。

我说这些是想强调我们面对的是永动的时间之上的人类的情感,后者也是永动的,它从不固定,而且不会停止不前。我们每个个体——无论是作者还是读者,都处在这样一个永动的而不是僵直的时空中,所以从广义的角度而言,了解自我都是一个新的课题,更遑论概述一整部文学史。

同样，从这一角度看，《青衿》是我重新面对这个时空时，对自我的一次认定和检视。大约总有些水，溅出在水渠以外。从我本人的角度讲，也是这样。我的这多年的对外"形象"，或者说是界内认定的话，总是一个评论家的形象，大多数人知道我写散文，不知道我写诗，更不知道我八九十年代就一直以笔名发诗，那时在《诗刊》《十月》都发过诗。很多人看了我最近在《上海文学》《十月》《人民文学》发的诗，见面说："你开始写诗了啊？"其实，写诗，量不多，大多时候一年也就十几二十首，产量很少，但一直也没停过。以后也不会停下来了。放在这里的，不足十一，且都是旧作。

108首诗，与岁月一起浮现出来。108，依老说法，有人解释为人类经历的百种劫难，如佛家人手中的念珠，可以计出劫难的数目。1990年，去五台山，带回了一串桃核的，就一直放在匣中。今年去海南，又带回一串砗磲的，108颗小小的凝固的瞬间，就这样隔了近30年，又放回在了苍白的纸上。

只有这些了。

但不是一切。

可以为证的，只是白发暗生。衣襟青浅。仿佛是在印证，劳累的、不朽的青春，你度我，我们，选择了怎样苛刻的方式。

5.什么是灵魂，什么是肉身

我在这里所说的灵魂与肉身，没有任何褒贬意味。生活本身就是"肉身"的形态，相比之下，文学是"灵魂"，而文学中如果再分，从语言呈现的形态而言，小说像肉身，诗歌是灵魂，这并不是说小说就不呈现灵魂，但小说呈现的方式是借助了更多的生活原有的形态，比如人物、事件，种种。这么比喻，我也不认为灵魂就比肉身高一等级，我只是从语言的提炼，或者诗歌不同于其他体裁，尤其是我们更多人阅读的小说的性质来看，小说无论体积还是重量而言，都远远大于或重于诗歌。它内藏的丰富性和复杂性，它的体量，它对于人物、事件、历史、现实等的叙事和对于心灵、人格、伦理、思想的借由人、事的诉说，都远大于和多于诗歌。诗歌也有人物或事件，但它是片段的，并不一定要将整个来龙去脉交代清楚，它的这一刻与另一刻，也是可以跳跃着走的，但小说就不同了，跳得太快的话，会让读者摸不着头脑，可能还会造成叙事硬伤。这是诗歌比小说自由的地方。小说无法逃离它的肉身，小说这个存在里装了器官、内脏，还有供给它们生存的血液循环系统，缺一不可，它是一个系统工程。当然偶有小说也写得如诗一般，并不讲求小说做法。但相对于小说法则而言，诗化小说仍是少见。诗歌不然，它像灵魂一样，或只有"21克"，可以不那么"实",更多时候它是一种"灵"的呼吸。它可以暂时逃脱烟火气,而不通过过于具体的人、事言说存在,就是说,它所言的存在可以跨过大量生存的事实而直接言说。而我做当代评论和自身写作,就如侧身于两者之间,一边是肉身,一边是灵魂。有人问我:"你不分裂吗?"灵与肉的关系其实并不是分裂的,小说给我们认识,诗歌教会我们爱。爱必基于认识才可能真实和持久。其实这才是常态,灵魂与肉身俱在,文学与生活共存。甚至是,文学依生活而存。

文学不等同生活,正如诗不等同于"艺"一样。敬文东曾在一篇文章中引用过诗人T. S.艾略特的一个观点。艾略特的目标是要写出一种本质是诗而不徒具诗貌的诗。他说,诗要透彻到我们看之不见诗,而见着诗欲呈现的东西,诗要透彻到我们在阅读时心不在诗,而在诗之指向——跃出诗外,一如贝多芬晚年的作品"跃出音乐之外"。而那"跃出诗外",则是对于灵的触摸。虽然诗人知道大多数时间这种"触摸"也是一种心存的可能,并不能够抵达得到。

关于"灵"之所在,每个写诗的人都有个人见解。我曾在一次国内诗歌节上借朗诵自己一首新诗做过表达,诗名是《此刻》:

……

　　此刻地铁/灯光转暗/车厢沉寂/突然来临的/静默/好似时间/被谁裁掉/此刻/被拿去的/这个瞬间/你不坐在我的/对面/你在/哪里

　　此刻深夜/我对人生的/奥秘/并不全然/了解/比如/血与钙/骨/密度/爱或/苦/此刻车行/南京合肥/膝上纸笺/已缀满/抵达的/珍珠/此刻夏至/字句汹涌/繁华无尽/此刻/你不在/我的/纸上/你在哪里/隐身[①]

这首诗写于南京至合肥的高铁上,其中深夜、地铁言说的是具体的时间、地点,但是那个反复出现的不在场的"你",却是抽象的。"你"的抽象不在于所指的"不在场",而在于这个"你",是一个在所有时间地点中闪现的"光",它不落定,它总在别处,它是一个乌托邦式的存在,是一个指向未来、不确定但也不虚无的"实在体"。

叙利亚诗人阿多尼斯在他的短章中,曾写下这样的诗句:

　　每一个瞬间/灰烬都在证明它是/未来的宫殿

[①] 何向阳:《此刻》节选,引自何向阳《锦瑟》,中国青年出版社2017年9月版,第67—68页。

这个意义上讲,那个"你"的不存在或许是现实的,但是对于那个"你"的呼唤的确是必要的。

与小说家不同,大多数时间,诗人言说的不尽是一种现实。他传递给我们的更多偏向于真理。战火纷飞的灰烬,身体躯壳的灰烬,日常生活的灰烬,生存磨折的灰烬,它们本不具备诗意,它们甚至在诗意的反面,是对立于诗的"物体",但诗人的心仍对其保有怀想和信念。这些人类制造的灰烬,它们的指向并不是坟墓,不,它并不指向死亡和掩埋,而是成就着未来的宫殿。

这就是诗歌,于荏苒时光和日常生活的"灰烬"中证明,活着之上,仍有一个宫殿。小说家当然也造屋,但我认为,小说是在现世世界造的房子,而诗人,更像是被"上帝"选中的人,在世界不断的破坏和有序的更迭中,他们重任在肩,身负使命,在现世之上,要造一个"天堂"出来。

这样理解,诗人的写作,正是借助生活中的最具体的"灰烬",而呈现远在天边的神秘之城,那个"海市蜃楼"一般的"宫殿";它虽其遥远,看不分明,但却在你我的书写中渐次成形,真实存在。诗歌是什么?要我看,就是借由沉溺的日子、混沌的景色、绝望的气氛、滚动的海滩,借由流沙、坚石和水,借由轻的回忆,重的思想,惆怅、孤独和伤痛,而打开一颗颗封闭的、幽深的、隔膜的、"囚室"一般的心,在这座心的宫殿里,点上一盏灯,拢上一把微火,备上一些取暖的劈柴,让整个心房,像宫殿一样亮起来。

正如现在,在我们的言说中,书写中,在我们的讨论中,朗诵中,在我们的心跳中,呼吸中,大殿正在搭建,正在筑成。它植根于大地之上,完工于一代代前赴后继的"我们"手中。

在这一点,我赞同约瑟夫·布罗茨基在《悲伤与理智》中的观点:"就人类学的意义而言,我再重复一遍,人首先是一种美学的生物,其次才是伦理的生物。因此,艺术,其中包括文学,并非人类发展的副产品,而恰恰相反,人类才是艺术的副产品。如果说有什么东西使我们有别于动物王国的其他代表,那便是语言,也就是文学,其中包括诗歌,诗歌作为语言的最高形式,说句唐突一点的话,它就是我们整个物种的目标。"①

诗歌,正居于由语言搭建的未来宫殿的最高层。正如布罗茨基更为诗意的表达——诗歌作为语言的最高形式,它是我们整个物种的目标。

此刻,我想,因了这个目标,这最顶层的未来宫殿,我们

---

① [美]约瑟夫·布罗茨基《悲伤与理智》,刘文飞译,上海译文出版社2015年5月版。

今天以语言为生存方式也视其为生命的人，才会顶礼膜拜，不懈不倦，躬身前行。

  这篇自白最早于2015年8月写作，当年12月改定，发表于《作家》2016年第2期。我想它回答了我为自己预设的问题——我为什么写作？我想你应该听明白了，但这是纯属我个人的答案。而你的答案，需要你自己去找。当你找到了，它就独属于你自己。当它属于你自己，你就找到了你与另一个更为宏大、更为强劲也更为柔弱和温暖的你——世界的联系。这个世界，在为你呈现时，它会赠予你它所能给你的独有的秘密。

  把这秘密写下来。你就拥有了与世界最深的联系，同时获得了对自己最终的解释权。

2020年10月10日凌晨0时，青岛
2021年5月17日改定，北京

文学百年 / 名家散文自选集

第一辑

序号	作者	作品	序号	作者	作品
1	冰 心	一日的春光	17	沈从文	湘行散记
2	从维熙	朝花夕拾	18	铁 凝	会走路的梦
3	褚水敖	我负北大	19	闻一多	复古的空气
4	邓友梅	饮茶闲话	20	王巨才	退忧室漫笔
5	郭沫若	竹阴读画	21	徐志摩	翡冷翠山居闲话
6	葛水平	绣履追尘	22	萧 红	春意挂上了树梢
7	甘铁生	人生浪语	23	徐小斌	生如夏花
8	韩小蕙	新新中国	24	郁达夫	一个人在途上
9	蒋子龙	红豆树下	25	叶圣陶	没有秋虫的地方
10	鲁 迅	秋 夜	26	杨匡满	感恩的翅膀
11	老 舍	抬头见喜	27	袁 鹰	生正逢辰
12	林徽因	你是人间的四月天	28	朱自清	背 影
13	柳 萌	寒风吹哑琴音	29	张抗抗	北 方
14	李美皆	爱你备受摧残的容颜	30	周 明	写意凤凰
15	刘锡诚	芳草萋萋	31	赵 玫	陪伴着你在暮色里闲坐
16	茅 盾	白杨礼赞	32	朱 蕊	蛇发女妖

第二辑

序号	作者	作品	序号	作者	作品
1	陈建功	我和父亲之间	17	束沛德	爱心连着童心
2	陈世旭	天南地北	18	王剑冰	古道秋风
3	陈喜儒	履痕碎影	19	吴泰昌	散文六十篇
4	陈善壎	你这人兽神杂处的地方	20	汪浙成	远 影
5	范小青	坐在山脚下看风景	21	肖复兴	昔日重现
6	黄文山	烟霞满衣	22	徐 迅	响水在溪
7	刘成章	安塞腰鼓	23	肖克凡	一个人的野史

8	梁晓声	我与橘皮的往事	24	徐 风	风生水岸
9	雷 达	黄河远上	25	叶延滨	前世是鸟
10	刘庆邦	野生鱼	26	阎 纲	散文是同亲人谈心
11	陆 梅	时间纷至沓来	27	赵丽宏	亲爱的母亲河
12	罗文华	将谓偷闲学少年	28	周大新	呼唤爱意
13	刘汉俊	刘汉俊评说历史人物	29	卓 然	天下黄河
14	林 希	平常人语	30	朱 鸿	退 出
15	刘兆林	牛化自己	31	查 干	红叶归处
16	秦 岭	眼观六路			

第三辑					
序号	作者	作品	序号	作者	作品
1	杜卫东	陶人：远古之神	7	王泉根	往昔皆为序曲
2	高洪波	拔笔四顾	8	王必胜	我写故我在
3	郭保林	孤独者的绝唱	9	徐 刚	八卷·九章
4	韩小蕙	火与剑，还是康乃馨	10	杨晓升	人生的级别
5	简 默	活在尘世中	11	张庆和	漂泊的心灵
6	剑 钧	写给岁月的情书			

第四辑					
序号	作者	作品	序号	作者	作品
1	白阿莹	高山之巅	10	邱华栋	地球是圆的
2	陈奕纯	生命，向美的境地漂流	11	素 素	乡 愁
3	淡巴菰	下次你路过	12	孙 郁	在时间深处
4	何向阳	无尽山河	13	王子君	一个人的纸屋
5	李 舫	不安的缪斯	14	许谋清	每次涨潮都换一波海水
6	陆春祥	柏拉图的斧子	15	叶 梅	江河之间
7	刘上洋	山河气象入梦来	16	朱以撒	两片落叶
8	陆建德	看得见风景的书房	17	朱小平	一担山河
9	马 力	江水之南			